SIGRID HUNOLD-REIME

Janssenhaus

FAMILIENBANDE Emma von Odenwald, 31-jährige Köchin aus Hannover und immer noch Single, fühlt sich gegenüber ihren erfolgreichen, glücklich verheirateten Eltern als Versagerin. Sie ist zierlich, blond und hat mit ihren groß gewachsenen Eltern auch keine äußerliche Ähnlichkeit. Bei einem Frustbesäufnis mit ihrer besten Freundin Sandra Gabers gesteht Emma ihr, dass sie das Gefühl hat, adoptiert worden zu sein. Sandra überredet Emma zu einem Gentest über das Internet. Als das Ergebnis keine Übereinstimmung zeigt, konfrontiert Emma ihre Eltern damit. Widerstrebend nennen sie ihr eine Adresse in der Nähe von Pilsum und gestehen ihr, dass es keine legale Adoption war. Emma macht sich auf die Suche nach ihrer Herkunft und stößt dabei auf ein Meer aus Lügen und Verstrickungen.

 *Sigrid Hunold-Reime, geboren 1954 in Hameln, lebt seit vielen Jahren in Hannover. 2000 schrieb sie ihren ersten Ostfriesland-Kurzkrimi. Ihre kriminelle Energie war geweckt. Sie konnte zwischenmenschliche Konflikte beschreiben und dabei Grenzen überschreiten. Es folgten Beiträge in diversen Anthologien. 2008 erschien »Frühstückspension«, ihr erster Kriminalroman im Gmeiner-Verlag. Die patente Protagonistin Tomke wuchs der Autorin so ans Herz, dass sie in den folgenden Kriminalromanen eine Gastrolle bekam und in »Die Pension am Deich« schließlich wieder eine Hauptrolle. Nach dem Roman »Hab' keine Angst mein Mädchen«, zog es die Autorin wieder an die Nordseeküste in »ihr« Wangerland und zu Tomke Heinrich.*

Bisherige Veröffentlichungen im Gmeiner-Verlag:
Meine Schwester, Mutter und ich! (E-Book Only, 2016)
Asternleuchten (E-Book Only, 2016)
Dann geh' doch! (E-Book Only, 2015)
Hexentänze (E-Book Only, 2015)
Liebesinsel am Deich (2014)
Hab' keine Angst mein Mädchen (2013)
Die Pension am Deich (2012)
Janssenhaus (2011)
Schattenmorellen (2009)
Frühstückspension (2008)

SIGRID HUNOLD-REIME

Janssenhaus

Kriminalroman

SPANNUNG

GMEINER

Personen und Handlung sind frei erfunden.
Ähnlichkeiten mit lebenden oder toten Personen
sind rein zufällig und nicht beabsichtigt.

Die automatisierte Analyse des Werkes, um daraus
Informationen insbesondere über Muster, Trends und
Korrelationen gemäß § 44b UrhG (»Text und Data Mining«)
zu gewinnen, ist untersagt.

Bei Fragen zur Produktsicherheit gemäß der Verordnung
über die allgemeine Produktsicherheit (GPSR) wenden Sie
sich bitte an den Verlag.

Besuchen Sie uns im Internet:
www.gmeiner-verlag.de

© 2011 – Gmeiner-Verlag GmbH
Im Ehnried 5, 88605 Meßkirch
Telefon 07575/2095-0
info@gmeiner-verlag.de
Alle Rechte vorbehalten

Lektorat: Claudia Senghaas, Kirchardt
Herstellung/Korrekturen: Julia Franze / Doreen Fröhlich, René Stein
Umschlaggestaltung: U.O.R.G. Lutz Eberle, Stuttgart,
unter Verwendung eines Fotos von Frank Timrott
Druck: Libri Plureos GmbH, Friedensallee 273, 22763 Hamburg
Printed in Germany
ISBN 978-3-8392-1123-6

»Anfangs lieben Kinder ihre Eltern; wenn sie älter werden, halten sie Gericht über sie; manchmal verzeihen sie ihnen.«

Oscar Wilde

KAPITEL 1

Hannover, Juli 2009

Die Luft riecht sauber und kühl. Es ist still, Hannover schläft noch. Ein perfekter Sonntagmorgen zum Laufen.

Ich werfe meine Reisetasche auf den Rücksitz. Dabei spüre ich ihre Blicke im Rücken. Ich drehe mich nicht um.

»Morgen, Emma! Wo soll's denn so früh hingehen?«

Die muntere Stimme unserer Nachbarin lässt mich zusammenfahren. Sie winkt mir mit der Hundeleine in der Hand zu. Peggy ist längst bei mir und begrüßt mich schwanzwedelnd. Ich streichle ihr flüchtig über den Nacken.

Wohin? Das weiß ich selbst nicht so genau, hätte ich am liebsten gesagt und antworte: »An die Nordsee.«

»Na, dann viel Spaß. Das Wetter passt ja. Vergiss nicht, dass wir Schützenausmarsch haben. Fahr bloß nicht durch die Stadt. Da ist heute kein Durchkommen.«

Ich nicke und setze mich auf den Fahrersitz.

»Wann kommst du denn zurück?«

Ich zucke nur mit den Schultern und starte den Motor. Zurück. Keine Ahnung. Erst einmal weg hier. Durchatmen. Nachdenken.

Ich fühle mich wie betäubt. Niemals habe ich ernsthaft daran geglaubt, und nun soll es die Wahrheit sein. Eine Wahrheit, die mir den Boden unter den Füßen weggezogen hat. Alles hat mit einem Schlag seinen Wert verloren.

Ich fahre langsam unsere Straße entlang. Mit jedem Winkel verbinden mich hier Erinnerungen. 31 Jahre Erinnerungen. Jeder Baum, jedes Haus erscheint mir plötzlich wie eine Kostbarkeit. Ich unterdrücke das Kribbeln in meinen Augen und biege auf das Rudolf-von-Bennigsen-Ufer ab.

Der Maschsee ist glatt wie ein Spiegel und reflektiert ein zartes Orange der Morgensonne. Erste Jogger nutzen die Gunst der Stunde und laufen ihre Runde. Zu dieser Uhrzeit ist es hier am schönsten.

Ich halte noch einmal an und sauge das Bild in mir auf, als würde ich es nie wieder sehen. Am Nordufer sitzt ein verliebtes Pärchen auf der Bank. Im Hintergrund die grünlich schimmernde Kuppel des Rathauses. Hier und da ein paar übrig gebliebene Nachtschwärmer, die nicht den Weg nach Hause gefunden haben. Die allein geblieben sind. Blasmusik klingt dezent um die Häuserecken. Sie sammeln die Schützen zum großen Ausmarsch. Ich werde über den Schnellweg fahren.

Entschlossen programmiere ich mein Navi. Die Route ist berechnet. 272 Kilometer. Wenigstens meine ›Else‹ scheint zu wissen, wo dieses Kaff an der Nordsee liegt. Ich habe noch nie etwas davon gehört. Bis gestern.

Bis gestern habe ich auch gedacht, dass ich die Tochter von Elisabeth und Gunther von Odenwald bin. Verdammt, warum haben sie es mir nie erzählt? Dann stünde ich jetzt nicht an einem Abgrund.

»Wir wollten es. Aber wir haben einfach den Zeitpunkt verpasst.«

»Zeitpunkt verpasst. Eine dümmere Ausrede fällt euch nicht ein, oder?«

»Das ist keine Ausrede. Wir haben versprechen müssen, es niemandem zu verraten. Daran haben wir uns gehalten und dann – dann warst du schon erwachsen.«

»Was heißt ›niemandem‹?«, habe ich getobt. »Bin ich niemand?«

Sie haben beide geweint. Das hat mich noch wütender gemacht. Wenn hier jemand Grund zum Weinen hatte, dann war ich das.

»Bitte, Emma. Lass die Vergangenheit ruhen. Wichtig ist doch nur, dass du unsere Tochter bist!«

Ich habe den zweiten Satz trotzig überhört und gefragt: »Wie stellt ihr euch das vor? Vergangenheit ruhen lassen! Ich kann jetzt nicht mehr so tun, als würde ich es nicht wissen. Wem habt ihr versprochen, den Mund zu halten?«

Ich habe gewütet und gewütet, bis Mama endlich gestanden hat: »Es war keine legale Adoption.«

Nicht legal. Was sollte das jetzt wieder? Sie hangelten sich von einer Lüge zur nächsten.

»Legal oder nicht. Ich bin also nicht eure Tochter!«

»Doch, das bist du!«, hat Papa verzweifelt widersprochen und wollte mich in den Arm nehmen. Ich habe gesehen, wie er gelitten hat, aber ich konnte seine Berührung nicht zulassen und habe ihn weggestoßen. Ich wollte nicht mehr reden. Ich wollte nur die Adresse.

Ein Dorf in der Nähe von Emden. In der sogenannten Krummhörn. Greta Schenk.

Ich stelle das Radio lauter und gebe Gas. Greta Schenk war früher einmal Putzfrau bei meinen Eltern. Putzfrau, das passt schon besser zu mir als ein Professor für Sozialwissenschaften und eine Philologin. Putzfrau bei meinen Eltern. Meine Eltern. Die Begriffe purzeln durcheinander und ich kann mich an keinem mehr festhalten.

»Warum hast du diesen Test überhaupt machen lassen?«, haben sie mich gefragt. Ich habe nicht geantwortet. Sie waren nicht in der Position, mir Vorwürfe zu machen.

Warum habe ich das gemacht? Eine blöde Schnapsidee aus Frust. Und im Grunde hat es Sandra gemacht.

Vor zwei Wochen hat Hannes mit mir Schluss gemacht. Wieder einmal eine Trennung. Wieder einmal vor dem Nichts. Wieder einmal allein auf Tour. Die gleichen dämlichen Dialoge: ›Was machst du so beruflich? Und wofür interessierst du dich? Welche Musik magst du? Verreist du gerne?‹ Wie mich das ankotzt.

Ich habe eine Kiste Bier gekauft und bin zu Sandra gefahren.

»Was stimmt mit mir eigentlich nicht, dass ich jede Beziehung versiebe?«, habe ich sie gefragt. »Ich habe es mit keinem Kerl über die Zwei-Jahres-Grenze gebracht.«

»Zu deinem Trost: Ich auch nicht«, hat Sandra erwidert.

»Ja du, aber du willst ja auch keinen.«

»Wie schön, dass du mich so gut kennst«, war ihre trockene Antwort.

»Sorry, aber du bist doch aus Überzeugung Single, oder? Deine Eltern haben dir ja nicht gerade das traute Heim vorgelebt. Aber meine, die sind glücklich verheiratet.«

»Stimmt«, hat Sandra zugegeben. »Deine Eltern gehören zu den wenigen, denen ich das wirklich abnehme. Die beiden sind klasse.«

»Ja, das sind sie. Manchmal denke ich, dass ich ihnen ins Nest gelegt worden bin.«

»Das denkt jeder mal«, hat Sandra ungerührt gekontert und für uns die nächsten Flaschen geöffnet.

»Bei mir ist das anders«, habe ich eigensinnig beharrt. Weil mich die Gedanken davon ablenkten, dass Hannes mich als gefühlskalte Person hingestellt hatte, nur um über seine eigene Beziehungsunfähigkeit hinwegzutäuschen. Gefühlskalt. Nur weil ich nicht in sein Bild gepasst habe.

Es ist immer das Gleiche: Du bist Köchin? Wie bezaubernd! Meine kleine Küchenfee! Sie kriegen sich vor Begeisterung gar nicht wieder ein. Langsam begreifen sie dann, dass der Beruf nichts mit den Kochsendungen im Fernsehen zu tun hat. Ich arbeite im Schichtdienst, und zart besaitet bin ich auch nicht. Sie erschrecken sich, wenn ich über einen deftigen Witz lache und lieber in ein 96er-Heimspiel gehe als in die Oper. Sie fühlen sich betrogen. Dabei habe ich keinem etwas vorgemacht. Ich trage nicht favorisiert rosa, habe keinen Glitzerreif im Haar und bin meistens ungeschminkt. Ich liebe Jeans und habe von Anfang an erzählt, dass ich in einer Fußballmannschaft trainiere. Sie hören einfach nicht hin. Sie sehen nur: Klein – zierlich – blond – süß und kann kochen.

»Meine Eltern sind richtig kultiviert«, habe ich mich weiter auf den Selbstmitleidskurs manövriert. »Ich liebe Comedy bis zum Abwinken. Wenn ich meinen Eltern beim Frühstück mal einen Gag erzähle, lachen sie nur aus Höflichkeit. Sie kennen keinen einzigen Namen aus der Szene.«

»Das ist der Punkt«, hat mich Sandra streng unterbrochen. »Du hättest schon lange ausziehen sollen.«

»Warum? Ich habe dort eine separate Wohnung. Und wir halten unsere Grenzen ein.«

Sandra hat resigniert abgewinkt und die Flasche an den Mund gesetzt.

»Meine Eltern würden nie, so wie wir hier, den Alkohol trinken.«

»Wie trinken wir den denn?«

»Na, in der Küche, völlig stillos und aus der Flasche.«

»Ich kann Teelichter anzünden.«

»Das meine ich nicht. Meine Eltern trinken höchstens mal ein Glas Wein. Oder vorm Kamin einen Single Malt Whisky. Den behalten sie minutenlang im Mund und sinnieren hinterher über den Geschmack und schwärmen vom schottischen Hochland. Ich bekomme das Zeug, wenn überhaupt, nur mit Cola oder auf Eis runter. Das tut ihnen richtig weh, aber sie sagen nichts.«

»Das ist völlig normal«, hat Sandra mich weiter abgewiegelt und noch einmal die Flaschen gegen volle ausgewechselt. »Meine Mutter kocht jeden an die Wand und ich würde ohne Bringdienst und Fast Food verhungern.«

»Aber du hast beruflich Karriere gemacht. Da bist du ganz die Tochter deines Vaters. Du hast sogar in den USA studiert.«

»Die Tochter meines Vaters! Den Spruch kannst du dir sparen. Den hat meine Mutter schon zu oft benutzt«, hat Sandra gefaucht und ich hätte aufhören sollen. Ihr Vater war tot und ihr wunder Punkt. Aber ich konnte nicht.

»Ich meine einfach das ganze Lebensgefühl«, habe ich weiter lamentiert. »Ich bin überhaupt nicht ehrgeizig, dabei sind meine Eltern beide erfolgreich. Ich habe mit Müh und Not mein Abi geschafft und bin Köchin geworden. Noch nicht mal mit Berufserfahrung in der Schweiz oder in Frankreich. Zugegeben, trotzdem keine schlechte. Aber völlig aus der Art geschlagen. Ich bin strohblond und klein, meine Eltern sind beide dunkelhaarig und groß gewachsen. Wer weiß, vielleicht bin ich verwechselt worden. Immerhin bin ich nicht in Hannover geboren.«

Ich hatte angefangen zu heulen. Das lag aber mehr an Hannes' verlogener Abschiedsvorstellung und dem steigenden Alkoholpegel als an meiner Findelkind-geschichte. »Ich bin ein Kuckucksei. Du kannst das nicht verstehen.«

Sandra war auch nicht mehr nüchtern und genervt. Wahrscheinlich habe ich ihr schon zu oft das Gleiche erzählt. »Okay, du meinst, du bist nicht die Tochter deiner Eltern? Das ist immer eine nette Entschuldigung, wenn man nicht mit sich klarkommt. Aber das kann man mittlerweile ganz einfach überprüfen.«

Bevor ich richtig begriff, was los war, hatte Sandra mich vor ihren Rechner bugsiert. Unsere Bierflaschen holte sie nach. »Du hast nicht zufällig irgendwas von deinen Eltern dabei?«

»Wie dabei?« Unwillkürlich habe ich nach dem Amulett mit ihrem Foto an meinem Hals gegriffen.

»Etwas, das wir für eine Analyse gebrauchen können.«

»Analyse?«, habe ich begriffsstutzig wiederholt.

»Meine Güte, ja. Guckst du keine Krimis? Eine Genanalyse.«

»Über's Internet?«

»Kein Problem mehr.«

Ich hatte sogar etwas richtig Gutes dabei. Meine Mutter hatte am Morgen Nasenbluten gehabt. Ich hatte sie mit Taschentüchern verarztet und, wie immer in Eile, eines davon einfach in meine Tasche gestopft. Sandra hat zufrieden genickt und die Unterlagen ausgedruckt. Danach fuhr sie mir mit beiden Händen durchs Haar. Ihre Ausbeute kringelte sich hellblond über das Papier.

»Hier, unterschreib!«, hat sie befohlen. »Morgen verschicke ich es.«

Danach hatten wir weitergetrunken.

Am nächsten Morgen hatte ich einen Kater und den Test vergessen.

Bis gestern. Da kam das Ergebnis.

Keine Übereinstimmung.

Ich dachte, das muss ein Irrtum sein.

Bis ich es meinen Eltern unter die Nase gehalten habe und sah, wie sie blass wurden.

Schon Autobahnkreuz Leer. Ich fahre weiter Richtung Emden und habe keine Ahnung, wie ich hierher gekommen bin. Das Land ist weit und flach. Man kann bis zum Horizont sehen. Vereinzelt ein paar Bauernhöfe. Dafür mehren sich die Windräder. Ihre Flügel drehen sich nur langsam. Das wirkt irgendwie traurig und erinnert mich an Don Quichotte und seinen Kampf gegen die Windmühlen. Und an mich. Je näher ich meinem Ziel komme, desto unsicherer werde ich. Was will ich eigentlich von ihr?

Warum haben sie nie mit mir darüber gesprochen? Mich vorbereitet? Sie mussten doch damit rechnen, dass ich es einmal erfahre. Wie konnten sie so lange mit dieser Angst leben, jederzeit aufzufliegen?

Nicht legal, klingt es in mir nach. Was sie auch immer als nicht legal empfinden, so schlimm kann es nicht sein. Sie sind durch und durch gradlinig. Wenn ich jemanden als ehrlich bezeichnen sollte, dann sie. Aber ausgerechnet sie haben mich belogen. Neue Tränen drücken und ich schlucke sie hart herunter. Ich werde nicht heulen.

Kurz vor Emden beginnt meine technische Begleitung zu quäken: »Bitte bei nächster Gelegenheit wenden. Bitte bei nächster Gelegenheit wenden.«

Ganz schlau. Wenden mitten auf der Autobahn. Ich reiße meine ›Else‹ ungestüm aus der Halterung und werfe sie auf den Beifahrersitz. Ich brauche sie nicht. Hier kann man sich ohnehin nicht mehr verfahren.

Ausfahrt Emden biege ich ab. Aber ich komme nicht wie erwartet auf eine Küstenstraße, sondern auf eine, die wieder ins Landesinnere führt oder in die Stadt. Ich krame den Autoatlas aus dem Handschuhfach und schaue nach. Richtig, ich bin zu früh abgefahren. Krummhörn liegt viel näher an der Küste. Wie eine Halbinsel sieht es auf der Karte aus. Also wieder rauf auf die Autobahn, wenn ich nicht durch die ganze Stadt gurken will.

Links tauchen die langen Hälse der Ladungskräne aus dem Hafen auf. Dort gehen auch die Borkumfähren ab. Das weiß ich noch. Ich war einmal auf der Insel gewesen. Eine Klassenfahrt. Ich glaube, in der Zehnten. Ich erinnere mich an die lange Überfahrt und an die kreischenden Möwen. Die flogen ganz dicht an uns heran, und ich hatte Angst vor ihnen. In der Jugendherberge sind wir aus dem Fenster geklettert und haben die halbe Nacht auf dem Deich gesessen. Dem Himmel so nah, dass man glaubte, man bräuchte nur die Hand auszustrecken, um einen Stern zu pflücken.

Ich habe die Küstenstraße gefunden. Auf der rechten Seite Dörfer, versteckt hinter windschiefen Bäumen und Hecken. Weiter links verläuft der Deich. Er liegt noch immer im Morgendunst und verbindet sich mit der Farbe des verwaschenen Himmels zu einem blassen Bild. Davor Weiden und träge Kühe. Das Grün ist nicht so saftig und satt wie auf Reklamebildern. Der trockene Sommer hat auch hier seine Spuren hinterlassen. So könnte ich noch lange weiterfahren. Wenig Verkehr und um mich herum diese entspannende Weite.

Viel zu schnell bin ich am Ziel. Das Dorf liegt wie die anderen zuvor hinter einer niedrig gewachsenen Baumreihe. Gleich vor dem Ortsanfang eine Bushaltestelle. Dahinter ein Feuerwehrhaus. Ich halte davor an und stelle den Motor aus. Erst einmal durchatmen. Nachdenken, was ich überhaupt unternehmen will. In Hannover loszufahren war die eine Sache. Das Chaos meiner Gefühle hat nach Handlung verlangt. Ganz ohne Plan. Aber ankommen ist die andere. Was jetzt? Ich lasse die Fenster runter. Es riecht nach Landluft. Irgendwo wird gedüngt. Radfahrer ziehen an mir vorbei. Sie lachen. Starten wahrscheinlich zu einer Tagestour. Ihre Fröhlichkeit wirkt auf mich befremdend. Meine Schädeldecke drückt. Ein sicheres Zeichen von Übermüdung, und ich habe viel zu wenig getrunken. Ich werde Kopfschmerzen bekommen.

»Schlaf erst mal eine Nacht drüber. Bitte! Du kannst nicht so übermüdet losfahren.«

»Doch, das kann ich«, habe ich widersprochen. Ihr Betteln hat mir gutgetan. Dass sie sich Sorgen machen, auch. Obwohl ich ihnen gegenüber abweisend blieb, als hätten sie keine Berechtigung mehr dazu.

»Greta Schenk hat noch eine ältere Tochter aus ihrer ersten Ehe. Johanna. Sie weiß vielleicht gar nicht, dass sie eine Schwester hat«, gaben sie zu bedenken.

»Ich bislang auch nicht«, habe ich böse geantwortet. »Wenn ich damit klarkommen muss, dann wird sie das auch müssen.«

»Greta wird schon weit über 70 sein. Wenn sie noch lebt«, versuchten sie mich weiter zu warnen. »Sie hat damals ziemlich viel getrunken.«

Eine Alkoholikerin. Toll, das passt zu mir. Wahrscheinlich haben sie das auch immer gedacht und deshalb so viel Verständnis für mich gehabt und meine gelegentlichen Saufgelage nie groß kritisiert. Genauso wie sie immer toleriert haben, dass ich nicht studiert habe. Wahrscheinlich haben sie gedacht: Für ihre Gene hat Emma sich gut gemacht. Immerhin Abitur. Und sie hat einen Beruf, der ihr sogar Spaß macht. Tut er auch, denke ich trotzig.

»Emma hat schon als kleines Mädchen mit unserer Köchin konkurriert.«

Das ist eine ihrer Lieblingsgeschichten über mich im Bekanntenkreis. Heuchler. Sie haben mir einfach keine akademische Laufbahn zugetraut.

Ich fische ein Trinkpäckchen Orangensaft aus meiner Tasche, steche brutal den Strohhalm hinein und sauge es gierig leer. Danach klebt meine Zunge von dem süßen

Zeug unter dem Gaumen. Ich muss dringend Wasser trinken.

Ob sie überhaupt noch in diesem Dorf wohnt? Ich hätte das vorher herausfinden sollen. Warum ist sie damals von Hannover hierher gezogen? Ein lukrativer Job wird es wohl kaum gewesen sein. Aus Liebe? Immerhin ist sie noch einmal schwanger geworden. Es muss einen Mann dazu geben. Vielleicht lebt sie sogar noch mit ihm zusammen? Mit meinem Vater. Daran hab ich gar nicht gedacht. Eine nette, kleine Familie. Aber warum hat sie mich weggegeben? Sie hatte doch schon ein Kind. Hat sie sich zu alt gefühlt? Oder war sie hier als Magd angestellt und wurde vom Bauern geschwängert? Dann hat sie mich heimlich in einer abgelegenen Kammer geboren und weggeben müssen? Meinen sie das mit – ›nicht legal‹?

»Sag ihr nicht, wer du bist«, haben sie mich eindringlich gebeten. »Wir haben ihr versprochen, es nie zu verraten.«

Ich habe einfach nicht mehr geantwortet. Was dachten sie sich? Dass ich an ihre Tür klopfe und sage: ›Hallo! Ich bin das kleine Mädchen, das du vor 31 Jahren weggegeben hast. Wie mir berichtet wurde, auf irgendeine krumme Tour. Sie haben mich auf den Namen Emma getauft. Ich bin also Emma und wollte dich kennenlernen.‹ Will ich das überhaupt?

Ein alter Mann fährt auf dem Rad vorbei. Er trägt diese unverwechselbare Kapitänsmütze, die sofort an die Küste und an Altkanzler Helmut Schmidt erinnert. Der Mann fährt so langsam, dass ich mich wundere, wie er das Gleichgewicht halten kann. Dabei schaut er zur Seite und betrachtet mich ungeniert. Unwillkürlich grüße ich ihn. »Moin«, ruft er mir zu.

Ich sehe ihm nach, bis er von der Böschung geschluckt wird. Aber ich kann nicht ewig hier sitzen bleiben. Außerdem verdurste ich. Ich werde mir ein Zimmer suchen, Wasser trinken und dann werde ich zu Fuß herausfinden, wo Greta Schenk wohnt. Nicht gleich mit dem Wagen und dem hannoverschen Kennzeichen. Zu Fuß habe ich jederzeit die Möglichkeit, unerkannt wieder umzukehren.

Ich fahre die Straße weiter ins Dorf, aber sie führt mich nur im Kreis herum. In seiner Mitte stehen die meisten Häuser, und es sieht aus wie ein kleiner Berg. Obendrauf blinkt die Kirchturmspitze in der Sonne. Vielleicht hatte sie was mit dem Pastor, schießt es mir durch den Kopf. Und sie konnte mich deshalb nicht behalten. Unsinn. Du hast mal wieder zu viel Fantasie, hätte Sandra gesagt. Sie fehlt mir. Aber das hier muss ich allein durchziehen.

Ein Schild zur Gastwirtschaft weist nach links. Ich biege ab. Die Straße ist eng und geht bergauf. Hoffentlich kommt mir niemand entgegen. Ich denke dabei an einen Traktor mit einer ausladenden Erntemaschine. Die Häuser sind niedrig, alle aus rotem Klinker. Die Fensterrahmen gehen bis zur Erde. Lang und schmal. Ohne dichte Gardinen. Ähnlich wie in den Niederlanden.

Die Gastwirtschaft liegt im Windschatten der Kirche. Ich parke und gehe rein. Es riecht schon nach gebratenem Fleisch, obwohl die Frühstückszeit gerade beendet sein muss. Auf den Tischen, die mit Brötchenkrümeln und zusammengeknüllten Servietten übersät sind, steht noch gebrauchtes Geschirr.

Kein Mensch zu sehen. Ich gehe an die Durchreiche und sehe in die Küche. Eine Frau sitzt am offenen Fenster und raucht.

»Hallo! Guten Morgen!«, rufe ich ihr zu.

»Moin«, antwortet sie ruhig, ohne aufzustehen.

»Ich suche ein Zimmer.«

Die Frau bläst den Rauch nach draußen, drückt ihre Zigarette aus und kommt zu mir in den Vorraum. Sie ist gut einen Kopf größer als ich, was keine Kunst ist und mich schon lange nicht mehr einschüchtert.

»Da haben Sie aber Glück. Ist gerade ein Zimmer frei geworden. Da können Sie in zwei Stunden rein. Ohne Reservierung ist das zu dieser Jahreszeit nämlich nicht so einfach.«

Ich erinnere mich, dass ich unterwegs nirgendwo die üblichen Schilder ›Zimmer frei‹ gesehen habe. Es ist Hochsaison. Daran habe ich auch nicht gedacht.

Ihr Händedruck ist angenehm fest.

»Ich bin Rieke Lüders. Ihre Tasche können Sie hier bei mir lassen, bis das Zimmer fertig ist. Wollen Sie noch frühstücken?«

»Nein danke, aber ein großes Wasser und ein Kaffee wären nicht schlecht.«

Frau Lüders nickt und räumt mit geübten Handgriffen einen Tisch frei. Sie hat eine stämmige Figur und trägt Jeans und eine ärmellose geblümte Bluse. Ihre Arme sind kräftig und sichtlich Arbeit gewohnt. Aber ungewöhnlich blass für die Jahreszeit. Anscheinend hat sie zum Sonnenbaden keine Zeit. Ihr dunkelblondes Haar ist kurz geschnitten und zeigt erstes Grau. Ich schätze sie auf Ende 40. Aber im Alterschätzen bin ich schlecht.

Ich habe das Wasser in einem Zug getrunken und nun Bauchweh. Sicher nicht nur vom Wasser. Vorsichtig trinke ich ein paar Schlucke Kaffee und sehe aus dem Fenster. Die gehen bis zum Boden, sodass man das Gefühl hat, auf der Straße zu sitzen. Menschen laufen vorbei, die alle aussehen wie Touristen. Es vermieten anscheinend doch noch andere Zimmer im Dorf. Aber für eine Nacht kann ich hierbleiben, hat Frau Lüders gesagt. Das ist gut, denn wer weiß, wie ich mich hinterher fühle. Hinterher.

Dafür muss ich erst einmal herausfinden, ob sie überhaupt noch lebt und wo sie wohnt.

»Wissen Sie, ob hier eine Greta Schenk wohnt?«

Mein Herz beginnt schneller zu schlagen. Ich habe zum ersten Mal ihren Namen laut ausgesprochen. Außerdem sieht Frau Lüders mich so prüfend an, als könnte sie meine Gedanken lesen.

»Greta Schenk aus dem Janssenhaus?«

Janssenhaus. Das klingt nach Ferienhofidylle und Heile-Welt-Fernsehserien.

»Ja, ich denke. Gibt es denn mehrere?«

Sie schüttelt den Kopf. »Nein, aber die bekommen nicht so oft Besuch.«

Die – also wohnt sie nicht allein. Ich schlucke und warte auf eine Antwort.

»Sind Sie mit ihr verwandt?«, fragt sie stattdessen unverblümt neugierig. Hitze steigt mir ins Gesicht, als ich das verneine.

»Sylter Weg, gleich hinter Pflanzen-Brunsen«, rückt sie endlich raus. Sie sieht mich noch einmal abschätzend an, als hätte ich nach der Landestelle eines Ufos gefragt. Dann beginnt sie, die Tischdecken geschickt zusammenzufalten und trägt sie vor die Tür. Ich schicke Sandra schnell die versprochene SMS, wo ich gelandet bin, und gehe auch nach draußen.

»Wo ist denn der Weg?«, frage ich die Gastwirtin, während sie kräftig die Decken ausschüttelt.

»Die Kirchstraße wieder runter! Zurück auf den Ring und dann die zweite links.«

Ich nehme nur meine Handtasche mit und gehe los. Es ist kurz nach elf. Keine gute Zeit für einen Besuch an einem Sonntag, aber das ist jetzt unwichtig. Ich kann nicht mehr warten. Sonst bekomme ich Angst vor meiner eigenen Courage und kneife womöglich. Aber ich muss diese Frau wenigstens einmal sehen. Diese Frau, denke ich, und gehe an leutselig grüßenden Spaziergängern vorbei.

Die zweite nach links. Aber ich sehe keinen Sylter Weg. Als ich wieder am Feuerwehrhaus stehe, kehre ich um. Wo ist dieser verflixte Sylter Weg? Habe ich das falsch verstanden?

Drei junge Bengel mit Gummistiefeln kommen mir auf ihren Rädern entgegen. Sie haben jeder einen Eimer am Lenkrad baumeln.

»Entschuldigung! Könnt ihr mir sagen, wo der Sylter Weg ist?«

Sie halten an und überlegen. Lange. Dann sagt einer von ihnen: »Nee, kennen wir nicht. Gibt es hier nicht.«

»Aber den muss es hier geben!«, widerspreche ich gereizt. »Greta Schenk. Kennt ihr Greta Schenk?«

Sie nicken und betrachten mich aufmerksamer. Genau wie gerade meine Wirtin. Bevor die drei zu Salzsäulen erstarren, hake ich nach: »Und? Wo wohnt die?«

»Süderweg. Gleich hinter Pflanzen-Brunsen.« Sie weisen den Weg die Ringstraße wieder zurück. »Geht rechts ab.«

»Danke«, sage ich und trete wieder den Rückweg an. Ihr Staunen ist mir unangenehm. Es scheint sehr ungewöhnlich zu sein, wenn jemand nach Greta Schenk fragt. Aber jeder kennt sie. Wie überhaupt hier wohl jeder jeden kennt. Ich wüsste nicht einmal, wer in unserer Straße wohnt. Geschweige denn in der ganzen Südstadt.

Der Süderweg liegt außerhalb des Dorfringes. Erst ein paar kleinere Häuser im Stil der 70er-Jahre. Dann eine Baumschule und mehrere Gewächshäuser. ›Brunsen‹, ist auf einem großen Schild zu lesen. Kunstvoll geschnittene Buchsbaumhecken als Begrenzung. Überall Kübel mit prächtigen Geranien. Ich habe noch nie so große gesehen. Fast wie kleine Bäume.

Als Letztes kommt eine dichte Reihe mit Sonnenblumen. Sie halten ihre Gesichter nach Süden einem kleinen Haus entgegen. Es klebt regelrecht an einer ausladenden Scheune. Das winzige Haus wirkt, als hätte man vergessen, es abzureißen. Rasen wuchert hinter einem verwitterten Zaun. Dazwischen blühen unbeirrt ein paar Rosen. Efeu hat die Hauswände bis zum Dach erobert. Dadurch sieht es wie verwunschen aus, und ich muss an Dornröschen denken. Am Briefkasten steckt ein Schild mit verblichener Schrift. Janssen Hausnummer 25. Ihr Name fehlt. Aber die Adresse stimmt: Janssenhaus. Mit hart klopfendem Herzen öffne ich die niedrige Pforte und gehe über dicht bemooste Steinplatten zur Haustür.

KAPITEL 2

Emden, Mai 1976

Johanna erkannte ihre Mutter schon von Weitem. Sie wartete zwischen den anderen am Hafen und trug den grünen Lodenmantel und das karierte Kopftuch. Neben ihr stand ein Mann. Kaum größer als ihre Mutter, obwohl er einen Hut trug. Das musste Janssen sein.

Während sich Johanna mit den anderen Passagieren vom Schiff drängte, versuchte sie, die beiden nicht aus den Augen zu verlieren. Ihr war warm vor Freude. Auf diesen Augenblick hatte sie acht Monate gewartet. Acht Monate, die sie nur mit diesem Ziel durchgehalten hatte. Ohne die geringsten Zweifel, es zu erreichen, sonst wäre sie verloren gewesen.

Genauso sicher wusste sie, dass dies kein Pfingstausflug war. Sie würde bleiben. Für immer. Egal, was sie anstellen müsste, sie würde nicht zu Tante Margot zurückgehen.

Johanna zog eine tiefe Falte zwischen ihre Augenbrauen. Tante Margot. Sie war nicht ihre Tante, aber sie spielte sich so auf. Schlimmer: Sie tat so, als wäre sie ihre Mutter.

Johannas Tasche war leicht. Sie hatte nicht viel eingepackt, das wäre zu auffällig gewesen. Aber sie hatte ja auch nicht viel, was sie hätte einpacken können. Der einzige Ärger war, dass sie ihre neuen Schuhe hatte zurücklassen müssen. Tante Margot hatte ihr nur erlaubt, die alten abgelatschten mitzunehmen. »Damit deine Mutter sieht, dass du nichts mehr zum Anziehen hast und sie mir drei Monate Kindergeld schuldet.«

Wie immer hatte Johanna nicht geantwortet. Die Lehrerin hatte sie deswegen für verstockt gehalten. Sie hatte ihr vorgeworfen, dass sie ihre Chance und ihr Glück, in einer intakten Familie aufwachsen zu können, nicht wahrnahm. Johanna hatte die Lehrerin angesehen und gedacht: Du hast keine Ahnung!

Und sie hatte weiter geschwiegen. Sie wusste, dass sie damit alle am meisten aufbringen konnte. Vor allem Tante Margot. Die ein dankbar lächelndes Mädchen erwartet hatte. Eine angenommene Tochter, die man gut vorführen konnte. An deren verbesserten Schulleistungen jedermann erkennen konnte, wie gut es ihre Tante mit ihr meinte. Dass sie Johanna gerettet hatte. Gerettet vor ihrer saufenden Mutter und dem Jugendamt, das sie sonst in ein Heim gesteckt hätte.

Intakt. Johanna schürzte die Lippen. Tante Margot mit ihrem strahlenden Lächeln und den duftigen Röcken. Immer adrett, immer hilfsbereit. Auch in der Kirchengemeinde. Dabei drangsalierte sie zu Hause ihren Mann und nun auch Johanna mit ihren Launen.

Glück. Das hatte sie, als sie ihre Tante mit Harm Dieters im Kaninchenstall überrascht hatte. Er hatte Tante Margot auf eine der Kisten gebockt und sich zwischen ihren Schenkeln gerieben. Johanna war kurz stehen geblieben. Angeekelt hatte sie auf den weißen Hintern von Dieters gestarrt und auf seine

Bewegungen, die immer heftiger wurden. Sie hatten Johanna nicht bemerkt, und sie hatte es für sich behalten. Nicht aus Rücksichtnahme. Sie hatte nur auf den richtigen Augenblick gewartet. Der kam, als sie hörte, dass ihre Mutter mit einem Mann zusammenlebte. Sogar ganz in ihrer Nähe. Drüben auf dem Festland in der Krummhörn. Enno Janssen. Er hatte dort ein Haus.

Da war Johanna klar, sie würde Pfingsten ihre Mutter besuchen und nicht wieder nach Borkum zurückkehren. Tante Margot schien das zu ahnen. Sie wollte ihr den Besuch verbieten. Sie könne es nicht verantworten, Johanna zu ihrer Mutter und diesem Mann zu schicken. Der blind war und dem sie den Haushalt führte. »Den Haushalt«, hatte sie gehöhnt. »So wie es bei deiner Mutter immer im Haushalt ausgesehen hat. Die wird ihm ganz was anderes führen.« Sie hatte Johanna gehässig angesehen: »Das Jugendamt wird sich für diesen Besuch sehr interessieren. Sie haben sich gerade ein bisschen beruhigt. Das hast du mir zu verdanken. Ein Anruf, und …«

Johanna blieb ganz gelassen und sagte mit fester Stimme: »Ich besuche meine Mutter. Oder ich erzähle, dass dich Harm Dieters im Kaninchenstall gefickt hat.«

Das Wort ›gefickt‹ auszusprechen, kostete Johanna Überwindung, aber als sie sah, wie Tante Margot unter ihm zusammenzuckte, wiederholte sie es noch einmal. »Gefickt von Harm Dieters.«

Und sie sagte ihr, dass sie es nicht nur Onkel Hans erzählen würde. Es war ihr klar, der war viel zu weich und kein Druckmittel. Sie würde es überall auf Borkum herumerzählen.

Johanna durfte reisen. Nur ihre neuen Schuhe musste sie dalassen. Ein letzter Triumph ihrer Tante.

Onkel Hans brachte sie zur Reede, und um ihn tat es Johanna ein wenig leid. Sie steckte ihm das Geld zu, das sie sich in den letzten Monaten zusammengeschnorrt hatte. Er wurde rot. Aber Johanna wusste, dass er von Tante Margot kurzgehalten wurde und sich gerne mal einen Schnaps kaufte.

Sie ging an Deck und schaute nicht zurück, als die Fähre drehte und Kurs aufs Festland nahm. Sie schloss die Augen, weil sie es vor Freude kaum aushalten konnte und am liebsten laut geschrien hätte: ›Geschafft!‹ Sie hatte es geschafft. Und ihre Mutter würde sie schon überreden, dass sie dort bleiben konnte. Da machte sie sich keine Sorgen.

Sie ärgerte sich nur, dass sie Tante Margot nicht ins Gesicht gespuckt hatte, als die so mies über ihre Mutter hergezogen war.

Das letzte Stück rannte Johanna. Atemlos blieb sie vor ihrer Mutter stehen. Die erschien ihr kleiner und zerbrechlicher als in ihrer Erinnerung. Einen Augenblick waren beide von einer ungewohnten Schüchternheit befangen. Johanna fasste sich als Erste und zog ihre Mutter vorsichtig an sich. Deren Wangen fühlten sich welk an. Dabei war Greta gerade erst 41 Jahre alt. Ihr Körper war knochig. Sie musste abgenommen haben. Aber ihr Atem roch nicht nach Alkohol. Das beruhigte Johanna.

Janssen stand abwartend daneben und schien die Szene aufmerksam zu beobachten. Mantel und Hut gaben ihm etwas Imposantes. Ein feiner Mann, dachte Johanna. Ganz anders, als sie sich jemanden vom Lande vorgestellt hatte. ›Am Arsch der Welt‹, so hatte Tante Margot sich ausgedrückt. Zufrieden registrierte sie, dass er sogar einen Schlips trug. Da kam Harm Dieters nicht mit.

»Hallo, Herr Janssen. Ich bin Johanna«, begrüßte sie ihn. Sie hatte keine Ahnung, wie man mit einem Blinden reden sollte, und gab sich deshalb betont burschikos. Über sein schmales Gesicht flog ein Lächeln. Seine Augen versuchten, sie zu fixieren. Die waren ungewöhnlich dunkel und wirkten wie ausgelaufene Tinte. Aber in ihnen glühte ein Feuer, und Johanna hatte das Gefühl, er könne sie sehen.

»Guten Tag, Johanna. Schön, dass du da bist. Lasst uns nach Hause fahren.«

Nach Hause fahren, dachte Johanna. Das hört sich gut an. Seine Stimme hatte einen angenehmen Bariton und keinen Dialekt. Er hätte genauso gut aus einer Großstadt stammen können und nicht aus einem Dorf an der ostfriesischen Küste.

Ihre Mutter nahm seine Hand, eigentlich nur zwei Finger, und führte ihn. Dabei wirkten seine Bewegungen so sicher, dass kein Fremder ihn für einen Blinden gehalten hätte. Johanna betrachtete ihn fasziniert und dachte: Vielleicht hat sich Tante Margot das nur aus Bosheit ausgedacht. Vielleicht war er gar nicht blind.

Sie fuhren mit dem Bus die Küstenstraße entlang.

Links sah man den Deich. Dahinter war das Meer und irgendwo weit draußen Borkum. Geschafft, dachte sie immer wieder. Frei! Noch einmal gehe ich nicht in die Falle.

»Krummhörn heißt auf Hochdeutsch so ungefähr: krumme Ecke«, erklärte Janssen. »Und wenn du dir das auf der Karte anguckst, dann sieht dieser Zipfel auch wirklich so aus.«

Johanna nickte und schaute weiter über das zarte Grün der Weiden. Was Janssen ihr erzählte, interessierte sie nicht. Aber sie mochte seine Stimme und das Gefühl, von ihm ernst genommen zu werden. Er gab sich Mühe, ihr seine Heimat vorzustellen. Ihre hatte sie vor über acht Monaten verlassen müssen. Sie hatte anfangs viel Heimweh gehabt. Schmerzhaftes Heimweh. Aber jetzt war es ihr gleichgültig, wo sie leben würde.

Sie wollte nur wieder über sich selbst bestimmen können.

»Zur Krummhörn gehören 18 Warftendörfer und das Fischerdorf Greetsiel«, hörte sie Janssen weiter erzählen.

»Greetsiel ist sehr schön«, unterbrach ihn Greta zum ersten Mal. »Wie aus dem Bilderbuch, auch der kleine Hafen. Vielleicht schaffen wir es und können da noch hinfahren.«

Johanna lächelte. Sie hatte keine Eile, denn sie würde hierbleiben.

Die Häuser in Janssens Dorf erinnerten sie auf den ersten Blick an Borkum. Rote Ziegelsteine und Fenster, die bis zum Boden gingen. Aber hier war alles ein wenig größer. Die Gärten hatten weite Wiesen mit blühenden Obstbäumen. Dazwischen waren Leinen gespannt, an denen Wäsche wehte. Überall prächtige Rhododendronsträucher in Rot und einem zarten Rosa.

Janssens Haus lag außerhalb des Dorfkerns hinter einer Gärtnerei. Es war kleiner als die anderen. Sehr viel kleiner. Gedrungen klebte es dicht an einer Scheune, die zum Nachbargrundstück gehörte. Auf dem Rasenstück vorm Haus leuchteten noch letzte rotgelbe Tulpen und weiße Maiglöckchen. Johanna war es einerlei, wie groß das Haus war. Es würde ihres werden, nur das zählte.

»Das Haus gefällt mir!«, rief sie spontan und spürte, dass Janssen sich über ihre offene Begeisterung freute. Er lachte leise und sagte: »Na dann, herzlich willkommen!«

Sie gingen nicht durch die Haustür, sondern von hinten durch einen kleinen Wintergarten. Darin standen nur eine Bank und mehrere Kisten mit gespaltenem Holz. Von dort ging es weiter durch eine Glastür in die Küche. Ein Tisch, ein Sofa, zwei Stühle, und ein Küchenschrank mit Butzenscheiben. Dahinter leuchtete blauweißes Geschirr.

Johanna lief unaufgefordert weiter durch die nächste Tür. Überrascht blieb sie stehen. Zwei Fenster, die zur Straße hinausgingen. Blanker Parkettfußboden und ein Kachelofen. In der Mitte stand ein Tisch. In der Ecke ein Ohrensessel. Ansonsten war der Raum leer.

Eine weitere Tür führte in das Schlafzimmer. Es wurde von einem massiven Kleiderschrank und einem wuchtigen Ehebett ausgefüllt. Ein schmales Fenster. Johanna sah hinaus und gegen die Scheunenwand.

»Wo schlafe ich?«, rief sie, schon wieder zurück in der Küche.

»Hier, gleich nebenan«, sagte Janssen und zeigte ihr den Weg. In seiner gewohnten Umgebung bewegte er sich mit traumwandlerischer Sicherheit. Das Zimmer war winzig. Ein Bett, ein Schrank und eine Kommode mit Spiegel. Alles in Weiß. Vor dem Fenster blühte eine Pfingstrose. Als sich Johanna herauslehnte, sah sie auf eine Anpflanzung junger Tannen und Wacholder. Eine Baumschule. Tiefer im Grundstück konnte sie den Kanal mit maigrünen Weiden erkennen. Zufrieden packte sie ihre Tasche aus.

Der Duft von frisch gebrühtem Kaffee wehte herüber. Der Geruch erinnerte Johanna an ihr Leben in Hannover. Das verstärkte das angenehme Kribbeln in ihrem Bauch. Es war ein glücklicher Tag.

Janssen stand am Küchenschrank. Den Ellenbogen aufgelehnt. Im Mund eine Pfeife. Er nahm sie nur zum Reden heraus. In Weste und Hemd sah er immer noch sehr vornehm aus.

Johanna entschied sich für den Platz auf dem Sofa. Sie sank tief ein und brauchte ein Kissen, um richtig am Tisch zu sitzen. Ihre Mutter hatte Kuchen aufgeschnitten. Er roch nach Hefe und guter Butter. Erst jetzt bemerkte Johanna, wie hungrig sie war. Gierig biss sie in den wattigen Teig und verkündete mit vollem Mund: »Ich bleibe hier! Ich gehe nicht wieder zurück zu Tante Margot!«

Ihre Mutter wurde blass. Johanna sah, dass sie mit ihrem Entschluss nicht einverstanden war. Damit hatte sie gerechnet. Für einen kurzen Augenblick bekam sie Angst. Sie griff nach dem nächsten Stück Kuchen und posaunte: »Lecker!«

Janssen setzte sich auf den Stuhl an die Stirnseite. Ihr Appetit bereitete ihm sichtliches Vergnügen.

»Aber du hast doch kaum Kleidung dabei und vor allem keine Schulsachen«, gab Greta hilflos zu bedenken.

»Viel mehr Kleidung habe ich nicht«, antwortete Johanna.

Janssen rückte sich seine Tasse zurecht und fühlte mit den Fingern, wo der Kuchenteller stand.

»Und die Schulsachen?«, unternahm Greta einen weiteren Versuch.

»Die können gekauft werden«, sagte Janssen mit fester Stimme und schob sich vorsichtig das Stück Butterkuchen zum Abbeißen in den Mund. Dabei machte er ihn viel weiter auf, als nötig gewesen wäre, und Johanna konnte zum ersten Mal erkennen, dass er wirklich blind war.

»Ja, die können gekauft werden«, echote sie zufrieden und nahm noch ein Stück Kuchen. Sie wusste, dass sie in Janssen einen Verbündeten gefunden hatte. Und ihre Mutter würde schon einsehen, dass es eine gute Entscheidung war, hierzubleiben.

Greta hatte es geahnt. Schon im Hafen, als Johanna ihr gegenüberstand. Sie hatte ihre Energie gespürt, diese

Kraft, gegen die sie sich noch nie hatte wehren können. Da war ihr klar: Johanna würde nicht zu Margot zurückgehen. Damit warf sie Gretas Zukunftspläne komplett über den Haufen. Wieder einmal.

Dabei hatte sie Sehnsucht nach Johanna gehabt. Schmerzhafte Sehnsucht, die sie selbst überrascht hatte. Das war auch ein Grund, warum sie an die Küste gezogen war. Ein anderer hieß Not. Und eine Notlösung hatte es bleiben sollen.

Aber kaum angekommen, fegte Johanna wie ein Wirbelwind durch das kleine Haus und füllte es mit Leben. Janssen hatte das gefallen. Das war klar. Er wusste, dass er sie mit Johanna ködern konnte. Sie hatte zwar nie gesagt, dass sie nicht für immer bleiben würde. Aber Janssen war ein schlauer Hund. Greta warf ihm einen schrägen Blick zu. Er biss zufrieden in das nächste Stück Kuchen. Johanna hatte ebenfalls einen gesegneten Appetit. Den war sie von ihrer Tochter nicht gewohnt. Genauso wenig deren Rundungen um Hüften und Busen. Einen richtig üppigen Busen. Den hatte Greta nie gehabt. Johanna war kein Kind mehr. Daran konnte die kindliche Pagenfrisur auch nichts ändern. Dem viel zu kurzen Pony war sie längst entwachsen. Wahrscheinlich hatte ihn Margot aus Geiz selbst geschnitten. Das traute sie ihr zu.

Greta stand auf und schenkte Janssen noch einen Kaffee ein. Er trank ihn schwarz mit Zucker. Eine der wenigen Gemeinsamkeiten zwischen ihnen. Es war gut, dass er nicht wie fast alle hier oben Teetrinker war. Sie stellte ihm die große Tasse auf seinen Platz zurück. Bescheid geben musste sie ihm nicht. Er sah mit seinen Ohren. Daran hatte sich Greta gewöhnt. An vieles andere nicht. Und nun hatte er eine neue Verbündete.

Sie hätte Johanna den Besuch verbieten sollen. Jetzt würde es schwer sein, hier wieder wegzukommen. Kurz und schmerzlos ohne Abschied. So wie sie es geplant hatte. Sie hatte keine Kraft, Janssen etwas zu erklären. Sie hatte einfach verschwinden wollen. Das war mit Johanna nicht mehr möglich. Zumal sie sich schon häuslich einrichtete. Sie hatte sofort ausgepackt.

Ausgepackt, dachte Greta bitter. Diese paar Habseligkeiten. Warum musste Margot ihren Ärger an Johanna auslassen? Nur weil sie ihr drei Monate das Kindergeld nicht überwiesen hatte? Dabei hatte Margot doch lautstark betont, dass sie Johanna aus reiner Menschlichkeit aufnehmen würde. Egal, wie lange es dauerte. Und nun machte sie wegen der paar Mark so einen Aufstand. Das hätte sie sich bei Margot eigentlich denken können. Aber ihr Angebot war zu verlockend gewesen. Als Margot sich bereit erklärte, Johanna zu sich zu nehmen, war sie einfach nur erleichtert gewesen. Johanna hatte wider Erwarten eingesehen, dass es die beste Lösung war. Erst einmal. Besser, als in einem Heim zu landen. Sie hatte Johanna in den Zug nach Emden gesetzt und sich wie befreit gefühlt. Endlich konnte sie wieder über ihr Leben bestimmen. Johanna war so anstrengend. Immer präsent. Immer ein bisschen klüger. Greta hatte bei ihr das Gefühl, dass sie die Tochter und nicht Johannas Mutter war. Vor allem ihre Bespitzelungen. Ihre Angst, Greta könnte etwas zustoßen, wenn sie nachts durch Lindens Kneipen zog. Ihre Kontrolldurchsuchungen, ob sie sich wieder Schnaps gekauft hatte. Sie war gezwungen, ihn vor Johanna zu verstecken. Manchmal hatte sie auch wirklich keinen mitgebracht, sogar keinen getrunken, weil ihr die Streitereien auf die Nerven gingen. Deshalb hatte sie nur Erleichterung gefühlt. Eine kurze Zeit lang.

Danach kam eine beunruhigende Leere. Die kleine Wohnung wurde immer größer. Niemand, der zu Hause auf sie wartete, sie beschimpfte oder sie mit einem frisch aufgebrühten Kaffee empfing. Etwas von ihr verlangte. Sich auf ein warmes Essen freute und ihr das Gefühl rüberbrachte: Wir zwei schaffen das. Wir zwei gegen den Rest der Welt. Du brauchst keinen Mann. Du hast doch mich. Das war Johanna. Unerschütterlich und stark. Wir zwei schaffen das! Wie sollte sie diesem Kind erklären, dass sie sich einsam fühlte, obwohl ihre Tochter ihr so viel Liebe gab? Dass sie abends das Gefühl hatte, in dem kleinen Zimmer ersticken zu müssen. Sie wollte ja zu Hause bleiben. Aber spätestens, wenn sie den Alkohol im Blut hatte, war ihre Sehnsucht nicht mehr zu kontrollieren. Nach einem Mann, der jetzt neben ihr sitzen würde. Einer, der für sie sorgte, auf den sie sich verlassen könnte. So einen, wie Frau von Odenwald hatte. Die hatte wirklich Glück.

Greta hatte Johanna als Klotz am Bein empfunden und erst nach und nach begriffen, dass sie ihr Halt gegeben hatte. Den letzten. Und alles nur, weil das Jugendamt auf sie aufmerksam geworden war. Durch eine dumme Verkettung von Zufällen.

Johanna war in Celle bei Altmanns gewesen. Einer befreundeten Familie mit zwei Töchtern in Johannas Alter. Greta wollte zu Hause bleiben. Das hatte sie sich fest vorgenommen. Da klingelte Alfred überraschend an der Tür. Sie hatten sich ein paar Monate nicht gesehen. Nun stand er da und grinste sie so unverschämt siegessicher an. Sie konnte ihm nicht widerstehen. Er blieb nicht gerne in ihrer kleinen Wohnung. Er brauchte die Freiheit seiner Gartenlaube. Sie ging mit. Dabei hatte sie sich fest vorgenommen, mit ihm Schluss zu machen. Einmal wieder. Frau von Odenwald hatte ihr eindringlich ins Gewissen geredet: »Dieser Mann ist nichts für Sie, Frau Schenk. Er trinkt zu viel und ist arbeitsscheu. Ein Vagabund. Er tut Ihnen nicht gut. Und für Johanna als Vater taugt er auch nichts.«

Das stimmte. Und es stimmte nicht, denn er tat ihr auch gut. Sehr gut. Er gab ihr das Gefühl, eine schöne Frau zu sein, und in den gemeinsamen Nächten die Einzige auf der Welt.

In dieser Nacht kam Johanna spät am Abend wieder nach Hannover zurück. Entgegen der Absprache. Sie hatte sich dort mit den Töchtern gestritten und trotz der späten Stunde die Konsequenzen gezogen. So war Johanna.

Die Wohnung in Linden war leer. Und Johanna begann, sie in den Kneipen zu suchen, in denen sie ihre Mutter vermutete.

Erfolglos. Wieder vor der Wohnung, bemerkte sie, dass sie den Schlüssel in der Küche vergessen hatte. Zurück nach Celle konnte sie auch nicht. Sie hatte kein

Geld, und es fuhr auch kein Zug mehr. Johanna wartete eine Zeit lang im Treppenhaus, dann zog sie aufs Neue los. Mittlerweile war es zwei Uhr morgens. Ein Ehepaar wurde auf Johanna aufmerksam und verständigte die Polizei. Zu dem Zeitpunkt war sie 13 und sah noch jünger aus. Ein Schneewittchen mit ihrer blassen Haut und dem tiefschwarzen Haar. Sie war todmüde und durchgefroren. Deshalb ging sie gerne mit auf die Wache und schlief dort den Rest der Nacht.

Von dem Tag an war der Beamtenapparat ins Rollen gekommen. Greta Schenk wurde durchleuchtet. Seit Jahren Witwe. Stundenweise Putzfrau bei den von Odenwalds. Die Wohnung zu klein. Kein eigenes Zimmer für Johanna. Alkohol. Männerbesuche. Johannas schlechte Leistungen in der Schule. Unentschuldigte Fehltage. Da bot sich Margot an. Sie war eine angeheiratete Verwandte. Die Stieftochter ihres verstorbenen Mannes. Greta mochte sie nicht. Aber sie war die einzige Rettung in dieser Situation. Immerhin führte sie ein ordentliches Leben. Sie war verheiratet und lebte gerade auf Borkum. Ihr Mann war vom Bund dorthin versetzt worden. Borkum ist weit weg, so hatte Greta gedacht. Johanna kann Abstand gebrauchen. Sich an der Seeluft erholen, bis hier Gras über die Sache gewachsen ist. Nicht für lange. Schon gar nicht für immer. Und Kinder von Bundeswehrangehörigen kamen und gingen. Das war nichts Ungewöhnliches, und darunter würde sie nicht zu leiden haben.

Greta würde unterdessen eine andere Wohnung suchen, vielleicht sogar einen Mann. Sie beantwortete weiterhin Kontaktanzeigen aus der ›Heim und Welt‹. Sie legte immer ein Foto von Johanna mit in die Briefe. Das war auf einem Sommerfest geschossen. Johanna trug ein rosa Kleid. Das hatte sie sich von Altmanns geliehen. Sie sah darin wunderschön aus. Wirklich wie eine Märchenprinzessin. Janssen hatte sehr nett antworten lassen. Er hätte ein eigenes Haus und er wäre blind und suche eine liebe Frau, die ihm zur Seite stehen und den Haushalt führen würde. Greta hatte zurückgeschrieben und ihn wieder vergessen.

An dem Morgen, als Janssen mit seinem Stiefsohn vor ihrer Wohnungstür stand, war sie noch nicht nüchtern. Völlig überrumpelt ließ sie die beiden in das Chaos ihrer Wohnung. Sie war ausgehungert und müde. Mit der Miete im Rückstand. Sie hatte das Kindergeld nicht überwiesen und Margot im Nacken. Und das Schlimmste: Frau von Odenwald hatte ihre Geduld verloren und sie rausgeschmissen. Falls sie einen Entzug machen würde, könnte sie sich wieder melden. Sie hatte Greta mehrmals sturzbetrunken in ihrem Wohnzimmer vorgefunden. Von Odenwalds hatten so viele angebrochene Flaschen Whisky herumstehen. Nur einen hatte sie trinken wollen. Einen würde man nicht bemerken. Aber sie war in dem Sessel von Herrn von Odenwald sitzen geblieben und hatte weiter getrunken und einen Augenblick lang geträumt, hier selbst die Hausherrin zu sein.

Janssen machte einen weltgewandten und seriösen Eindruck, sodass Greta nicht lange überlegte. Draußen stand der Wagen des Stiefsohnes, und sie fuhr mit. Sie brauchte Ruhe. Nur Ruhe, und vielleicht hatte sie sogar ein neues Zuhause für sich und Johanna gefunden. Dort oben in dem kleinen Dorf an der Küste. Ganz in der Nähe von Borkum. Dort würde sie Abstand zu allem finden.

Janssens Haus war die erste Enttäuschung. Es war fast leer geräumt. Ihre Vorgängerin hatte alles mitgenommen, erklärte Janssen knapp. Seine eigenen Möbel hatte er ihretwegen verkauft. Weil er ihr vertraut hatte.

Die nächste Enttäuschung war Janssen selbst. Er konnte ihr nicht die erhoffte Ruhe geben. Er war besitzergreifend und anstrengend. Viel mehr, als sie es von Johanna gewohnt war. Er war maßlos. So sehr sie seine gewandte Art, sich auszudrücken, zuerst bewundert hatte, so sehr war sie seiner Reden nach kurzer Zeit überdrüssig. Sie machten sie mürbe. Und er redete immer. Ließ ihr keine Nische, nur den Schlaf und die Flucht nach draußen, wenn sie Einkaufen war. Alkohol brauchte sie hier noch dringender als in Hannover. Um zu vergessen. Und Janssen trank mit. Schon am zweiten Abend wusste sie, dass sie nicht nur seine endlosen Litaneien ertragen musste. Er brauchte auch ihren Körper. Genauso maßlos, genauso besitzergreifend. Jeden Abend vor dem Schlafen.

Schon nach ein paar Wochen hatte sie Alfred den ersten Brief geschrieben. Dem Postboten hatte sie Bescheid gesagt, dass er Briefe, die an sie adressiert wären, nicht Janssen geben sollte. Nur ihr persönlich. Der hatte verständnisvoll genickt und es ihr versprochen. Jeder hier wusste, dass Janssen schwierig war, wenn nicht verrückt. Sie hatte Alfred geschrieben, dass sie Sehnsucht nach ihm hatte und wieder zurück nach Hannover wollte. Sie würde von seinen Bratkartoffeln und seiner Zärtlichkeit träumen. Er würde ihr verzeihen, das wusste sie.

Aber nun war Johanna hier, und sie musste warten. Sich einen neuen Plan ausdenken.

KAPITEL 3

Krummhörn, 2009

Von der Haustür blättert himmelblaue Farbe. Der Klingelknopf hängt schief und sieht aus, als würde er jeden Augenblick runterfallen. In meinen Handflächen sammeln sich kleine Pfützen. Ich zögere. Erst einmal beruhigen. Mir Worte zurechtlegen. Gründe, aus denen ich vor ihrer Tür stehe. Das fällt mir reichlich früh ein, als hätte meine Reise an die Küste kein Ziel gehabt. Ich könnte ihr sagen, dass ich an einem Bericht schreibe. Genau. Die Entwicklung des Landlebens in den letzten Jahrzehnten, speziell an der Nordseeküste in der Krummhörn. Ich hätte meine Kamera mitnehmen sollen und mein Laptop. Das käme professioneller rüber. Zu spät. Ob sie mich erkennt? Gibt es eine mentale Nabelschnur, die einen mit der leiblichen Mutter verbindet? Oder entwickelt man die erst durch das Zusammenleben?

Ich sollte umkehren, denke ich, aber mein Finger drückt schon auf den maroden Knopf. Nichts zu hören. Auch kein Geräusch von drinnen. Die Klingel scheint nicht zu funktionieren.

»Moin!«

Die helle Stimme hinter mir lässt mich zusammenfahren. Zwischen dem Spalier aus Sonnenblumen steht ein junges Mädchen. Sie trägt eine blaue Arbeitslatzhose und einen Strohhut. Das lange blonde Haar ist zu Zöpfen geflochten. Wie aus dem Bilderbuch. Blitzsauber. Mit einem Glas Milch in der Hand könnte sie genauso gut einem Werbeplakat entsprungen sein.

»Hallo«, grüße ich zurück, obwohl ich schon begriffen habe, dass hier zu jeder Tageszeit ein ›Moin‹ angesagt ist. Aber ich finde es albern, das wie ein Mustertourist nachzuahmen.

»Wollen Sie zum alten Janssen?«

Alter Janssen? Gibt es etwa auch einen jungen? Und warum sprechen alle nur seinen Namen aus und nicht den von – von Greta Schenk? Ich nicke.

»Dann gehen Sie hintenrum. Die hören nichts.«

»Ich kann doch nicht einfach so reingehen!«

»Doch, doch! Die machen sonst nicht auf!«

Sie sieht mich auffordernd an, ohne ihren Beobachtungsposten zu verlassen. ›Die bekommen nicht viel Besuch‹, höre ich meine Wirtin sagen.

Ich raffe mich auf und gehe um das Haus herum. Auch, um dem prüfenden Blick der jungen Nachbarin zu entkommen.

Eine überdachte Veranda. Die weiße Farbe ist kaum noch zu erkennen. Die Holzumrahmung splittert. Efeu rankt besitzergreifend über das Vordach bis hoch zum Schornstein des Hauses. Die Fenster sind länger nicht freigeschnitten worden und fast zugewachsen. Ich spähe durch eine Lücke und sehe ein heilloses Durcheinander. Es könnte die chaotische Vorbereitung zu einem Umzug sein oder genauso gut Sperrmüll. Ich drücke die Klinke runter. Die Tür ist wirklich nicht abgeschlossen. Eine Bank, Gartengeräte, Eimer, eine Zinkbadewanne, ein neu aussehendes Keramikklo und Kisten.

»Hallo! Ist da jemand?« Meine Stimme klingt fremd und dünn. Ich bleibe unschlüssig stehen und starre auf das nächste Fenster, das schon zur Wohnung gehört. Hinter der vergilbten Gardine bewegt sich ein Schatten. Schritte. Noch könnte ich umkehren. Einfach weglaufen. Aber ich rühre mich nicht vom Fleck und warte, bis sich die Tür öffnet, und sie mir gegenübersteht.

Sie ist noch kleiner als ich. Das ist für mich ungewohnt. Sie wirkt zerbrechlich wie ein Kind und gleichzeitig greisenhaft alt. Ihr Haar ist grau. Ein schmutziges Grau. Sie muss einmal dunkelhaarig gewesen sein. Es ist straff wie eine Männerfrisur nach hinten gekämmt und glänzt fettig. Ihr Rock wird von einem derben Gürtel gehalten, sonst würde er ihr wahrscheinlich herunterrutschen. Sie ist unglaublich mager. Der blassblaue Pullover hat etwas verspielt Mädchenhaftes und passt nicht zu ihr. Sie hält eine brennende Zigarette in der Hand und sieht mich an. Ihre Augen sind dunkelbraun. Die einzige lebendige Farbe an ihr. Gleich wird sie mich fragen, was ich hier will. Einen Bericht schreiben. Wie lächerlich! Hier riecht alles nach Armut und Verfall. Es wird sie nicht interessieren, wie sich das Landleben entwickelt hat. Sie wird mich hinauswerfen. Aber was soll ich sonst sagen? Mein Hirn ist wie leer gefegt.

»Könnte ich bei Ihnen einmal kurz telefonieren?«, höre ich mich fragen. Wie intelligent. Im Zeitalter der allgegenwärtigen Handys nach einem Telefon zu verlangen. Ausgerechnet hier. Hoffentlich fängt meins nicht gerade an zu klingeln.

Sie zieht an ihrer Zigarette und schüttelt den Kopf.

»Er will kein Telefon.«

Ich denke, das war's dann wohl, liebe Emma. Geh erst mal wieder und überleg dir was Besseres, da sagt sie: »Kommen Sie doch rein.«

Mich empfängt ein Gemisch aus kalter Asche, Muff und altem Bratgeruch. Ich atme flach, weil ich das Gefühl habe, die Luft könnte meine Lungen verkleben. Die Küche ist klein. Ein Fenster mit karierten Gardinen. Die stehen vor Dreck und Fliegenschiss. Das Gebäude der benachbarten Scheune verdunkelt das Zimmer. Obwohl wir Mittag haben, brennt ein diffuses Deckenlicht. Der Lampenschirm hat unter dem Schmutz seine Farbe verloren. Ein Schrank mit blinden Butzenscheiben. Vergilbte Tapeten. Teilweise von der Wand gelöst. Wie lange hält man es hier drinnen aus, ohne schwermütig zu werden?

»Wollen Sie einen Kaffee?«, fragt sie mich. Sie wirkt plötzlich aufgedreht. Freut sie sich, Besuch zu haben? Einen Kaffee. Ich hätte Tee vermutet, aber sie kommt ja auch aus Hannover. Hat sie mich längst erkannt? Bietet sie mir deshalb so bereitwillig etwas zu Trinken an?

»Setzen Sie sich doch!«, fordert sie mich auf. Ich rücke mir unschlüssig einen Stuhl zurecht.

»Das Sofa ist bequemer!«, sagt sie.

Das Sofa ist ein uralter Zweisitzer. Abgewetzt und speckig. Ich bleibe stocksteif stehen.

»Ich hole Ihnen ein Kissen!« Ohne meine Antwort

abzuwarten, verschwindet sie und kommt mit einem breiten Kissen zurück. Es sieht manierlich aus, und ich setze mich pflichtschuldig. Sie nickt zufrieden. Als hätte sie genau diesen Platz für mich reserviert.

Ich fühle mich wie benebelt und überlege nicht mehr, was ich sagen könnte. Ich sitze einfach auf dem Sofa und lasse mir von ihr einen Kaffee kochen. Von ihr. Von Greta Schenk. Meiner leiblichen Mutter. Ich muss trocken schlucken und an die hellen, weiten Räume in der Südstadtvilla denken. Sonnendurchflutet.

Keine legale Adoption, fällt mir wieder ein und mir wird mulmig. Nein, ich werde mich nicht zu erkennen geben.

Sie hat ihre Zigarette ausgedrückt und stellt einen Wasserkessel auf eine der beiden Elektroplatten. Dann beginnt sie, mit eckigen Bewegungen Kaffeemehl in eine Kanne zu löffeln. Es staubt einiges daneben. Sie kümmert sich nicht darum. So wie der Fußboden aussieht, ist ihr das schon lange egal. Sie holt zwei Tassen und ein abgesprungenes Schälchen mit Zucker und stellt es auf den Tisch. Dabei muss ich auf ihre Hände sehen. Deren Haut ist so faltig, als trüge sie die gebrauchte einer anderen. Die Fingerkuppen sind vom Nikotin vergilbt. Ihre Nägel abgekaut oder abgerissen. Ich schaue weg.

Sie wendet mir wieder den Rücken zu und gießt das brodelnde Wasser in die Kanne. Ohne Filter.

Ich scharre nervös mit den Füßen. Da dreht sie sich zu mir um und sagt, als wollte sie mich trösten: »Er ist krank. Der wird sicher nicht aufstehen.«

Zum ersten Mal lächelt sie. Ein verschmitztes Lächeln. Dass er krank ist, scheint ihr zu gefallen. Ihre Zähne sind genauso ungleichmäßig braun wie ihre Fingernägel. Teilweise abgebrochen. Dass es so etwas noch gibt, denke ich, und lächele zurück.

Mein Blick fällt auf ihre Füße. Sie stecken in karierten Pantoffeln. Dann erkenne ich zwischen dem Muster Reste. Reste in unterschiedlichsten Farben. Manche sind braun. Kacke, denke ich angewidert.

»Er war noch nie krank«, vertraut sie mir an, und ich höre deutlich den Triumph in ihrer Stimme. »Ist zäh wie ein alter Ziegenbock. Aber nun liegt er im Bett. Und er glaubt, ich schaffe das hier nicht.«

Sie lacht und bekommt dabei einen Hustenanfall. Der hört sich gewaltig an und scheint die zierliche Frau zerreißen zu wollen. Ihre Augen tränen, aber sie sieht mich eindringlich an. Ich versuche, ihrem Blick standzuhalten. Diese braunen Augen. Sie müssen einmal schön gewesen sein. Ich habe bernsteinfarbene Augen und blondes Haar. Wie sieht dieser Janssen wohl aus? Ist der etwa mein Vater?

Das ist mir alles zu viel. Zu viel Realität, zu viel Armut.

»Ich muss bald wieder gehen«, sage ich und zwinge mich, nicht gleich aufzuspringen und wegzurennen.

Sie nickt und sagt: »Ich wollte hier auch immer weg. Von Anfang an. Aber nun, solange er lebt …« Sie macht eine Pause und streckt sich. »Aber danach nehme ich mir ein Zimmer. Ein helles, freundliches Zimmer nur für mich allein. Kann sein, in einem Heim. Ist mir egal.

Muss nur für mich allein sein. Damit ich meine Ruhe habe.«

Sie hat meinen Fluchtversuch bemerkt. Beschämt versuche ich, mich zu entspannen. Ich bin gekommen und nun werde ich es eine Tasse Kaffee lang auch aushalten.

Sie schenkt ihn aus der schweren Kanne ein. Das sieht ungeschickt aus, und ich rechne jeden Augenblick damit, dass sie sich verbrüht oder etwas daneben gießt. Aber es passiert nichts dergleichen.

»Er ist immer da. Er will immer reden. Reden. Immer nur reden. Wie kann ein Mensch nur so viel reden? Ich versuche, lange zu schlafen. Dann ist er still. Aber wenn ich mich bewege, fängt er gleich wieder an zu reden. Immer nur seine Geschichten.«

Mir fällt keine Antwort ein. Aber sie erwartet wohl auch keine. Ich nehme vorsichtig einen Schluck von dem Kaffee. Der Satz bleibt an meinen Lippen kleben.

»Möchten Sie etwas essen?«, fragt sie, und ich bekomme tatsächlich Hunger. Dabei sollte ich mich hier vor allem Essbaren ekeln.

»Ja«, höre ich mich sagen. Sie nickt erfreut, eilt in einen angrenzenden Raum und kommt mit einem breiten Stück Zuckerkuchen zurück. Ihre Finger pressen den weichen Teig brutal zusammen, als sie mit dem Messer ein Stück für mich abschneidet.

»Ist ganz frisch«, sagt sie stolz. »Samstags kommt immer der Bäckerwagen.«

Sie beobachtet aufmerksam, wie ich den Kuchen esse. Als wäre es ein Ritual, das ich ausführe.

»In zwei Tagen habe ich Geburtstag. Er wird so tun, als wäre es ein normaler Tag. Morgens auf mich warten. Hier am Küchenschrank. Seine Pfeife im Mund. Schon die halbe Nacht. Und dann muss ich mir anhören, was er in den Stunden ausgebrütet hat. Er wird mir nicht gratulieren. Als würden Geburtstage oder Feiern vom Teufel gemacht. Ich darf nicht einmal eine Kerze anzünden. Er hat Angst vor Feuer, weil er blind ist. Früher habe ich mir einen angetrunken. Aber ich vertrage keinen Alkohol mehr. Er auch nicht, und das ist auch gut so.«

Das klingt so düster, dass ich mir die Tränen verkneifen muss. Was für ein beschissenes Leben. Ich werde mich um sie kümmern, beschließe ich. Dieser Geburtstag wird für sie anders werden. Ich bleibe so lange im Dorf. Die Vorstellung überflutet mich regelrecht und macht mich froh.

»Wohnen Sie noch bei Ihren Eltern?«, fragt sie unvermittelt.

Ich nicke beschämt und denke an meine Einliegerwohnung, für die ich nicht einmal Miete bezahlen muss. Und denke wieder an Sandra, die mir ständig in den Ohren liegt und predigt, dass ich mal raus muss.

»Das ist gut«, sagt sie zufrieden und zündet sich eine neue Zigarette an. Sie nimmt einen tiefen Zug, und man möchte sie ihr aus der Hand reißen und ihr ein Glas Milch mit Honig anbieten. Aber sie raucht mit einer gewissen Eleganz und trinkt den Kaffee schwarz. Das ist irgendwie tröstlich.

»Ich komme wieder«, rutscht es mir heraus.

Sie lächelt mich ungläubig an.

»Ich verspreche es«, sage ich feierlich. Es ist mir wichtig, dass sie mir glaubt.

Als ich draußen im gleißenden Sonnenlicht stehe, muss ich blinzeln. Unter den warmen Strahlen spüre ich, dass ich friere. Ich reibe meine Oberarme und gehe langsam den Süderweg zurück.

Was ist da eben passiert? Ich habe mit ihr Kaffee getrunken, und keine von uns beiden hat eine Frage gestellt. Als wäre es das Normalste der Welt, dass ich bei ihr hereinspaziert komme und mich auf ihr Sofa setze. Als hätte sie auf mich gewartet. Ich wüsste gerne, ob sie mich erkannt hat. Was heißt wüsste, ich muss es wissen. Übermorgen hat sie Geburtstag. Ich werde ihr ein paar schöne Klamotten kaufen. Vielleicht kommt sie sogar ein bisschen mit nach draußen in die Sonne. Dieser Geburtstag wird für sie anders. Dafür werde ich sorgen. Auch wenn dieser Janssen wieder gesund ist. Ich hoffe nur, dass er nicht mein Vater ist. Aber wer ist es dann?

Als ich im Gasthaus ankomme, ist mein Zimmer fertig. Sie haben sogar schon meine Tasche nach oben getragen. Ein junges Mädchen mit raspelkurzem Haar und roten Wangen übergibt mir den Schlüssel. Sie ist sichtlich froh, dass ich keine weitere Hilfe benötige und allein den Weg in die erste Etage suche. Das kann ich verstehen. Sie haben Hochbetrieb. Die Tische sind alle besetzt. Aber die Essensgerüche erreichen mich kaum. Ich fühle mich wie betäubt. Die eben noch empfundene euphorische Stimmung ist mit jedem Meter, den ich mich vom Janssenhaus entfernt habe, mehr verblasst. Rückblickend erscheint mir die Begegnung mit Greta Schenk wie eine Fata Morgana.

Das Hotelzimmer ist geräumig mit einem großzügigen Doppelbett. Ich lasse mich auf die weiße Wäsche fallen. Sie riecht dezent nach Waschmittel. Die Helligkeit des Zimmers und seine klare Sauberkeit wirken auf mich jetzt so fremd wie der eben erlebte Dreck und Verfall. Ich werde schlafen. Schlafen und danach duschen, und morgen werde ich sie, wie versprochen, noch einmal besuchen. Nicht nur zum Kaffeetrinken. Ich muss ihr sagen, wer ich bin. Und ich möchte wissen, wer mein Vater ist, bevor ich zurückfahre. Zurück.

Warten war noch nie meine Stärke. Dabei hätte ich warten sollen. Aber nein, kaum ausgeschlafen, zieht es mich zurück zum Janssenhaus. Im Zwielicht der Dämmerung erscheint das Dorf wie ausgestorben. Die letzten Sonnenstrahlen werden an den Wolken gebrochen und die reflektieren ein Rosa, das an eine blühende Heidelandschaft erinnert. Ein paar zarte Nebelschwaden hängen schon wie Geister über den Feldern.

Dieses Mal gehe ich gleich von hinten durch die Veranda. Im Halbdunkel muss ich aufpassen, dass ich nichts umstoße. Janssen ist blind, hat sie gesagt. Wie findet er sich hier zurecht? Wahrscheinlich hat dieses Chaos eine für mich nicht erkennbare Ordnung.

Bevor ich klopfen kann, wird die Küchentür geöffnet. Greta, ich habe mich entschlossen, sie mit Greta anzusprechen, bleibt im Lichtkegel der Lampe stehen und wartet. Sie hat sich umgezogen, und ihr Haar ist frisch gewaschen. Es fällt in sanften Wellen bis auf ihre Schulter. Sie trägt ein weißes Sommerkleid mit einem glockigen, altmodischen Rock. Um die Taille hat sie einen leuchtend gelben Lackgürtel gebunden.

Sogar die Küche ist geputzt. Wie hat sie das in der kurzen Zeit geschafft?

Sie hat das für mich getan, ist mein nächster Gedanke. Sie hat mir geglaubt, dass ich wiederkomme. Also doch gut, dass ich sie nicht habe warten lassen.

Ich setze mich unaufgefordert auf das Sofa und Greta mir gegenüber. Genau wie am Vormittag. Auf dem Tisch stehen eine Flasche Schnaps und zwei Gläser. Sie holte ein drittes.

»Ich habe lange nichts mehr getrunken«, erklärt sie. »Ich hatte keinen Grund dazu. Aber heute ist ein Tag, an dem ich eine Ausnahme mache. Du bist gekommen. Es ist dir doch recht, wenn ich dich duze?«

Ich nicke und werde rot.

»Ich möchte mit dir anstoßen. Auf dein Leben und auch auf die Vergangenheit.« Sie zögert. »Du bist mir doch nicht böse?«

Ihre braunen Augen brennen mir Löcher in die Haut. Nicht böse sein. Der kindliche Ausdruck bringt mich zum Lächeln. Aber ich bin ihr wirklich nicht böse. Sie tut mir leid. Mit dem Gefühl habe ich nicht gerechnet.

»Nein, auf dich bin ich nicht böse«, antworte ich wahrheitsgemäß. »Nur auf meine Eltern.« Bei den letzten Worten beiße ich mir nachträglich auf die Zunge, aber sie sind schon gesagt. Ärgerlich, ich will sie nicht noch unnötig verletzen.

»Deine Eltern haben es nur gut gemeint«, entgegnet sie unbeeindruckt. ›Deine Eltern‹ kommt ihr ohne Probleme über die Lippen. Sie scheint ihre Entscheidung nicht bereut zu haben, und doch hat sie auf mich gewartet.

»Ich wusste, dass du es bei ihnen gut hast. Die von Odenwalds sind ganz besondere Menschen. Ich habe ihnen früher einmal den Haushalt geführt, als ich noch in Hannover gelebt habe.«

In ihrer Stimme schwingt Stolz und sie drückt ihre flache Brust hervor, als wollte sie von mir dafür gelobt werden. Ich weiß nicht, wie ich darauf reagieren soll. Meine leibliche Mutter empfindet sich als privilegiert, bei meinen Adoptiveltern geputzt zu haben. Als hätte sie in den sogenannten höheren Kreisen verkehrt. In Kreisen, in denen ich aufgewachsen bin. Ihre Tochter. Und nun sitze ich ihr auf dem schäbigen Sofa gegenüber und weiß nicht, zu welcher Seite ich gehöre.

»Was möchtest du von mir wissen?«, unterbricht Greta meine Gedanken.

»Sie haben mir erzählt, dass meine Adoption nicht legal war und dass sie nicht drüber reden sollten«, platze ich heraus.

Eine zarte Röte lässt Gretas welke Wangen für einen Augenblick gesund aussehen.

»Das stimmt. Ich habe sie gebeten zu schweigen. Wie hast du es herausgefunden?«

»Durch einen dummen Zufall!«

»Es gibt keine Zufälle. Mir war immer klar, dass du eines Tages kommen würdest. Du bist stark. Du bist die Tochter deiner Mutter.«

Ich muss trocken schlucken. Die Tochter deiner Mutter. Ich betrachte die irgendwie huschig wirkende Greta. Sie hat nicht gerade die Aura einer Kämpfernatur.

»Was willst du noch wissen?«, drängt sie, als säßen wir im Besucherraum eines Gefängnisses und hätten nur knapp bemessene Zeit. Warum macht sie so einen Druck? Mein Blick fällt auf das dritte Glas. »Ist er wieder gesund?«

»Nein«, antwortet sie und zündet sich eine Zigarette an. »Sonst würde ich nicht hier sitzen und Schnaps trinken.«

»Kommt deine ähm – andere Tochter?«

Ihr Gesicht verdüstert sich. »Nein, Johanna kommt nicht.«

Sie bläst mir den Rauch herüber. Ich muss husten. Dann hellt sich ihre Miene wieder auf.

»Du sitzt auf ihrem Platz.«

Ich rutsche unbehaglich auf meinem Kissen hin und her. Will sie mich warnen? Aber es scheint sie zu freuen, dass ich auf dem Sofa sitze. Greta schenkt den klaren Korn ein. Das dritte Glas schiebt sie an das Tischende. Es wirkt auf mich wie die Gabe an einen Geist. »Für wen ist das?«

»Für deinen Vater«, antwortet sie feierlich. »Ich hab ihn angerufen. Er weiß, dass du hier bist.«

»Aber du hast doch kein Telefon«, fällt mir ein.

Sie lächelt mich listig an und entblößt dabei ungeniert

ihre braunen Zahnstummel. »Wie kann man so was glauben? Wer hat denn heutzutage kein Telefon?«

Sie hat mich angelogen, um mir eine Brücke zu bauen, eine Möglichkeit, ohne große Erklärungen in ihr Haus zu kommen.

»Du hast mich also vom ersten Augenblick an erkannt?«

»Ja«, antwortet sie schlicht. »Das war nicht schwer. Du hast die gleichen Augen.«

Jemand klopft an die Glasscheibe. Ich bleibe stocksteif sitzen und drehe mich nicht um. Gleich wird er hereinkommen. Mein Vater. Und die beiden werden mir erzählen, warum sie mich weggegeben haben. Weggeben mussten. Mein Vater. Es ist nicht Janssen. Die Tatsache wird mir jetzt erst bewusst und beglückt mich. Es klopft noch einmal. Warum kommt er nicht einfach rein?

»Frau von Odenwald! Hallo? Frau von Odenwald! Ist alles in Ordnung?«

Ich fühle mich vom Sofa hochgerissen und wieder zurückgeschleudert. Mein Gesicht landet auf einem Kissen. Weiß und frisch bezogen. Ich bin komplett angezogen. Die Sachen kleben durchgeschwitzt an meinem Körper. Ich lecke über meine trockenen Lippen und schmecke den kalten Rauch aus dem Janssenhaus.

»Frau von Odenwald?«

Jetzt erkenne ich die Stimme. Es ist Rieke Lüders. Die Gastwirtin. Ich rolle mich auf die Seite und setze mich schwerfällig auf die Bettkante.

»Ja, alles okay«, krächze ich mühsam und versuche, in dem Zimmer und der Wirklichkeit zu landen.

»Tut mir leid, aber Ihre Freundin hat angerufen und mich gebeten, nach Ihnen zu schauen. Sie sind nicht ans Handy gegangen, und sie hat sich Sorgen gemacht.«

Du meine Güte, Sandra. Sie neigt doch sonst nicht zum Glucken, und jetzt scheucht sie eine fremde Person auf, nur weil ich nicht ans Handy gehe.

»Danke! Ich komme gleich runter!«

Das scheint Frau Lüders als Lebenszeichen zu reichen. Ich höre, wie sich ihre Schritte rasch entfernen.

Obwohl ich geschlafen habe, fühle ich mich hundemüde. Ich zwinge mich aufzustehen und gehe ans Fenster. Das Dorf sieht aus wie ein Scherenschnittbild. Der Himmel noch hell. Die Häuserdächer und Umrisse der Bäume wie aus schwarzem Tonpapier. Ein letzter Hauch von Rot hinter dem Kirchturm ist die einzige Farbe. Wie spät haben wir es eigentlich? Schon nach zehn. Ich trinke ein Glas Leitungswasser, um den pelzigen Geschmack loszuwerden und suche mein Handy. Es war ohne Absicht auf lautlos geschaltet. Sandra hat mehrmals versucht, mich zu erreichen. Und – meine Eltern. Bevor die mir auch noch jemanden auf den Hals hetzen, wähle ich ihre Nummer.

»Emma!« Die Stimme meiner Mutter klingt voll verzweifelter Erleichterung, als wäre ich ein Jahr vermisst gewesen. Ihr Gefühlsüberschwang lässt mich sofort zuklappen wie eine Auster.

»Hallo«, sage ich unterkühlt. »Es ist alles in Ordnung. Ich lebe, und ich bekomme etwas zu essen und ein

Bett zum Schlafen habe ich ebenfalls.« Ich zögere und würge schließlich heraus: »Ich melde mich wieder.«

Bevor sie die Chance hat zu antworten, drücke ich auf die rote Taste. Ich kann mit ihr nicht reden. Nicht heute.

Sandra schreibe ich nur eine SMS. Es ist lieb, dass sie an mich denkt. Aber was soll ich ihr sonst erzählen? Von dem kurzen, verwirrenden Besuch bei Greta? Über die Armut, nach der ich immer noch rieche? Wie kann der Geruch so nachhaltig an einem kleben bleiben?

Ich wasche Gesicht und Achseln. Zum Duschen bin ich zu träge. Dann ziehe ich mir ein frisches T-Shirt an und gehe nach unten.

Im Gastraum sitzen nur noch zwei Pärchen. Aus der Küche klingen Aufräumgeräusche. Mein Magen zieht sich zusammen, und meine Därme knurren wie ein wildes Tier. Ich muss dringend etwas zwischen die Zähne bekommen.

Frau Lüders steht hinter der wuchtigen Holztheke und schenkt Schnaps in bereitgestellte Gläser. Das erinnert mich an meinen Traum. Sie lächelt mir aufmunternd zu. Sehe ich aus, als bräuchte ich Aufmunterung?

»Gibt es noch warmes Essen?«, frage ich sie das Einzige, was mich im Moment wirklich interessiert.

»Nee, die haben Feierabend gemacht«, sagt sie mit einer Kopfbewegung Richtung Küche.

»Ich würde mir selbst was kochen«, schlage ich vor und ernte ein breites Grinsen.

»So weit kommt es. Kleinen Moment, ich komme gleich zu Ihnen. Wir finden schon was.«

Sie serviert die Schnäpse, und ich setze mich auf einen der Barhocker. Als sie wieder hinter der Theke steht, fragt sie: »Mögen Sie Nudeln?«

Ich nicke heftig. »Gerne. Dazu brauche ich nur ein bisschen Olivenöl, und wenn Sie haben, frischen Parmesan, geht aber auch anderer Hartkäse.«

»Haben wir«, sagt sie beruhigend, als müsse sie ein ungeduldiges Kind besänftigen. »Und was wollen Sie trinken?«

»Ein großes Bier.«

Die ersten Schlucke laufen durch meine Kehle, und sie tun so gut, als hätte ich eine längere Wüstentour hinter mir. Frau Lüders verschwindet in der Küche und kommt mit einem riesigen Teller Bandnudeln zurück. Sie stellt mir Öl und Käse dazu. Ich präpariere die Nudeln großzügig und muss mich zusammenreißen, nicht zu sehr zu schlingen. Gut, dass ich mit dem Rücken zum Gastraum sitze.

Als Frau Lüders die letzten Gäste verabschiedet hat und sich wieder zu mir gesellt, habe ich einen Nudelbauch und muss den ersten Knopf meiner Jeans öffnen.

»Einen Schnaps?«, fragt sie mich mit Kennerblick auf meine Schonhaltung.

»Ja, gerne.«

Sie schenkt sich selbst auch einen ein.

»Und wie war Ihr Besuch im Janssenhaus?«

»Wir haben Kaffee getrunken«, antworte ich und massiere meinen Bauch.

Frau Lüders sieht mich ungläubig an. »Dass der alte Vogel-Janssen Sie überhaupt reingelassen hat.«

Vogel-Janssen. Der Alte scheint ein echter Kauz zu sein. Der Beiname sagt alles.

»Der ist krank«, sage ich, als wäre ich eine Erklärung schuldig.

»Krank?«, wiederholt sie hellhörig. »Was hat er denn? Der Doktor war jedenfalls nicht bei ihm. Hätte mich auch gewundert.«

Ihre wasserblauen Augen mustern mich abwägend. »Sind Sie mit ihm verwandt?«

»Nein«, antworte ich eine Spur zu schroff und hoffe, dass es wirklich so ist. Bevor sie mir die gleiche Frage zu Greta stellen kann, sage ich: »Frau Schenk war einmal Haushälterin bei meinen Eltern.« Ich spüre, wie ich unter ihrem Blick rot werde.

»Das muss aber lange vor Ihrer Zeit gewesen sein«, lächelt sie. »Und dafür kommen Sie extra zu uns hoch?«

Sie betrachtet mich kopfschüttelnd, und ich sage: »Nein, nicht deswegen. Ich schreibe einen Bericht über die Entwicklung des Landlebens an der Küste. Er muss bald fertig sein.«

Als die Worte raus sind, ärgere ich mich. Warum lüge ich? Und dann so einen Bullshit! Ich bin Köchin und habe im Leben noch keine Abhandlungen über soziales oder kulturelles Verhalten geschrieben. Aber meine Eltern. Der Gedanke versetzt mir einen Stich.

»Über was man so alles schreiben kann! Na denn.«

Rieke Lüders hebt ihr Glas. »Ich heiße übrigens Rieke. Ich mag nicht gerne mit Nachnamen angesprochen werden.«

»Okay, ist mir auch lieber. Ich bin Emma.« Außerdem passt von Odenwald nicht hierher, denke ich. Zumal ich keine von Odenwald bin.

»Janssens Greta ist in den 70ern ins Dorf gezogen«, erinnert sich Rieke und lehnt sich mit den Oberarmen auf die Theke. Sie sieht plötzlich sehr müde aus. Das gibt ihrem zu glatten Gesicht Konturen und macht es attraktiver.

In den 70ern, klingt es in mir nach, und der nächste Gedanke elektrisiert mich. In den 70ern könnte bedeuten, dass mein Vater aus Hannover stammt. Dass Janssen nicht mein Vater ist.

»War Frau Schenk schwanger, als sie hierher kam?« Ich kann nicht verhindern, dass sich mein Puls beschleunigt, und hoffe, dass ich unverfänglich klinge.

»Nee, war sie nicht. Aber sie soll noch mal schwanger gewesen sein, wurde erzählt. Sie war in Emden im Krankenhaus. Aber es war nur ein Gewächs. Fußballgroß, haben sie erzählt. War auch besser so in ihrem Alter und na ja, gesund gelebt haben die beiden nicht gerade. Die haben nicht reingespuckt.«

Ich starre auf das Holz der Theke und verfolge mit den Augen das Muster der Maserung. Gewächs. Fußballgroß. Zu alt für ein Kind.

»Sie hatte ja auch schon eine Tochter«, sage ich leise. »Wo ist die denn?«

Rieke schürzt abwertend ihre Lippen und zieht

ihre Schultern hoch. »Das weiß kein Mensch, wo die abgeblieben ist.«

Sie schenkt sich noch einen Schnaps ein. Ich winke ab. Mir ist jetzt schon schwindelig. Ich sollte ins Bett gehen. Aber in mir wütet ein Sturm. Es ist kein tolles Gefühl, als Gewächs abgetan zu werden.

»Johanna war anders«, erzählt Rieke ungefragt weiter. »Hat auch anders ausgesehen. Wie von Zigeunern. Pechschwarzes Haar. Die hat zu Vogel-Janssen gepasst. Das war eine Einzelgängerin. Immer für sich. Nur Dieta hat sie an sich rangelassen. Die haben viel zusammengehangen. Dieta war ja auch nur zugezogen. Ihre Eltern kamen aus Papenburg und haben nur ein paar Jahre hier gelebt. Ihr Vater hat damals die Sparkasse in Pewsum geleitet.

Dumm war die Johanna allerdings nicht. Eine richtige Streberin. Die hat wie verrückt gebüffelt, weil sie studieren wollte. Wenn Sie mich fragen, Greta kann froh sein, dass die sich vom Acker gemacht hat. Die hat nur Unglück gebracht. Das sagt Marlies vom Pflanzen-Brunsen auch. Das ist die Nachbarin. Sie sagt, es sei seitdem im Janssenhaus ruhiger geworden. Obwohl, der alte Janssen hat nie verkraftet, dass Johanna so sang- und klanglos verschwunden ist. Von dem Tag an hat er im Haus keinen Handschlag mehr gemacht. Hat alles verfallen lassen. Richtig unheimlich. Als würde er auf Johanna warten. Aber die kommt nicht wieder, wenn Sie mich fragen.«

KAPITEL 4

Krummhörn, 1976

Eine Straße führte im Kreis um das Dorf. Von ihr liefen die anderen wie Strahlen in den Ortskern. Der war deutlich erhaben. Auf dem höchsten Punkt stand die Kirche. Johanna war mehrmals über diese Anhöhe gelaufen, die Warft, wie Janssen ihr erklärt hatte. Dorthin hatten sich die Menschen lange vor dem schützenden Bau des Deiches bei Sturmfluten geflüchtet.

An dem Pfingstsonntag schien das Dorf wie ausgestorben. Niemand war zu sehen, geschweige denn ein Festplatz zu entdecken. Johanna hatte gehofft, sie feierten hier Pfingsten, wie sie es in der Nähe von Celle einmal erlebt hatte. Mit Kränzen und Birken als Schmuck vor den Türen und mit einem Festzelt und Tanz für die Jugendlichen. Dabei war Johanna nicht interessiert an schnellen Bekanntschaften. Aber es wäre eine gute Gelegenheit zum Auskundschaften gewesen. Zu sehen, mit wem sie es zu tun haben würde. Aber Pfingsten schien hier, abgesehen von ein paar unermüdlichen Hähnen, alles zu schlafen. Während sie allein durch das Dorf lief, hatte sie die ganze Zeit das Gefühl, beobachtet zu werden.

Genau wie am folgenden Mittwoch, als sie an der Haltestelle stand und auf den Schulbus nach Pewsum wartete. Weit und breit war niemand zu sehen, doch sie war sich sicher, dass man sie längst im Visier hatte.

An diesem Morgen war Johanna müde und enttäuscht. Eigentlich hatte ihre Mutter mit zur Schulanmeldung kommen wollen. Aber die lag noch im Bett. Einen Waschlappen auf der Stirn und einen Eimer zum Göbeln neben sich auf dem Fußboden. Johanna kniff ihre Lippen zusammen. Über die Feiertage hatte Greta keinen Alkohol getrunken, und Johanna hatte gehofft, die Sauferei hätte ein Ende gefunden. Bis gestern. Da war Johanna mit Janssen nach Emden gefahren. Ihre Mutter wäre ihr als Begleitung lieber gewesen. Aber Janssen wollte zum Frisör und sie wollte sich nicht anmerken lassen, dass es ihr peinlich war, mit ihm loszuziehen. Sie war bereits größer als er, und sie musste ihn an der Hand halten. Johanna riss sich zusammen. Immerhin war er so nett zu ihr und hatte sich dafür eingesetzt, dass sie bleiben konnte. Und er wollte ihr Kleidung und neue Schulbücher bezahlen. Dafür brauchte sie nur seine Hand zu nehmen und sie eine Tendenz nach links oder rechts zu führen, um die Laufrichtung anzuzeigen. Ein kurzer Händedruck bedeutete besondere Vorsicht, wie zum Beispiel eine Treppe. Sie sollte ganz normal und nicht aus falsch verstandener Rücksicht langsamer gehen, forderte er sie auf. Und Janssen reagierte hochsensibel, sie brauchte ihn kaum zu berühren. Das imponierte ihr und sie verlor ihre Bedenken, andere könnten sie womöglich für ein Paar halten.

Im Bus erzählte ihr Janssen, dass bis 1963 auf dieser Strecke eine Küstenbahn im Einsatz war, die ›Jan Klein‹. Alle wären damit gefahren. Schulkinder, Werftarbeiter und die Krabbenverkäuferinnen aus Greetsiel.

Janssen lächelte in Johannas Richtung. »Ich war bis zum Schluss Lokführer.«

Johanna versuchte, sich Janssen jung mit Mütze und in Uniform auf einer Lok vorzustellen. Das Bild wollte sich nicht formen. Janssen war so zierlich. Sie hätte ihn eher hinter einem Schreibtisch oder Lehrerpult oder auf einer Kanzel vermutet.

»Mittlerweile haben sie alle ein Auto«, sagte er abwertend. »Aber damals waren sie auf die Bahn angewiesen.«

Man merkte ihm an, dass er diesem Machtgefühl hinterhertrauerte. »Was ist mit Ihren Augen passiert?«, fragte Johanna.

Janssen reckte sein Kinn, und sein schmales Gesicht verschwand fast unter der schwarzen Hutkrempe. »Grüner Star. Den haben sie zu spät entdeckt«, war seine knappe Antwort. Danach schwieg er, und Johanna fragte nicht weiter, obwohl sie nicht wusste, was ›Grüner Star‹ bedeutete. Sie spürte, dass er nicht gerne darüber redete. Es erinnerte ihn daran, dass er abhängig war, und wenn Johanna etwas verstand, dann das. Sie stellte sich auf eine schweigsame Fahrt ein, da fragte er sie: »Wie sieht heute der Himmel aus?«

Johanna saß am Fenster und sah nach draußen. »Blau, viel Blau. Und Wolken. So richtige …«, sie zögerte, »kleine Wollknäule, ganz viele davon.«

»Wie eine Schafherde auf blauem Hintergrund«, ergänzte Janssen zufrieden. Johanna nickte verwirrt. Sie hätte sich nicht getraut, es so kitschig auszudrücken. Aber aus Janssens Mund hörte es sich wie etwas Besonderes an.

Als sie zurückkamen, sah Johanna sofort, was los war. Ihre Mutter saß in der Küche neben dem Radio und schimpfte mit dem Moderator, dass er nicht so viel quatschen, sondern lieber Musik spielen sollte. Ihre braunen Augen hatten einen trüben Schleier, und ihre Gesichtszüge eine stoische Zufriedenheit. Johanna kannte und hasste es, wenn ihre Mutter so aussah. Dann befand sie sich in einer anderen Welt, zu der Johanna keinen Zugang mehr fand. Egal, was sie jetzt anstellte, Greta würde nicht reagieren und weiterhin lächeln.

Janssen schien auch gleich zu bemerken, dass etwas nicht stimmte. Er sog die Luft tief ein. Seine Nasenflügel vibrierten dabei und erinnerten an ein wildes Tier, das Witterung aufgenommen hatte. Er roch die dünne Alkoholfahne, aber er sagte kein Wort. Als wäre nichts geschehen, zog er seinen Mantel aus, legte seinen Hut sorgsam auf die Ablage und stopfte sich mit versteinerter Miene eine Pfeife. Johanna sah ihm deutlich an, dass er sich ärgerte. Wusste er nicht, dass ihre Mutter manchmal zu viel trank? Vielleicht warf er sie beide gleich raus? Aber wo sollten sie hin? Die Wohnung in Linden war längst anderweitig vermietet. Das hatte Greta ihr schon erzählt. Warum musste sie sich so gehen lassen? Konnte sie nicht einfach mal wie jede andere Mutter nüchtern bleiben und mit dem Abendbrot auf sie warten? Johanna kochte vor Wut.

»Meine Güte, musst du dich immer so besaufen?«, fauchte sie Greta unbeherrscht an. Die lächelte nur milchig. Johanna drehte ihr den Rücken zu und fragte Janssen: »Soll ich Ihnen das Abendbrot fertig machen?«

Seine Gesichtszüge entspannten sich. Ihr Einsatz schien ihm zu gefallen. Doch bevor er antworten konnte, stand ihre Mutter leicht taumelnd auf. Sie strich Janssen von hinten über das Haar, dass es hoch stehen blieb. »Lass mal! Das mache ich schon für Enno-Benno.«

Johanna warf ihrer Mutter einen giftigen Blick zu, den die grinsend an sich abprallen ließ. Janssen blieb mit seinem zersausten Haar am Schrank stehen und antwortete nicht. Er machte auch keine Anstalten, es wieder glatt zu streichen. Warum ließ er sich so zum Narren machen? Johanna hatte mehr Courage von ihm erwartet. Sie musste erst einmal raus hier. Ungestüm rannte sie in ihre Kammer und knallte die Tür hinter sich zu.

Als sie in die Küche zurückkam, war der Abendbrottisch gedeckt. Janssen saß vor seinem Brett mit Schnittchen, die ihre Mutter geschmiert hatte. Sie sahen unappetitlich aus. Die Butter nur dick in der Mitte, alles unregelmäßig mit Wurst belegt. Die Ränder waren trocken. Aus dem Grund hatte Johanna sehr früh angefangen, selbst ihre Brote zu schmieren. Janssen schien es nicht zu stören. Er schob unbeirrt einen Happen nach dem anderen in den Mund. Ihre Mutter aß die Wurst aal, ohne Brot. Erst auf den zweiten Blick registrierte Johanna, dass eine weitere Flasche Schnaps auf dem Tisch stand.

»Willst du etwa noch mehr trinken?«, fragte sie empört und griff besitzergreifend nach der Flasche.

»Ja, das will ich, Fräulein Oberschlau. Die Flasche bleibt hier. Und Enno trinkt mit.«

In ihren Augen blitzte es triumphierend auf, als Johanna hilfesuchend zu Janssen rübersah. Der antwortete nicht.

»Willst du auch ein Glas?«, fragte ihre Mutter sie mit vollem Mund.

»Du bist ekelig!«, schrie Johanna sie an und verließ wieder türenknallend die Küche.

In ihrem Zimmer setzte sie sich ans Fenster und starrte nach draußen, bis es dunkel wurde. In einem der Gewächshäuser brannte noch Licht. Das sah so friedlich aus mit den vielen Pflanzen. Wie aus einer anderen Welt. Einer sauberen mit geordneten Verhältnissen.

Später spielte in der Küche jemand Akkordeon. Ihre Mutter konnte es nicht sein. Also war es Janssen. Die einschmeichelnde Melodie beruhigte Johanna, und sie ging zurück. Außerdem musste sie dringend aufs Klo.

Als sie die Tür aufmachte, blieb sie wie festgenagelt stehen. Janssen war kaum wiederzuerkennen. Sein Gesicht war glühend rot und geschwollen, als wäre es kurz vorm Platzen. Sein Blick war starr in die Ferne gerichtet. Das Oberhemd war aufgeknöpft, sodass man seine grauen Brusthaare sehen konnte. Er zog wie ein Wahnsinniger das Akkordeon auseinander und presste es wieder zusammen. Dabei glitten seine Finger wie im Rausch über die Tasten.

Ihre Mutter tanzte dazu selbstvergessen. Beide registrierten Johannas Anwesenheit nicht. Das war unheimlich. Als wäre sie nur ein Geist. Sie huschte durch die

Küche. Auf dem Rückweg nahm sie sich für alle Fälle einen Eimer mit in ihr Zimmer und schloss ab. Sie wollte in dieser Nacht nicht noch einmal zurückmüssen.

Später spielte er nicht mehr. Er sang plattdeutsche Lieder, deren Texte Johanna nicht verstand. Dazu schlug er mit der Hand den Takt auf die Tischplatte. Irgendwann war sie trotz alledem eingeschlafen.

Am nächsten Morgen war Johannas Fensterschreibe beschlagen. Es war über Nacht empfindlich kalt geworden, und das Ende Mai. Sie schlüpfte in ihre klamme Kleidung und ging in die Küche. Angenehm warme Luft strahlte ihr entgegen. Im Ofen bollerte ein Feuer. Janssen stand frisch und korrekt gekleidet am Küchenschrank. Er war wieder der seriöse Mann, den Johanna das erste Mal im Emder Hafen gesehen hatte und den sie verehrte. Er hatte heißes Wasser vorbereitet, damit sie sich ihren Karokaffee aufgießen konnte. Er sagte ihr, dass ihre Mutter im Bett läge. Aber sie bräuchte sich keine Sorgen zu machen. Er hätte schon gestern mit dem Rektor der Schule telefoniert. Er kannte ihn recht gut. Man würde Johanna in der Schule erwarten.

Johanna trank ihren Muckefuck und aß ein dick beschmiertes Marmeladenbrot. Janssen kann alles regeln, dachte sie zufrieden und verdrängte die vergangene Nacht wie einen Spuk.

Als der Bus am Wartehäuschen hielt, tauchten die drei Mädchen wie aus dem Nichts auf. Sie hatte sich also nicht geirrt. Die drei mussten Johanna längst beobachtet haben. Sie waren in ihrem Alter und trugen einheitliche Klamotten. Sandfarbene Cordhosen, an deren Hosenbeinen geblümte Stoffreste genäht waren. Dazu gleichfarbene kurz geschnittene Windjacken. Johanna sah an sich herunter. Sie lag mit ihrer Jeans und dem zartrosa Anorak nicht im Trend der angesagten Dorfmode. Das störte sie nicht. Sie fühlte sich ihnen haushoch überlegen. Was wussten die denn von der Welt? Sie lebten in diesem verschlafenen Nest und fuhren mit dem Bus zur Schule. Vielleicht auch zum Einkaufen nach Emden. Das war's. Aber sie kannte Hannover. Sogar das Nachtleben der Stadt. Sie war schon in Kneipen gewesen, von denen die hier nicht einmal wussten, dass es sie überhaupt gab. Sie hatte auf Borkum gelebt, und nun war sie auf der Krummhörn. Sicher nicht ein Leben lang wie die drei. Für sie war es nur eine Wegstation, sie war eine Reisende.

Mit diesem Gefühl stieg sie in den Bus und setzte sich zu ihnen auf die hintere Bank.

»Ich bin Johanna«, sagte sie forsch und gab jeder von ihnen die Hand. Völlig überrumpelt ließen die Mädchen das zu. Sie kicherten nur nervös, weil sie Johannas Verhalten nicht einordnen konnten. Die hatte, ohne es zu ahnen, die Regeln missachtet. Ohne gefragt zu werden, ohne eingeladen zu sein, ja ohne dazuzugehören, hatte sie es gewagt, sich einfach zu ihnen zu setzen und sie anzusprechen

Eine von ihnen traute sich endlich, Johanna anzusehen, und sagte: »Hallo. Ich bin Dieta.«

Johanna musterte sie aufmerksam. Sie war anscheinend die Wortführerin und nicht so schüchtern.

»Dieta«, wiederholte sie. »Ich dachte immer, das wäre ein Männername.«

»Ist es auch«, antwortete Dieta trocken. Die zwei anderen Mädchen lachten befreit und wichen Johannas Blick nicht mehr aus.

»Ich bin Angela.«

»Und ich Rieke.«

Sie starrten Johanna nun ungeniert neugierig an. Bevor so etwas wie eine Unterhaltung aufkommen konnte, hielt der Bus wieder. Es stiegen mehrere Kinder und Jugendliche zu. Ein hochgeschossener, schlaksiger Kerl, dessen Gliedmaßen eindeutig schneller gewachsen waren als sein Koordinationsvermögen, setzte sich zu ihnen auf die vorletzte Bank. Er begrüßte die Mädchen mit einer coolen Handbewegung. Die neigten kaum merklich ihre Köpfe und erinnerten an Königinnen.

»Wohnst du im Janssenhaus?«, wandte sich Dieta wieder Johanna zu. Die musste sich ein Lachen verkneifen. Janssenhaus. Diese Bezeichnung ließ sie im Geiste zwischen Heidifilmen und Pferdehofidyllen landen.

»Ach, du bist das?«, mischte sich der Junge ungefragt ein und musterte Johanna spöttisch. »Du wohnst jetzt also beim Vogel-Janssen.« Er lachte die drei Mädchen Beifall heischend an. Froh, etwas für ihre Unterhaltung tun zu können.

Johanna setzte sich gerade hin. Sie konnte nicht verhindern, dass ihr Puls schneller ging. Sie hoffte nur, dass man es ihr nicht anmerkte. Sie verengte ihre Augen und fixierte den Jungen. Dem wurde unter ihrem Blick sichtlich unwohl. Aber er prahlte laut weiter: »Bei dem haben wir auch ein halbes Jahr gewohnt. Der ist völlig verrückt. Eben Vogel-Janssen. Ich weiß, wovon ich rede.«

Die drei Mädchen machten lange Hälse. Sie erwarteten mehr Details über ein Haus, aus dem sonst nicht viele Informationen drangen. Johanna wurde schlagartig klar, wen sie vor sich hatte. Sie wusste auch, dass sie etwas unternehmen musste, um die Grenzen abzustecken. Und zwar sofort.

Vor ihr saß Lasse, der Sohn der Vorgängerin ihrer Mutter. Sie hatte Janssen nach einem halben Jahr wieder verlassen. Das hatte ihr Greta erzählt, um ihre Tochter darauf vorzubereiten, dass das Zusammenleben mit Janssen nicht einfach war und dass schon andere das Handtuch geworfen hatten. Aber in Johanna hatte es genau das Gegenteil bewirkt. Sie empfand Mitleid für Janssen. Er hatte, als er Lasses Mutter kennenlernte, seine Möbel verkauft, weil sie ihre eigenen mitbringen wollte. Er hatte so viel Vertrauen gehabt und war enttäuscht worden. Er hatte sich wahrscheinlich um diesen Rotzlöffel genauso gut gekümmert wie um sie, und der bildete sich auch noch ein, Janssen verhöhnen zu können. Er hatte überhaupt nicht begriffen, welch edlem Menschen er da begegnet war. Johanna hatte auch erfahren, dass Lasses Mutter jetzt mit dem Milchfahrer aus dem Nachbardorf zusammenlebte. ›Wer weiß, für wie lange‹, hatte ihre Mutter gemeint. ›Diese Frau hat Ansprüche, du weißt schon, im Bett.‹

Johanna mochte es nicht, wenn ihre Mutter so was andeutete. Aber es blieb in ihrem Gedächtnis haften.

Das war nun ihr Vorteil. Sie sah dem dumm grinsenden, pickeligen Typen kalt ins Gesicht. Seine Mutter war nicht gerade das Hausmütterchen vom Lande. Diesen Wissensvorsprung wollte sie nutzen.

»An deiner Stelle würde ich ganz kleine Brötchen backen und die Klappe halten«, sagte Johanna hochmütig. »Ich weiß über dich und deine Mutter genau Bescheid.«

Sie wusste im Grunde gar nichts. Aber er brach unter der Androhung, dass Johanna etwas ausplaudern könnte, regelrecht zusammen. Genau wie Tante Margot, als sie ihr von Harm Dieters erzählt hatte. Das schien wie eine Zauberformel zu wirken. Jeder hat einen wunden Punkt, erkannte Johanna. Und man brauchte nicht viel zu wissen, man musste es nur geschickt einsetzen.

Lasse versuchte, sich seine Verunsicherung nicht anmerken zu lassen. Dabei hatte er längst den Schwanz eingezogen. Er holte noch einmal tief Luft, brachte aber kein Wort hervor. Vorsichtig zog er seine Arme von der Lehne, drehte sich um und schaute nach vorne aus dem Fenster. Johanna hatte gewonnen. Sie fing ein kleines, anerkennendes Lächeln von Dieta auf. Es machte Johanna Herzklopfen.

KAPITEL 5

Krummhörn, 2009

Ich sitze auf der Arbeitsfläche in unserer Küche. Sie ist großzügig eingerichtet. Obwohl bei uns niemand kochen kann. Das macht Hilda. Aber zum Frühstück ist sie noch nicht im Haus, und ich will einen Zauberapfel mitnehmen. Alle haben einen. Auch Sandra. Sie hat mir den Trick verraten. Ich habe ihn Mama erklärt, und sie hat es versucht. Ihr Apfel liegt nun malträtiert im Waschbecken. Ich musste einen neuen nehmen. Mama steht neben mir und beobachtet, wie ich die Zacken in die Schale ritze. Nur so tief, dass der Apfel nicht gleich auseinanderfällt. Aber genug, um ihn später in der Pause wie aus Zauberhand in zwei Krönchen zu teilen. Wir müssen lachen, weil ich es besser hinkriege. Mama sagt: »Du bist so geschickt.« Das klingt sehr liebevoll.

Ich wache auf. Das eben erlebte Lachen noch im Gesicht, begreife ich, wo ich bin und dass meine Mama nicht die ist, für die sie sich ausgegeben hat. Mir wächst ein Kloß im Hals. Warum musste ich diese dämliche Analyse machen? Nur weil ich frustriert war und besoffen. Das Wissen der Wahrheit macht mich nicht gerade glücklicher. Haben sie so gedacht? Wollten sie mich schützen? Sie können doch nicht nur gelogen haben. Sie war so stolz auf mich, als ich den Apfel geschnitten habe. In der Schule habe ich erzählt: ›Den hat meine Mama für

mich gemacht.‹ Später habe ich auch die Geburtstags-
kuchen gebacken und am Wochenende für uns gekocht.
Damit haben die beiden regelrecht geprahlt. Meine klu-
gen, aber praktisch unbegabten Eltern. Als ich Köchin
werden wollte, haben sie es sang- und klanglos akzeptiert. Das hat mich schon gewundert. Gewundert. Bleib
ehrlich, Emma. Du hast es genossen, dass deine Eltern
cooler waren als die der anderen und dir nicht ihren
Maßstab aufdrücken wollten.

Bei einem eigenen Kind wären sie vielleicht weniger
verständnisvoll gewesen und hätten alles Mögliche versucht, damit es auch eine akademische Laufbahn ein-
schlägt. War ihre Toleranz am Ende schlicht und einfach
so etwas wie Rücksichtnahme auf meine Herkunft?

Die Bettdecke erdrückt mich fast. Ich trete sie auf
den Fußboden und setze mich auf die Bettkante. Was
soll das Lamentieren? Tatsache ist, dass meine Eltern
nicht meine Eltern sind. Meine Mutter ist eine vom
Leben zerstörte Frau und mein Vater höchstwahr-
scheinlich dieser Vogel-Janssen. Sie hätten es mir verdammt noch mal sagen müssen! Ich hätte mich besser
einordnen können.

Draußen scheint die Sonne. Ein neuer Morgen. Ich
blinzele die Tränen weg. Im Garten schräg gegenüber
sammelt eine Frau verstreute Spielsachen zusammen.
Sie klopft Decken aus, die in der Nacht auf dem Rasen
lagen, und hängt sie über eine Leine. Liegen gebliebene
Reste eines schönen Familienabends.

Mama war auch immer für mich da. Sie hat an ihrem
Schreibtisch gesessen und Papa nicht mehr auf seine

ausgedehnten Auslandsexkursionen begleitet. Ich glaube, das war ein großer Verzicht für sie. Sie ist eine leidenschaftliche Philologin. 1978 war sie gemeinsam mit Papa in Tansania. Über ein halbes Jahr. Niemand hat bemerkt, dass sie schwanger war. Sie wären einfach mit ihrem Emma-Baby wieder zurück nach Hannover gekommen. Das haben sie oft lachend erzählt. Aus Tansania, denke ich bitter und starre auf die in der Morgensonne blitzende Kirchturmuhr. Ich muss zweimal hinsehen. Es ist schon halb zehn. So spät. So viel habe ich seit Ewigkeiten nicht geschlafen. Ich sollte schleunigst duschen und mich beeilen, nach unten zu kommen, wenn ich noch Frühstück haben will. Und danach werde ich Greta Schenk noch einmal besuchen. Ich werde ihr die Wahrheit erzählen, und die will ich auch von ihr hören.

Unten ist wirklich ›last order‹, was das Frühstück betrifft. Im Aufenthaltsraum sitzt nur noch ein älteres Ehepaar. Sie studieren eine Umgebungskarte und grüßen mich flüchtig. Die anderen Tische sind gebraucht und längst verlassen. Genau wie das Frühstücksbüfett. Es besteht aus Wurstresten, Quark und einer großen Schüssel Müsli. Haben sie mich vergessen? Auf dem zweiten Rundblick entdecke ich noch einen unbenutzten Tisch. Einen Single-Tisch. Keine Eltern, und einen Kerl bekomme ich anscheinend auch nicht mehr ab, denke ich trübsinnig.

»Moin«, schreckt mich eine rauchige Stimme hoch. Sie gehört zu einer Frau, die auch gut als Mann durchgehen könnte. Groß und hager und flach wie ein Brett. Sie hat ein Geschirrtuch in den Jeansbund geklemmt. »Sie haben wohl erst mal ordentlich geschlafen. Das kann man bei uns gut.«

Sie grinst mich mit entwaffnender Offenheit an. Ihr herbes Gesicht scheint nur aus Falten zu bestehen. »Wollen Sie Tee oder Kaffee?«

»Kaffee«, antworte ich, und sie nickt wissend.

»Hab ich mir schon gedacht. Sie sind ja aus dem Süden. Setzen Sie sich man hin. Ich bringe Ihnen gleich ein frisches Frühstück.«

Hannover als Süden zu bezeichnen wäre mir nie in den Sinn gekommen. Das muss ich zu Hause erzählen, denke ich und fühle einen schmerzhaften Stich in der Magengegend.

Vor der Gärtnerei ist heute mehr Leben. Parkende Autos weisen auf Kundschaft hin. In einen Anhänger werden Kübel mit Wacholderpflanzen gehievt. Das junge Mädchen von gestern wässert ein Feld mit Buschrosen. Sie bemerkt mich nicht. Das Janssenhaus ist hinter den Sonnenblumen kaum zu sehen. Sie haben die großen Blumen als Sichtschutz ausgesät, schießt es mir durch den Kopf. Das marode, kleine Haus passt nicht zu dem modernen Bau der Gärtnerei, den kunstvoll geschnittenen Buchsbaumbüschen und den prächtigen Geranien. Ich werde immer langsamer. Dabei weiß ich, dass ich mich absolut nicht für den Pflanzenwuchs interessiere. Ich will einfach nur nicht weiter. Mir graut vor dem Muff, der erdrückenden Atmosphäre in dem

Haus. Warum tue ich mir das noch einmal an? Ich bin nicht verpflichtet, Greta die Wahrheit zu sagen. Warum tue ich ihr das an? Greta sieht sowieso schon aus, als könne sie der nächste Windstoß umpusten. Das kann täuschen, widerspreche ich der Versuchung, in der warmen Sonne stehen zu bleiben. Das weiß ich nur zu gut. Ich erfülle auch alle äußerlichen Attribute, um Beschützerinstinkte zu wecken. Greta ist sicher viel zäher, als sie aussieht.

Ich muss an meinen Traum denken. Vielleicht hat sie mich wirklich längst erkannt und wartet. Vielleicht ist es ihr genauso wichtig, dass sie mir ihre Geschichte erzählen kann. Noch erzählen kann. Die Chance sollte ich ihr geben. Und mir auch.

Ich möchte sie nicht so in Erinnerung behalten, wie ich sie gestern gesehen habe. Ich möchte wissen, wer sie früher war. Warum sie hierher gezogen ist. Wie sie so geworden ist, wie sie ist. Und warum sie mich weggegeben hat. Ich würde auch gerne Johanna kennenlernen. Warum kümmert die sich eigentlich nicht um ihre Mutter? Immerhin scheint sie Hilfe zu benötigen.

Ich öffne die Verandatür. Zwei Katzen sausen mir wie Derwische durch die Beine und verschwinden im Garten. Mein Herz macht ein paar Stolpersprünge. Der herbe Geruch von Katzenpisse nimmt mir fast den Atem. Der war gestern nicht da. An Gerüche kann ich mich erinnern. Ich muss mich überwinden, um laut zu rufen: »Hallo! Ich bin's noch einmal. Emma!«

Im gleichen Augenblick fällt mir ein, dass sie meinen

Namen gar nicht kennt. Ich gehe weiter bis zur Küchentür. Niemand zu sehen. Ich klopfe. Keine Antwort. Noch immer kein Geräusch aus der Wohnung. Ich sollte wieder umkehren und öffne schon die Tür. »Hallo?«

Das Fenster ist geschlossen. Die abgestandene Luft legt sich sofort wie ein Pelz auf meine Haut. Ich lecke über meine Lippen und schmecke den kalten Rauch und den Dreck – und noch etwas anderes.

Etwas süßlich Strenges hängt schwer im Raum, und das kommt nicht von den Katzen. Hau ab, Emma!, denke ich und sehe mich weiter um. Auf dem Tisch stehen eine Flasche Schnaps und zwei gebrauchte Gläser. Mein Traum holt mich wie ein Déjà-vu ein, und ich bekomme eine Gänsehaut.

»Hallo?« Meine Stimme klingt in dem geschlossenen Raum hohl. Ich haste zum Fenster und reiße es weit auf. Die verbrauchte Zimmerluft wabert wie eine dichte Wolke nach draußen und verhindert, dass ich frischen Sauerstoff einatmen kann.

Nebenan schlägt der Gong einer Stubenuhr. So eine hatte meine Oma auch. Sie hat die Zeiger immer angehalten, wenn ich bei ihr auf dem Sofa geschlafen habe, damit ich nicht geweckt wurde. Meine Oma. Ob sie gewusst hat, dass ich nicht wirklich ihre Enkeltochter bin? Ich kann sie nicht mehr fragen. Sie ist tot. Und mehr Verwandte habe ich nicht.

Halb zwölf. Der kraftvolle Klang der Uhr hat das ganze Haus erfüllt. Jetzt ist es wieder still – totenstill. Und erinnert noch intensiver an ein Geisterhaus. Unsinn.

Entschlossen drücke ich die nächste Tür weiter auf und sehe sie. Mein Gehirn übersetzt mir das Bild nur langsam. Stück für Stück, als müsse es mir das Gesehene schonend beibringen.

Greta liegt auf dem Fußboden. Um sie herum ist Blut. Viel Blut. Es ist ungewöhnlich dunkel. Die Blutlache hat schon eine Haut gebildet. Ihre dünnen Beine liegen unnatürlich gewinkelt. Ihr Kopf ist weit überstreckt. Und da ist noch mehr Blut. Es ist unregelmäßig auf dem Fußboden verteilt, als hätte ihn jemand damit gewischt. Aus den Augenwinkeln erkenne ich Hosenbeine. Sie baumeln über dem Boden. Mühsam hebe ich den Blick. Ein zierlicher Mann. Seine Hosen sind nass und blutverschmiert. Ich sehe ihm nicht ins Gesicht. Mir ist klar, dass er auch tot ist. Erhängt.

Ich drehe mich um. Raus hier. Ich will rennen, so schnell ich kann, aber ich komme nur wie in Zeitlupe vorwärts. Wie in einem Albtraum. Auf der Veranda stürze ich über einen Koffer. Mein Knie blutet. Ich rappele mich wieder hoch und stürme nach draußen. Ich will um Hilfe schreien, aber ich bekomme keinen Ton heraus. Ich schwanke zwischen die Sonnenblumen und erbreche mein Frühstück. Als ich mich wieder aufrichte, steht das junge Mädchen aus der Gärtnerei vor mir.

Sie hat mich kurzerhand untergehakt, ins Wohnhaus der Gärtnerei geführt und auf ein Sofa verfrachtet. Eine ältere Frau hat mich gezwungen, ein paar Schlucke Wasser zu trinken, und mir einen kühlen Lappen auf die Stirn gelegt. Das Mädchen hat meine Kniewunde desinfiziert. Dann haben sie mich in Ruhe gelassen. Als ich das Martinshorn hörte, habe ich noch gedacht: Sie brauchen sich nicht mehr zu beeilen. Die beiden im Janssenhaus sind tot.

Als ich wieder aufwache, ist es ruhig im Haus. Sie haben die Terrassenmarkise ausgefahren. Sie taucht das Wohnzimmer in ein warmes Rot und erinnert an einen Sonnenuntergang. Ich sehe auf meine Armbanduhr. Schon nach drei. Das ist doch nicht möglich. Vor mir, auf dem wuchtigen Marmortisch, steht ein leeres Glas. Haben sie mir was zum Beruhigen gegeben? Ich stehe auf. Meine Füße sind nackt. Der rotschwarz gemusterte Teppichboden fühlt sich unter meinen Fußsohlen wie Samt an. Ich tappe bis zum Fenster. Es ist groß und angenehm frei gehalten. Keine Pflanzen, noch nicht einmal Gardinen. Nur zwei Windlichter aus zartem Porzellan an jeder Seite. Dafür stehen auf der Terrasse etliche Tontöpfe mit üppig blühendem Oleander. Rechts und links hochgewachsene Palmen. Wie eine kleine mediterrane Insel. Tiefer im Garten grenzt ein Kanal das Grundstück ab. Weiden neigen ihre Zweige bis in das Wasser. Da wird einem spätestens wieder klar: Wir sind im Norden und nicht in Italien. Aber das alles interessiert mich nicht. Was ich wirklich sehen wollte, bleibt meinem Blick verborgen: das Janssenhaus.

Ich gehe zurück zum Sofa und ziehe mir meine Schuhe an. Dabei weiß ich überhaupt nicht, wo ich hin soll. Am liebsten würde ich hier in dem weichen Licht des Wohnzimmers sitzen bleiben und an nichts denken. Aber die erlebten Bilder drängen sich gnadenlos an die

Oberfläche. Greta liegt auf dem Boden. Das viele Blut. Seine baumelnden Beine.

Die Tür wird vorsichtig geöffnet. Die ältere Frau, die mir vorhin schon den Waschlappen auf die Stirn gelegt hat, kommt ins Zimmer. Eine schlanke, gut aussehende Dame, erkenne ich jetzt. Ihr graues, weich gewelltes Haar ist kunstvoll hochgesteckt. Sie trägt einen schmal geschnittenen Rock und eine hellgrüne Bluse. Ihrem eleganten Aussehen nach würde sie eher in den Salon eines Gutshofes passen als in die Wohnstube einer Dorf-Gärtnerei.

»Moin, dann sind Sie ja wieder wach. Der Schlaf hat Ihnen sicher gutgetan. Nun trinken Sie erst mal einen Tee.«

Ihre resolute Art und der typisch herbe Slang des Nordens passen schon mehr in die Umgebung. Sie beginnt, kleine Tassen, ein Milchkännchen und eine Porzellandose mit Kandis auf den Tisch zu stellen. Ich würde lieber einen Kaffee trinken, aber ihre routinierten Handgriffe zu beobachten, tut gut. Sie lassen mir Zeit. Zeit, um zu bleiben und keine Entscheidung treffen zu müssen.

Sie richtet sich auf und sieht mich an. Ihr Gesicht hat noch ungewöhnlich klare Konturen. »Ich bin Marlies Brunsen. Meine Enkelin hat Sie gefunden. Ich meine, als Sie aus dem Janssenhaus kamen. Es muss schrecklich für Sie gewesen sein.«

Ich könnte auf der Stelle losheulen. »Ja, schrecklich«, wiederhole ich kläglich.

Sie sieht mich eindringlich an. Anscheinend erwartet sie mehr Informationen. Als ich schweige, sagt sie: »Ich hole eben den Tee.«

Sie kommt mit einer Kanne zurück und stellt sie auf ein Stövchen. Bevor ich ›Bitte keinen Zucker!‹ rufen kann, legt sie zwei große, braune Brocken Kandis auch in meine Tasse. Als sie den Tee darüber gießt, hört man die knisternden Explosionen der Zuckerkristalle. Abschließend lässt sie einen Hauch Sahne über den Tee gleiten. Sie nimmt ihre Tasse in die Hand und sieht mich auffordernd an, ihrem Beispiel zu folgen.

Die Kandisstücke ragen wie Eisberge aus verschwindend wenig Tee. Ich nippe vorsichtig. Viel zu süß und zu heiß.

»Entschuldigung, ich nehme mir noch ein wenig Sahne«, sage ich und gieße mir einen ordentlichen Schuss aus dem Kännchen nach. Frau Brunsen lässt mich gewähren, obwohl es sie zu irritieren scheint.

Ein größerer, gieriger Schluck, und meine Tasse ist schon wieder fast leer. Außerdem ist der Tee jetzt unerträglich cremig.

»Könnte ich noch Tee dazu haben?«

Frau Brunsen nimmt die Kanne und sagt trocken: »Ich dachte schon, Sie wollten sich Milchsuppe machen.«

Es klopft. Ein Mann mit viel Bauch, Doppelkinn ohne Hals und einem proportional erstaunlich kleinen Kopf kommt ins Zimmer. Er trägt Polizeiuniform. Als er seine Mütze abnimmt, legt er einen akkuraten Igelhaarschnitt frei. »Moin«, grüßt er. »Das ist man gut, dass Sie jetzt wach sind.«

Er scheint eindeutig mich zu meinen. Schwer atmend

lässt er sich in einen der Sessel fallen. Mit einem Taschentuch tupft er sich die Schweißperlen von der Stirn.

»Lübbert, wullt du uk'n Kopke Tee?«, fragt Frau Brunsen und rückt vorsorglich die dritte Tasse zurecht.

»Gerne«, sagt der und legt einen Notizblock auf dem Tisch parat.

Ich beobachte fasziniert, wie seine dicken Finger das zarte Porzellantässchen geschickt halten. Sein Gesicht strahlt nach dem ersten Schluck Entspannung aus. Wie kann so ein großer Körper mit so wenig Flüssigkeit auskommen?

»Marlies, ich muss die Personalien aufnehmen«, sagt er ernst und sieht Frau Brunsen auffordernd an. »Da sind welche von der Kriminalen aus Wittmund gekommen«, fügt er entschuldigend hinzu und brummt: »Dabei ist der Fall, wenn man mich fragt, glasklar.«

Frau Brunsen steht auf und streicht ihm über den Arm. »Watt mutt, datt mutt, Lübbert. Geht alles seinen Gang. Komm hinterher in die Küche. Es gibt lecker Filetbraten.« Sie schenkt ihm noch einmal Tee nach und verlässt das Wohnzimmer.

»Haben Sie Ihren Personalausweis dabei?«

Jetzt sieht er mich das erste Mal direkt an. Er hat warme Augen, denke ich. Augen, die viel lachen.

»Habe ich. Ist immer in meinem Portemonnaie.«

Er legt meinen Ausweis neben seine Akten und setzt sich umständlich eine Lesebrille auf. »In Hannover muss man das wohl«, sagt er zufrieden und wirft mir über den Brillenrand hinweg einen freundlichen Blick zu.

»Was?«, frage ich irritiert zurück, weil ich seine Bemerkung nicht einordnen kann.

»Na, wegen der Sicherheit den Ausweis immer dabeihaben. Bei uns hätte den hier niemand in der Tasche. Man kennt sich eben.«

In seiner Miene spiegelt sich nun eindeutig Mitleid für die Großstädterin, deren Lebensraum er nicht einmal geschenkt haben möchte.

»Emma von Odenwald«, liest er laut und schreibt Wort für Wort in seinen Notizblock. »Die Adresse stimmt noch in Hannover?«

»Ja«, sage ich und höre, wie heiser meine Stimme klingt.

»Um welche Uhrzeit sind Sie zum Janssen gegangen?«

»Um halb zwölf.«

Er sieht überrascht hoch. Vielleicht weil ich es so genau weiß oder weil man hier niemanden um diese Uhrzeit besucht. Genauso wenig, wie man sich zu viel Sahne in den Tee gießt.

Bevor er mich weiter befragen kann, klopft es erneut an die Tür. Dieses Mal wird sie mit Schwung geöffnet, und ein Mann in meinem Alter betritt das Zimmer. Er trägt eine Jeans und ein saloppes Sommersakko. Mit sportlichen, weit ausholenden Schritten kommt er an unseren Tisch. Dicht gefolgt von Frau Brunsen. Sie scheint die Bewirtung sehr ernst zu nehmen.

»Möchten Sie einen Tee?«, fragt sie ihn und will schon eine Tasse aus dem Schrank holen.

»Ein Wasser wäre super. Ich bin am Verdursten.«

»Ich auch«, ergreife ich sofort die Chance, ebenfalls an mehr Flüssigkeit zu gelangen.

Ein verstehendes Lächeln aus dunkelbraunen Augen trifft mich. Sie leuchten wie dunkle Seen, in denen man baden könnte. Emma! Falscher Zeitpunkt, falscher Ort! Wieder einmal.

Während ich das denke, bewundere ich die menschliche Eigenschaft, selbst in so einer Situation Paarungsinstinkte zu verspüren. Wir werden wohl doch nie aussterben.

»Strothe. Mordkommission Wittmund«, stellt er sich vor. Das wirkt wie eine kalte Dusche. Mord. Das Wort schon allein macht mir klar, dass ich mich nicht für ewig stumm in diesem Wohnzimmer verstecken kann, sondern Fragen zu beantworten habe. Ich habe zwei Tote gefunden.

Überflüssigerweise zieht er auch noch sein Jackett aus, und ich habe freien Blick auf sein Polizeigeschirr mit Knarre und Handschellen.

»Nun werden Sie mal nicht gleich so blass«, sagt der dicke Polizist prompt, als könnte er meine Gedanken lesen. »Ist man alles Routine.« Dabei bedenkt er den jungen Kollegen aus Wittmund mit einem Blick, der klarstellt, was er von der Einmischung in sein Revier hält.

Der Kommissar lässt sich davon nicht beeindrucken. Er fragt ihn gelassen: »Wie weit sind Sie?«

Polizist Lübbert setzt sich gerade auf und sagt wichtig: »Sie war um halb zwölf auf Visite bei Vogel-Janssen, ähm, dem alten Janssen. Sagen eben alle hier nur Vogel-Janssen. Ist ein eigenwilliger Kauz gewesen. Schon bevor er blind wurde. Da war er bei der Bahn. Aber mit den Jahren ist es immer schlimmer geworden. Hat jeder geahnt, dass das mal böse endet. Erst letztens ...«

Strothe unterbricht ihn mit einer ungeduldigen Handbewegung und sagt: »Die Details später.«

Lübbert schweigt gekränkt. Frau Brunsen stellt eine Flasche Wasser und zwei Gläser auf den Tisch. Strothe und ich greifen zeitgleich danach. Meine Hand zuckt erschrocken zurück, und er schenkt für uns beide Wasser ein.

»Sie wollten also Frau Schenk und Herrn Janssen besuchen?«, spricht er mich nun wieder an. Er ist der Erste, der ihre Namen richtig ausspricht.

»Ja«, hauche ich.

»Sind Sie mit ihnen verwandt?«

Vor meinen Augen beginnt es zu flimmern. Ich sehe konzentriert auf seine Hände. Er hat sehr schöne, schlanke.

»Nein, ich bin nicht mit ihnen verwandt«, antworte ich hölzern und hoffe, dass man nicht merkt, dass mein Herz wie verrückt schlägt. Aber nun ist es zu spät, und niemand braucht mehr zu wissen, dass ich Gretas Tochter bin.

Strothes Augen ruhen auf meinem Gesicht, als wollten sie es umfassen. Unter anderen Umständen hätte das auf mich aphrodisisch gewirkt, jetzt macht es mich zusätzlich nervös und meinen Hals noch trockener. Ich stürze das Wasser in einem Zug hinunter.

»Aus welchem Grund haben Sie die beiden dann besucht?«, höre ich ihn weiterfragen.

»Frau Schenk war – Haushälterin bei – meinen Eltern«, stottere ich wild.

»Wann?«, kommt sofort seine nächste Frage hinterhergeschossen.

»In den 70ern.«

Jetzt grinst er und sieht unverschämt jung und gut aus. »Das war aber vor Ihrer Zeit.«

Keine Chance, es zu verhindern. Jetzt werde ich flammend rot. »Ja, ich kannte sie eigentlich nicht. Aber ich war halt hier und wollte vorbeischauen.«

»Sie waren gestern schon einmal dort.« Mir wird klar, dass er sich bereits informiert hat und sich über so viel Aufmerksamkeit für eine ehemalige Haushälterin, die ich überhaupt nicht kannte, wundert. Scheiße.

»Ja, aber gestern hatte sie keine Zeit. Ich sollte heute zum Tee kommen.«

»Um halb zwölf?«

»Ist man komisch, weil der alte Janssen schon lange keinen mehr ins Haus gelassen hat«, mischt sich der Dorfpolizist wieder ein.

»Ich glaube, der war krank«, stottere ich weiter.

»Haben Sie Herrn Janssen gestern gesehen?«

»Nein, habe ich nicht.«

»Und an Frau Schenk ist Ihnen nichts aufgefallen?«

Ich schüttele den Kopf. »Nur …«, ich zögere, »nur, dass sie sehr – sehr verwahrlost wirkte.«

Strothe nickt und schreibt in sein Notizheft und ich fühle mich wie eine Verräterin.

Lübbert grunzt verächtlich: »Das ist man nichts Neues.«

»Und Sie verbringen hier Ihren Urlaub?«, bohrt Strothe unbeirrt weiter.

»Nein, Urlaub eigentlich nicht.«

Als ich das aufmerksame Glimmen in seinen Augen bemerke, weiß ich, dass ich mich nun völlig verhaspelt habe. Ich sollte die Wahrheit sagen. Aber ich höre überlaut Mamas bittende Stimme: ›Sag niemandem, wer du bist. Es war keine legale Adoption.‹ Ihre Worte haben jetzt so viel Gewicht bekommen. Immerhin sind zwei Menschen tot. Dass das alles in Zusammenhang stehen muss, wird mir schlagartig bewusst. Ich muss einen Haken schlagen. Am liebsten wieder zurück nach Hannover.

Aber Strothe beobachtet mich und wartet auf eine Erklärung. Ich versuche zu retten, was zu retten ist.

»Nein, ich, ich recherchiere die Entwicklung der letzten 30 Jahre in der Krummhörn. Ist so ein Hobby, wahrscheinlich erblich. Ich war früher oft mit meinem Vater unterwegs, der ist Völkerkundler …«

KAPITEL 6

Krummhörn, 1976

Zehn Monate, hatte Greta beschlossen. Vielleicht konnte sie in der Zeit ein bisschen Geld beiseite legen und sich überlegen, wie es in Hannover für sie weitergehen sollte. Aber vor allem konnte Johanna in Pewsum ihren Schulabschluss machen. Ihre Tochter hatte sich innerhalb von wenigen Wochen zu einer richtig guten Schülerin entwickelt. Die Tatsache fühlte sich für Greta noch immer fremd an. Wie ein Wunder. So eine Entwicklung hätte sie im Leben nicht erwartet. Niemand, der Johanna kannte, hätte das. Greta nahm sich vor, den von Odenwalds zu schreiben. Endlich einmal etwas, worauf sie stolz sein konnte. Die würden Augen machen. Immerhin war ihre letzte Information, dass Johanna sitzen geblieben war und auf Borkum nur knapp ausreichende Noten erzielt hatte. Im nächsten Jahr wurde sie schon 16. Mit einem guten Abschluss in der Tasche konnte sie eine Ausbildung beginnen. So lange halte ich durch, dachte Greta. Sie soll einen richtigen Beruf lernen. Die paar Monate würden schon vergehen, und danach war sie frei.

Greta lag noch im Bett, obwohl es bereits nach zehn war. Draußen klackerte jemand unermüdlich mit der Heckenschere. Ein Luftzug wehte den Duft von frisch geschnittenem Buchsbaum in ihre Schlafkammer. Sie waren fleißig, die Brunsens. Und Marlies war eine nette Frau. Wäre Janssen nicht so ein Querkopf, könnte sie bei ihr in der Gärtnerei ein bisschen helfen. Immerhin hatte sie als junges Mädchen bei einem Gemüsebauern gearbeitet. Aber Janssen wollte nicht, dass sie von Brunsens Almosen annahmen. Auf so eine Erniedrigung hätten Marlies und ihre Brut nur gewartet. Wieder so ein Blödsinn, den Janssen sich da zusammenfantasierte. Das wäre einfach reelle Arbeit gewesen. Aber Greta wollte sich mit ihm darüber nicht streiten. Es lohnte sich nicht, für die kurze Zeit Energie zu verschwenden.

Obwohl sie es sehr bedauerte. Sie mochte die Nachbarfamilie, besonders Marlies. Sie war eine bildhübsche, lebenslustige Frau. Grüßte immer freundlich und stellte Greta oft eine Schale mit Früchten neben den Zaun. Schade, dass sie keine eigenen Kinder bekommen konnte. Sie besitzen alles, um einem Kind ein gutes Zuhause zu bieten, aber gegen die Natur ist man machtlos. Frieda hatte ihr erzählt, es würde an Gerrit Brunsen liegen. Der hat hohle Eier, sagen sie im Dorf. Er hatte als Kind Mumps und sich eine Hodenentzündung eingefangen. Über die Geschichte hatte Janssen nur höhnisch gelacht. Von wegen Kinderkrankheit! Seine Triebhaftigkeit hat ihn zur Strecke gebracht. Gerrit wäre schon als Kind mit Vorliebe das Treppengeländer runtergerutscht. Damit es ordentlich juckt. Und später dann zu viel Handarbeit. Damit hat er sich alles kaputt gemacht. Greta fragte nicht, woher Janssen das wusste. Es war ihr egal, warum Gerrit keine Kinder machen konnte. Es tat ihr leid. Sie mochte auch ihn. Er war stets ausgesprochen höflich zu ihr. Was man nicht von jedem hier im Dorf behaupten konnte. Manchmal schenkte er ihr sogar einen Strauß bunter Schnittblumen. Das musste sie vor Janssen verheimlichen. Sonst käme er in seinem Wahn womöglich auf die Idee, dass sie sich von Gerrit in irgendeine Ecke drücken ließ.

Brunsens haben schließlich einen Jungen adoptiert. Hajo. Zwei Jahre älter als Johanna. Ein wirklich lieber Kerl. Und er interessiert sich für die Gärtnerei. Da haben sie großes Glück gehabt.

Greta streckte sich. Sie lag gerne im schlafwarmen Bett und träumte. Am liebsten wäre sie den ganzen Tag hier liegen geblieben. Aber Janssen stand sicher schon am Küchenschrank und wartete. Auf sein Frühstück und vor allem darauf, sich mit Greta zu unterhalten. Was er so Unterhaltung nannte. Er redete ohne Punkt und Komma, als wäre sie eine Wand. Mindestens eine Stunde lang. Die musste sie durchhalten. Es war, als müsse bei ihm ein Band abgespult werden. Er brauchte nur wenig Schlaf und war schon seit vier Uhr morgens auf den Beinen. Ohne sie zu wecken. Das wäre auch unerträglich gewesen. Das schien er zu wissen. Deshalb duldete er stillschweigend ihr spätes Aufstehen und wartete, bis sie endlich in die Küche kam. Aber dann fiel er regelrecht über sie her. Erst die Politik. Immer das Gleiche. Er schimpfte über die Regierung. Es waren nicht die Richtigen. Für ihn kamen nur die Konservativen in Frage. Das regte Greta im Stillen auf, denn er tat so, als wäre er Großgrundbesitzer und müsste seine Güter verteidigen. Dabei wohnte er in einem ausgebauten Schweinestall. Sie waren beide Arbeiter, aber Janssen sah sich nicht so. Erst hatte er nachträglich Willy Brandt an den Haaren, dann Helmut Schmidt. Sie taugten seiner Meinung nach beide nichts. Er plusterte sich darüber auf, dass sie die Volljährigkeit auf achtzehn heruntergesetzt hatten und jeder so früh einen Führerschein machen konnte. Und dass letztendlich alles den Bach runterginge. Das war sein Lieblingsthema. Und deshalb müssten sie zusammenhalten. Vor allem gegen die Aasgeier hier im Dorf. Und sie müssten gemeinsam auf Johanna achten. Sie wäre ihre Zukunft.

Ihre Zukunft! Was der sich einbildete. Das Mädchen hatte das Recht auf eine eigene Zukunft und auch den Willen, sie zu leben. Greta grinste in sich hinein. Johanna würde er nicht an sich binden. Johanna nicht. Sie siezte ihn noch immer. Das verletzte ihn, das wusste Greta. Aber Johanna konnte stur sein.

Vor seinen elenden Litaneien und Verschwörungstheorien graute ihr mehr als vor den Abenden, an denen er regelmäßig zu ihr unter die Decke kroch. Nur manchmal, wenn er danach bei ihr liegen blieb und so tat, als hätten sie einen intimen Augenblick miteinander geteilt, war ihr seine körperliche Nähe fast unerträglich. Dann hätte sie ihn am liebsten von sich weggestoßen.

Greta schlug einen Teil der Bettdecke zurück. Sie würde gleich aufstehen und den nächsten Tag in Angriff nehmen. Gleich. Ihm die Brote schmieren und, so gut sie konnte, weghören. Nur keine Antwort geben. Keine Nahrung für mehr Worte. Keinen Widerstand. Sie hoffte, er würde sich dann schneller beruhigen, wie Wellen an einem langen, flachen Strand. Doch ihr Schweigen animierte ihn anscheinend und ließ ihn noch mehr reden. Genau wie Johanna. Die hatte sie letztens gefragt: »Wann bist du eigentlich so gleichgültig geworden? Warum wehrst du dich nie? Meine Güte!«

Wann war sie so geworden? Unsichtbar. Sie war die Älteste von fünf Geschwistern. Die Tochter, die ihre Mutter mit in die Ehe gebracht hatte. In eine Ehe mit einem cholerischen Mann. Man wusste nie, in welcher Stimmung er nach Hause kam. Schlimmer. Man konnte während einer Mahlzeit nicht absehen, ob eine Schüssel durch die Küche flog oder er eines der Mädchen großzügig losschickte, um zum Nachtisch Eis zu kaufen. Ihre Geschwister konnten damit besser umgehen als Greta. Sie warteten einfach, bis das Gewitter sich verzogen hatte und spielten dann unbeeindruckt weiter. Aber Greta war immer halb tot vor Angst, immer in der Erwartung neuer Wutausbrüche. Da hatte sie gelernt, sich unsichtbar zu machen. Sie zog so früh wie möglich zu Hause aus und ging in Stellung bei einem Gemüsebauern Richtung Springe. Aber ihr antrainiertes Verhalten war nicht so schnell abzulegen. Sie machte sich weiterhin unsichtbar. Sie wehrte sich nicht, dass sie eine ungelernte Kraft blieb, während andere, die später hinzugekommen waren, einen Ausbildungsplatz bei dem Bauern bekamen. Danach arbeitete sie bei Bahlsen am Band. Auch dort würde sich niemand an sie erinnern. Nicht einmal der Mann, der sie geschwängert hatte. Johannas Vater. Dann hatte sie Siegfried kennengelernt. Ganz romantisch in den Herrenhäuser Gärten am Springbrunnen. Er war mehr als doppelt so alt, aber ein richtiger Gentlemen. Er behandelte Greta wie eine Königin. Obwohl er wusste, dass sie schwanger war und ahnte, dass er nicht die große Liebe für sie war. Er gab ihr zum ersten Mal Halt und einen Rahmen. Sie heirateten und zogen in die Nieschlagstraße. Johanna wurde geboren, und Siegfried vergötterte das kleine Mädchen. Sie waren für fast vier Jahre ein normale Familie. In der Zeit lernte Greta die von Odenwalds kennen und ging für ein paar Stunden zu ihnen putzen. Was man so putzen nannte. Sie fühlte sich mehr als deren Haushälterin. Die von Odenwalds machten nicht viel Unordnung und waren oft auf Reisen. Dann hatte Siegfried einen schweren Schlaganfall und blieb halbseitig gelähmt. Er wollte nicht in ein Pflegeheim, und Greta behielt ihn in der kleinen Wohnung in Linden. Anfangs begann sie nur abends, ein oder zwei Sherry zu trinken. Damit sie besser einschlafen konnte. Bald schenkte sie sich schon nach dem Frühstück den ersten ein, damit der Tag nicht so elend lang war. Gegen den Geruch seiner Ausscheidungen, die irgendwann in jeder Ritze der Zimmerwände kleben blieben, begann sie zu rauchen. Als er tot war, hörte sie nicht damit auf. Im Gegenteil. Als könnte sie sich die innere Leere wegtrinken. Johanna war erst sechs Jahre alt, doch sie versuchte, ihrer Mutter zu helfen. Aber sie war ein Kind und konnte ihr keinen Halt geben. Nicht die Geborgenheit und Zärtlichkeit, die Greta suchte. Da lernte sie Alfred kennen. Er war ein Zauberer. Für ein paar Stunden konnte er sie alles vergessen lassen. Fatal war nur, dass der noch mehr soff als sie und arbeitslos war und auch wenig Ehrgeiz hatte, an dem Zustand etwas zu ändern. Dazu kam, dass Johanna ihn nicht ausstehen konnte, und so zu dritt kaum ein Treffen möglich war.

Greta stöhnte leise und rollte sich aus dem Bett. Es hatte keinen Sinn. Janssen wartete. Sie musste den Anfang hinter sich bringen. Danach konnte sie erst einmal raus. Einkaufen. Mit dem Rad. Auf diese Zeit am Tag freute sie sich. Sie fuhr immer an ihren Lieblingsplatz zur Weide unten am Kanal. Dort rauchte sie in Ruhe eine Zigarette. Manchmal fuhr sie sogar bis zum Deich. Dann log sie Janssen an, dass sie bis zum nächsten Dorf musste, weil sie hier kein Brot mehr bekommen hatte. Und sie erhöhte alle Lebensmittel bei der Abrechnung mit Janssen um ein paar Pfennige. Da musste sie höllisch aufpassen, dass sie sich nicht verrechnete. Denn Janssen behielt jeden Betrag im Kopf. Aber so konnte sie sich nach und nach ein wenig Geld beiseite legen. Und davon träumen, wieder in Hannover zu sein. Sie hatte mit Alfred Briefkontakt. Er wartete nur drauf, dass sie ihm schrieb: Hol mich von hier weg! Bis dahin musste sie auf sich aufpassen. Janssen war ein Blutsauger. Der machte einen immer willenloser. Sie durfte ihr Ziel nicht aus den Augen verlieren.

Am Nachmittag hatte sie, seit Johanna da war, ein wenig mehr Freiraum und konnte in die Liebesgeschichten ihrer Groschenromane abtauchen. Janssen hatte in Johanna einen neuen Gesprächspartner gefunden. Mit ihr diskutierte er über Gott und die Welt. Sollten sie. Solange sie Greta in Ruhe ließen.

Johanna reckte sich vor dem kleinen Spiegel in ihrer Kammer. Sie war unzufrieden mit ihrem Spiegelbild. Das lag nicht an der Kleidung. Die bildete einen guten Kontrast zu ihren pechschwarzen Haaren. Der Pullunder war leuchtend rot und ging ihr knapp bis zur Taille. Aber die zartrosa Bluse konnte sie nicht in die gleichfarbene Hose stecken. Sie musste sie locker drüberfallen lassen. Zum Kaschieren. Johanna kniff ihre kräftigen Augenbrauen zusammen, was ihr ein düsteres Aussehen verlieh. Sie musste damit aufhören, sich diese elenden Puddingsuppen zu kochen oder abends noch ein Glas Nugatcreme mit aufs Zimmer zu nehmen. Sonst würde sie allmählich richtig fett. Ihre Mutter hatte gesagt, man könne es kaum mit ansehen. Sie würde nicht essen, sondern fressen. Dann sollte sie wegucken, dachte Johanna trotzig. Schließlich musste sie es auch ertragen, wenn Greta sich die Birne zusoff.

Janssen unterstützte ihre Gefräßigkeit und steckte ihr sogar Geld zu, damit sie sich zusätzlich etwas kaufen konnte. »Er will dich mästen«, hatte Greta gesagt. Dass sie sich einmischte, war ungewöhnlich, und Johanna wollte wissen, wie sie auf so eine ekelerregende Idee käme. Da hatte Greta ihr anvertraut, dass Janssen seine zweite Frau regelrecht zu Tode gemästet haben soll. Das erzählte man sich im Dorf. Er hätte Angst gehabt, dass sie ihm wie seine erste Frau davonlaufen könnte. So ist Edda immer fetter geworden. Zum Schluss konnte sie nicht mehr aus dem Haus und Frieda hat für sie einkaufen müssen. Als sie krank wurde, irgendeine Unterleibsgeschichte, da wollte er nicht, dass sie in ein Krankenhaus geht und dort von fremden Männern untersucht wird. Sie ist ihm daran gestorben.

Johanna schüttelte angewidert den Kopf. Ihre Mutter hatte sich schon von dem Dorfvirus anstecken lassen. Sie hatten hier irgendwann angefangen, über Janssen Geschichten zu verbreiten. Mit den Jahren hatte jeder etwas dazugedichtet, und so waren regelrechte Gruselgeschichten entstanden. Nur weil er anders war als sie und nicht mit ihnen redete. Aber genau das imponierte Johanna. Ihre Mutter brauchte sich keine Sorgen zu machen. Zu Tode mästen. Sie würde schon auf sich achten, und mit Janssen kam sie klar. Er war bereit, sie zu fördern. Das war eine positive Wende in ihrem Leben, und die galt es für sich zu nutzen. Sie wollte weiter kommen als ihre Mutter. Dafür erwartete Janssen nicht viel von ihr. Er wollte wissen, was sie in der Schule erlebt hatte. Johanna erzählte es ihm gerne. Sein Gesicht war beim Zuhören so lebendig. Manchmal dichtete sie ein wenig dazu, weil sie ihm eine Freude machen wollte. Sie musste ihm ihre Aufsätze, ihre Schularbeiten vorlesen. Das war neu für sie, dass sich jemand dafür interessierte, und wie durch Zauberhand wurde sie innerhalb von zwei Monaten eine der besten Schülerinnen in ihrer Klasse. Das brachte ihr ein gewisses Ansehen im Dorf ein. Sie sagten: Vogel-Janssens Johanna ist nicht dumm.

Janssen bezahlte auch ihre Kleidung. Da war er nicht kleinlich. Als Gegenleistung wollte er sich ein

Bild machen können, was sie gekauft hatte. Sie musste ihm die Farben beschreiben und sich mit dem Rücken zu ihm hinstellen. Er tastete dann vorsichtig die Konturen der Kleidung ab. Dabei berührte er sie nie unsittlich, und Johanna verlor das anfängliche Misstrauen und ließ ihn gewähren.

Nur wenn er mit ihrer Mutter soff, dann erkannte sie ihn kaum wieder. Dann fühlte sie sich von ihm abgestoßen. Spätestens, wenn er sein Akkordeon herausholte. Früher hatte er auf allen Dorffesten in der Umgebung gespielt. Damals hatte er keinen Alkohol getrunken. Er hatte die anderen saufen und tanzen lassen. Nach seiner Musik. Das war lange, bevor er blind wurde.

Wenn er nun volltrunken anfing zu spielen, dann war er wie ein Besessener. Selbst ihre Mutter ließ ihn irgendwann allein in der Küche sitzen. Dann spielte er nicht mehr. Sondern schlug nur noch wie ein Wahnsinniger den Takt mit den Händen auf die Tischplatte.

Das waren die Nächte, in denen Johanna ihre Zimmertür abschloss. Diese Exzesse waren sicher auch der Grund, warum sie ihn nicht duzen konnte. Obwohl sie spürte, dass es ihn verletzte. Aber sie brauchte diese Distanz, ohne sie erklären zu können. Sie hätte auch nicht gewusst, wie sie ihn anreden sollte. Onkel Janssen? Dafür war sie zu alt. Enno? Das war ihr zu intim. Also blieb sie bei der förmlichen Anrede: Herr Janssen. Das erschien ihr über die Zeit immer natürlicher und das einzig Passende.

Heute hatte es den ersten heftigen Streit mit ihm

gegeben. Johanna hatte die Geburtstagseinladung von Angela Harms angenommen. Janssen hatte getobt. Ausgerechnet Deichharms! Er empfand es als Verrat, dass Johanna deren Haus betreten wollte. Diese Geburtstagseinladung wäre nur eine fadenscheinige Ausrede. Eindeutig eine Finte. Sie wollten über Johanna Zugang zu seinem Haus bekommen. Deshalb bräuchte sie sich gar nicht erst einzubilden, dass sie auch Gäste einladen könnte. Deichharms war Marlies Brunsens Bruder. Und Janssen war sich sicher, dass Marlies auf sein Grundstück lauerte, nur einen Grund suchte, ihn zu vertreiben. Sie wollten die Gärtnerei vergrößern und ihn nicht mehr als Nachbarn haben. Sein Haus passte nicht zu ihnen. Genau wie er nicht als Nachbar passte. Ein Blinder. Ein Krüppel. Sie wären Dumpfbacken und dachten, er hätte mit dem Augenlicht gleichzeitig seinen Verstand verloren. Marlies wäre auch diejenige, die Gerüchte in die Welt setzte. Sie erzählte überall im Dorf herum, dass es nachts im Janssenhaus nicht mit rechten Dingen zuginge und dass er irgendwann die Bude im Suff anstecken würde. Das wusste er von Frieda. Sogar ein Verhältnis mit Frieda hatte Marlies ihm damals angedichtet. Dabei hatte sie ihm nur regelmäßig Essen gebracht, als seine zweite Frau, die Edda, gestorben war. Deshalb duldete er auch noch immer einen gewissen Kontakt zu Frieda. Aus dem Grund durfte sie in sein Haus. Aber Deichharms, der wäre nicht besser als seine Schwester. Alles ein und dieselbe Brut. Er war enttäuscht, weil er geglaubt hätte, Johanna sei aus dem gleichen Holz geschnitzt wie er. Sie müssten zusammenhalten. Eine Dreiergemeinschaft bilden. Nur zu dritt wären sie stark. Johanna hörte ihm ruhig zu und ging dann zu der Geburtstagsfeier. In dem Punkt hatte sich Janssen in ihr getäuscht. Sie blieb zwar oft daheim, aber nicht, weil sie sich mit Janssens Verschwörungstheorien identifizierte. Andere Menschen langweilten sie schlicht und einfach, und sie zog ihre eigene Gesellschaft die der anderen vor.

Johanna ging durch die Spätsommersonne den Weg am Kanal entlang, Richtung Deich. Harms hatte seinen Namen bekommen, weil sein Hof außerhalb der Warft in Deichnähe lag. Johanna hielt ihr Gesicht in die wärmende Sonne. Janssen würde sich schon wieder beruhigen. Wahrscheinlich regte er sich nur so auf, weil er Geburtstage hasste. Seinen eigenen ignorierte er, wie alles, was mit Feierlichkeiten zu tun hatte. Weil ihn diese Albernheiten aus dem Lebensrhythmus brächten, erklärte er knapp. Johanna hatte ihm trotzdem gratuliert und nur ein mürrisches Gesicht geerntet. Vielleicht glaubte er, so nicht älter zu werden.

Angelas Einladung hatte sie selbst überrascht. Sie mochten sich nicht. Aber sie waren beide an Dieta interessiert. Johanna machte sich da nichts vor. Diese Einladung war eine Herausforderung, nicht der Beginn einer innigen Freundschaft. Ein Grenzenabstecken, weil Angela sehr wohl bemerkt hatte, dass Dieta ihr entglitt. Sie stand immer häufiger in der Pause mit Johanna zusammen. Und einmal waren sie auf dem Weg von der Bushaltestelle fast bis nach Hause gegangen. Ohne es zu bemerken. Johanna hatte sich noch nie zu einem

Mädchen so stark hingezogen gefühlt. Überhaupt zu keinem Menschen.

Dietas Eltern wohnten auch noch nicht lange im Dorf, von dem Johanna mittlerweile glaubte, dass irgendwie alle Einwohner miteinander verwandt waren. Dietas Familie stammte aus Papenburg. Ihr Vater hatte in Pewsum bei der Sparkasse die Leitung bekommen. Angela und Rieke, die Anführerinnen der Dorfmädchen, hatten beschlossen, mit Dieta befreundet zu sein. So war Dieta zwar auch eine Außenseiterin, aber eine anerkannte.

Frau Harms hatte im Garten eingedeckt. Unter Obstbäumen stand ein langer Tisch mit einer weißen Tischdecke. Ein Bild wie aus der Werbung. Frau Harms war eine kräftig gebaute Frau, mit farblosem Haar und roten Wangen. Sie begrüßte Johanna steif, aber betont freundlich. So wie man eben einen Außenseiter begrüßt, um die eigene Toleranz zu signalisieren. Angela saß tiefer im Garten auf einer Holzbank und nahm Gratulationen und Geschenke entgegen. Um sie herum hatte sich schon eine Gruppe Mädchen versammelt. Sie bestaunten jedes neue Geschenk mit angemessener Begeisterung. Als Johanna auf sie und ihre Clique zuging, wusste sie, dass sie einen Fehler gemacht hatte. Sie hätte die Einladung nicht annehmen sollen. Dadurch hatte sie Angela in ihrer Wichtigkeit bestätigt. Sie sollte sich umdrehen und wieder nach Hause gehen. Sie sah sich um. Wo war Dieta? Angela hatte ihren Platz verlassen und war auf Johanna zugekommen.

»Dieta kommt später«, sagte Angela, als könnte sie Johannas Gedanken lesen. Sie hakte sich leutselig bei ihr unter und stolzierte mit ihr durch den Garten. Johanna ließ sich widerwillig mitziehen. Warum kürte Angela sie zur Freundin des Nachmittags? Was bezweckte sie? Johanna wurde das mulmige Gefühl nicht los, dass Angela dabei war, einen ganz bestimmten Plan auszuführen.

Sie beschloss, erst einmal auf Toilette zu gehen. Abstand gewinnen. Vielleicht war Dieta bis dahin gekommen. Dann würde sie sich wohler fühlen.

Als hätte Angela nur auf die Frage nach dem Örtchen gewartet, sagte sie schnell: »Du musst in den Stall.«

»In den Stall?«, wiederholte Johanna und konnte nicht verbergen, dass es sie beunruhigte.

»Ja, wenn wir Badegäste haben, gehen wir im Stall aufs Klo. Im Wohnhaus muss dann immer alles tipptopp sauber bleiben. Darauf legt meine Mutter großen Wert«, betonte sie stolz, und der erste Giftpfeil war abgeschossen. Sie zeigte Position. Deichharms war der Erste im Dorf, der Badegäste einquartiert hatte. Mit fließend heißem Wasser und Spültoilette, so lautete sein Slogan. Das war nicht selbstverständlich. Schon gar nicht im Janssenhaus.

Am liebsten hätte Johanna gesagt, dass sie nicht mehr müsste. Aber das hätte sie nur lächerlich gemacht.

In der kühlen Diele blieb sie stehen. Sie würde hier einfach warten und dann wieder nach draußen gehen. Nur nicht in den Stall. Die Erinnerung war noch sehr lebendig. Frieda hatte wirklich nur ein Klo im Stall.

Ganz hinten. Johanna musste an den Boxen der Tiere vorbei. Sie war nichts Böses ahnend reingegangen. Es war ruhig. Nur leises Grunzen hier und da. Aber in dem Moment, als die Schweine sie bemerkten, brachen sie in ein hysterisches Geschrei aus. Einige stützten sich mit ihren kurzen Pfoten auf die Stallmauer und kamen ihr bedrohlich nahe. Johanna war kopflos und selbst kreischend wieder nach draußen gerannt. Frieda hatte Tränen gelacht. Dabei konnte Johanna überhaupt nicht begründen, warum sie so große Angst gehabt hatte. Es war vor allem der ohrenbetäubende Lärm gewesen.

Angela war ihr unbemerkt gefolgt. Johanna schreckte zusammen, als sie ihre Stimme hörte: »Die Stalltür ist dort rechts! Beeil dich! Wir wollen gleich Kaffee trinken, und danach hören wir Schlager.«

Wie toll, dachte Johanna grimmig. Das habe ich mir immer schon gewünscht. Angelas Blick im Nacken, öffnete sie die schwere Stalltür. Dahinter war es fast dunkel. Johanna konnte nur schemenhaft die Umrisse des Ganges und der Boxen erkennen. Augenblicklich wurde ihr heiß, und Schweiß brach aus allen Poren. Bleib locker, Johanna, sprach sie sich Mut zu. Den Triumph gönnst du ihr nicht!

Mit steifen Beinen trat sie in das Dämmerlicht. Stille. Vorsichtig, einen Fuß vor den anderen setzend, ging sie weiter. Aber nichts passierte. Es blieb ruhig. Nur der dampfende Atem einiger daheimgebliebener Kühe. Sie sahen Johanna ohne Interesse entgegen. Erleichtert beschleunigte sie ihre Schritte. Aber sie konnte kein Klo entdecken. Da hörte sie hinter sich schon wieder

Angela: »Nun mach! Hinter der nächsten Tür ist das Klo!«

Genervt ging Johanna weiter. Warum blieb Angela so dicht bei ihr? Sie brauchte nicht mehr abgehalten zu werden. Was wollte sie von ihr? Sollte sie sich um ihre anderen Gäste kümmern. Johanna zog die Holztür auf. Gleißendes Sonnenlicht blendete sie und ließ sie stocksteif stehen bleiben. In dem Moment war Angela schon bei ihr, gab ihr einen kräftigen Schubs und schlug die Tür hinter ihr zu. Johanna lehnte sich blinzelnd gegen das Holz. Sie begriff nur langsam, wo sie sich befand. Die Erde bestand aus Matsch und Wasserlöchern. Schweine lagen träge in der Suhle und betrachteten sie aus ihren hellen, schlauen Augen. Entsetzt ruckelte Johanna an der Stalltür. Aber Angela hatte sie verschlossen. Blitzartig wurde ihr klar: Frieda hatte ihre Schweinebegegnung als urige Geschichte zum Besten gegeben. Auch bei Harms. Natürlich. Das war der Grund für die Einladung. Angela wollte Johanna in den Schweinehof sperren und sie lächerlich machen. Zeigen, dass sie nicht hierher, nicht zu ihnen gehörte. Vor allem aber nicht zu Dieta.

Die ersten Schweine standen auf und kamen neugierig auf sie zu. Sie erschienen ihr ungewöhnlich groß. Johanna sah sich panisch um. Wie kam sie hier raus? Hinter den Büschen entdeckte sie einen niedrigen Zaun. Darüber würde sie es schaffen. Sie lief los, bevor die aufdringlichen Viecher mit ihren listigen Augen ihr zu nahe kommen konnten. Aber sie musste durch die Suhle aus Schlamm und Scheiße. Die war tief. Johanna sank bis zu den Knien ein. Mit allen aufzubietenden Kräften zog sie ihre Füße aus der schmatzenden, saugenden Masse. Dabei blieb ein Schuh stecken. Johanna kümmerte sich nicht darum. Bloß weg hier! Weiter! Und nicht hinfallen. Endlich kam ein kleines Stück Wiese, dahinter der Bretterzaun. Sie kletterte darüber und fühlte eine alles vergessende Erleichterung. Für einen kurzen Augenblick. Dann bemerkte sie die Mädchen. Sie standen, angeführt von Angela, albern kichernd um sie herum. Johanna lag noch immer am Boden. Über und über eingesaut mit dem stinkenden Wühlmatsch.

»Wir konnten es nicht glauben. Du hast wirklich Angst vor Schweinen! Warum eigentlich? Du siehst doch selbst wie eins aus. Rosa, eingesuhlt und – fett!«

Die anderen lachten beifällig.

Angela winkte lässig ab, und sie waren still. »Aber heute habe ich Geburtstag. Setz dich mal zum Trocknen in die Sonne. Das machen die Schweine auch so. Dann fällt der Dreck wieder ab«, sagte sie gnädig.

Johanna fiel kein Wort der Erwiderung ein. Ihr Hirn war wie leer gefegt.

»Angela!«, schallte Frau Harms' kräftige Stimme über den Hof. »Tante Linchen ist da. Komm her! Überraschung!«

Sofort ließ das Rudel von Johanna ab und lief geschlossen Richtung Haus. Johanna starrte ihnen wie blind hinterher. Erst langsam drangen Erniedrigung und Schmach zu ihr durch. Und die Wut.

Sie raffte sich hoch und folgte ihnen. Auf der Kaffeetafel im Garten standen bereits die Kuchenplatten. Sogar kitschig bemalte Namensschilder hatten sie aufgestellt. Angela hatte natürlich das größte. Es war mit kleinen Röschen verziert. Auf ihrem Teller lag schon ein Stück mit saftigem Zwetschgenkuchen. Johanna starrte hasserfüllt auf das idyllische Stillleben. Eine Wespe surrte an ihrem Ohr vorbei. Als sie auf der weißen Tischdecke landete, wusste Johanna, was sie zu tun hatte. Mit der flachen Hand betäubte sie das stachelige Insekt. Ein Trick, den sie von Alfred gelernt hatte. Den einzig nützlichen von seiner Seite. Vorsichtig griff sie das erlegte Tier an einem Flügel und vergrub es unter einer Zwetschge von Angelas Kuchenstück. Dann drehte sie sich um und ging nach Hause.

Angela wurde ins Krankenhaus eingeliefert. Sie hatte nur durch das beherzte Eingreifen des gerade anwesenden Tierarztes überlebt. Er hatte einen Luftröhrenschnitt durchgeführt.

Sie würde eine hässliche Narbe behalten. Aber sie würde leben. Und Johanna in Zukunft in Ruhe lassen. Hoffentlich.

Noch am gleichen Abend stand Dieta vor dem Janssenhaus und klingelte. »Ich bin zu spät gekommen«, sagte sie und lächelte Johanna entschuldigend an. »Hast du Lust auf einen Spaziergang?«

Johanna griff wortlos nach ihrer Jacke.

KAPITEL 7

Krummhörn, 2009

Bloß weg hier! Weg von dem geschäftigen Treiben, den vielen Fahrzeugen, den neugierigen Menschen und dem Janssenhaus, um das sie ein rot-weißes Band gezogen haben. Aber vor allem möchte ich meinem eigenen Lügengerüst entkommen, das immer abenteuerlicher geworden ist. Warum habe ich nur so viel Mist erzählt? Warum habe ich überhaupt gelogen, als müsse ich mich verteidigen? Strothe ist nicht blöd. Das ist ihm sicher nicht entgangen. Er wird weitere Fragen stellen. Und ich werde mir weitere Lügen ausdenken müssen. Heute war erst der Anfang. Warum habe ich mich in so eine dämliche Situation gebracht?

Die Gärtnerei erstreckt sich fast bis zur Ringstraße. Die Brunsens scheinen richtig groß im Geschäft zu sein. Und sie sind nett. Vor allem die Oma. Die hat noch eine sehr attraktive, jugendliche Ausstrahlung. Eine resolute Frau, die alles im Griff hat. Ihr Sohn ist mit seiner Frau verreist und sie schmeißt die Gärtnerei allein mit ihrer Enkeltochter. Diesem schönen, jungen Mädchen. Sonnenblumenmädchen. Der Gedanke an sie nimmt mir ein wenig Magendruck, und ich kann durchatmen.

Der Blick, mit dem Rieke Lüders mich empfängt, macht mir sofort klar, dass sich die Neuigkeiten aus dem Janssenhaus längst bis zur Gastwirtschaft herumgesprochen haben. Was habe ich erwartet? Um den Stammtisch sitzen ein paar Männer unterschiedlichen Alters. Als ich hereinkomme, unterbrechen sie ihr Gespräch und starren mich ungeniert an. Meine Zunge klebt unter dem Gaumen und ich widerstehe dem Drang, gleich auf mein Zimmer zu rennen. Ich setze mich an die Theke. So brauche ich niemanden anzusehen. Rieke gibt den Männern ein Zeichen, und ihr Gespräch setzt wieder ein, als hätte man nur kurz den Ton abgestellt. Sie nickt mir aufmunternd zu. Super. Ich stehe jetzt im Dorfinteresse auf Platz Nummer eins. Am liebsten würde ich meine Tasche packen und zurück nach Hannover fahren. Aber Strothe hat mich gebeten, wenn möglich noch einen Tag hierzubleiben. Nur eine Bitte, vorerst. Könnten sie mich überhaupt zwingen, hierzubleiben? Halten sie mich für verdächtig? Sie müssten meine Zeugenaussage protokollieren, hat er gesagt. Und vielleicht würden noch Fragen auftauchen. Ist das nur ein Vorwand?

Was ist mit Greta und Janssen passiert? Glasklarer Fall. Dieser Meinung ist jedenfalls der dicke Polizist. Er hält den Einsatz einer Mordkommission für mehr als überflüssig. Marlies Brunsen anscheinend auch.

Wieder schieben sich die Bilder der Leichen vor mein geistiges Auge. Dazu steigt mir der Geruch des geronnenen Blutes in die Nase. Ich trinke hastig meine Apfelschorle. Hat Janssen Greta wirklich so brutal erschlagen? Das würde bedeuten, dass er gestern noch gelebt haben muss. Dass er im Bett lag, während ich mit Greta in der Küche gesessen habe.

Die beiden leben seit über 30 Jahren zusammen. Warum passiert so etwas Schreckliches ausgerechnet einen Tag, nachdem ich sie besucht habe? Immer wieder die gleichen Fragen. Die wird sich die Kriminalpolizei auch stellen. Sie werden in Hannover anrufen. Ich muss meine Eltern einweihen, fällt mir siedend heiß ein. Sonst fliegt mein Lügengespinst schneller auf, als ich denken kann. Aber hätte ich die Wahrheit sagen sollen? Das hätte die Geschichte nur komplizierter gemacht. Was heißt komplizierter? Ich will schlicht und einfach nicht, dass sie die Vergangenheit ausgraben und darin herumwühlen. Es braucht niemand zu wissen. Am liebsten würde ich es selbst wieder vergessen.

Ausgerechnet jetzt geht Sandra nicht ans Handy. Verdammt. Gestern hat sie mir die Wirtin auf den Hals gehetzt, weil ich nicht zurückgerufen habe, und heute ist sie nicht erreichbar. Ganz tolle Freundin. Immerhin hat sie mir das hier eingebrockt. Ich hätte niemals so einen Test machen lassen. Ich wusste noch nicht einmal, dass der so einfach per Internet möglich ist. Während ich das denke, ist mir gleichgültig, dass ich mir in die Tasche lüge.

Ich sehe hoch und treffe Riekes wartenden Blick. Nein, mit ihr werde ich sicher nicht reden. Da kann ich gleich in der hiesigen Kreiszeitung mein Seelenleben ausbreiten. Ich muss zu Hause anrufen, aber nicht hier unten, in einem Raum, der tausend Ohren hat.

Ich bestelle mir noch eine Schorle und übersehe Riekes enttäuschtes Gesicht, als ich damit auf mein Zimmer will.

»Ich muss telefonieren«, erkläre ich ihr unnötigerweise.

»Das können Sie auch bequem bei uns im Wohnzimmer. Dort ist es gemütlicher und vor allem kühler als oben. Ist ja 'ne Ausnahme. Nach so einem schaurigen Erlebnis braucht man Ruhe. Hat man ja hier nicht so.« Sie sieht vielsagend zum Stammtisch. »Sind aber alle in Ordnung, die Männer. Sie machen sich halt Sorgen. Hier gab es noch nie einen Mord.«

Das Wort Mord zieht sie breit in die Länge, als spräche sie von einem Gourmetgipfeltreffen. Ich bin unfähig, mich zu bewegen, und höre ihr weiter zu.

»Montags haben wir eigentlich kalte Küche. Aber heute kommt Lüke extra vorbei. Sozusagen geschlossene Gesellschaft.« Sie versenkt ihre Stimme in einen vertraulichen Flüsterton und lehnt sich zu mir über den Tresen. »Der junge Kommissar hat hier auch ein Zimmer. Direkt auf Ihrem Flur. Das habe ich auf die Schnelle hergerichtet. Ist ja ein Notfall. Die anderen sind bei Swiene-Marten untergebracht. Die arbeiten jetzt sozusagen durch, solange die Spuren frisch sind.«

Ihr Hals ist nun mit roten Flecken übersät. Ich starre sie fassungslos an. Der grausige Fund im Janssenhaus scheint so etwas wie Volksfeststimmung auszulösen. Und Strothe wohnt auf meiner Etage. Obwohl angeblich alle Zimmer belegt waren. Will er mich beobachten? Bis Wittmund ist es doch auch nur ein Katzensprung. Warum muss er ausgerechnet hier übernachten?

»De lütte Deern is ja ganz witt um de Nös.«

Die dunkle Männerstimme ist ganz dicht hinter mir, und ich falle fast vom Hocker.

»Was Wunder«, entgegnet Rieke wichtig.

Der Mann, ein älterer, mit freundlichem Mondgesicht und dem gleichen Igelhaarschnitt wie Polizist Lübbert, nickt bedächtig und legt seine schwere Hand auf meine Schulter. »Gif hör mol een Knallkööm«, bestimmt er. Dann geht er weiter Richtung Toilette.

»Eike hat recht. Sekt ist gut für den Kreislauf. Sie sehen echt blass aus«, bestätigt Rieke.

Ich schüttele entschieden den Kopf. »Danke, aber Sekt vertrage ich nicht. Geben Sie mir bitte ein Bier.«

Sie nickt, als verstünde sie mich bis ins letzte Detail. Eine Gabe, die ihr als Gastwirtin sicher zugutekommt. Ohne weitere Fragen zu stellen, zapft sie mir ein Bier und trägt es in den Nebenraum. Ich folge ihr unaufgefordert. Ich muss einfach telefonieren. Allein. Ich bin ihr dankbar für den bequemen Sofaplatz und die Tür, die sie hinter sich wieder schließt.

Mein Vater geht nach dem zweiten Klingeln an den Apparat. Das ist ungewöhnlich für ihn. Als hätte er danebengesessen und nur gewartet.

»Emma. Wie schön, dass du anrufst.«

Seine Stimme vibriert. Augenblicklich ist meine Kehle wie zugeschnürt.

»Leg bitte nicht gleich wieder auf. Lass uns miteinander reden«, sagt er hastig.

Ich schlucke trocken: »Es gibt nichts groß zu reden.«

»Bitte, Emma! Nun sei doch nicht so stur.«

Das habe ich von dir, hätte ich beinahe gesagt und finde es einfach ungerecht, dass ich nun, da ich weiß, dass er nicht mein Vater ist, plötzlich Ähnlichkeiten zwischen uns entdecken kann.

»Greta Schenk ist tot«, verkünde ich schnörkellos.

Stille am anderen Ende.

»Hast du mich verstanden?«

»Ja, habe ich. Das tut mir so leid. Wir haben dir die Begegnung verwehrt, und nun ist sie tot.«

»Ich habe sie noch getroffen«, sage ich mit dünner Stimme.

Wieder einen Augenblick Stille.

»Wie meinst du das?«

»Gestern hat sie noch gelebt und Janssen auch. Sie sind – ich habe sie heute tot aufgefunden.« Ich kann nichts dagegen tun, ich fange an zu heulen.

»Oh Gott, wie furchtbar«, höre ich ihn erschüttert. »Mein armes Kind. Komm nach Hause. Sollen wir dich abholen?«

Am liebsten würde ich mich sofort in seine Arme stürzen. Ihm sagen, dass mir Greta und Janssen völlig egal sind und ich mir wünschte, er wäre mein richtiger Vater. Dass ich die Uhr zwei Wochen zurückdrehen möchte.

Aber ich antworte: »Nein, das geht nicht. Ich soll mich hier zur Verfügung halten.« Ich muss den Hörer einen Moment weglegen, um mir kräftig die Nase zu schnäuzen.

»Wie? Zur Verfügung halten?«, wiederholt er. Ich habe meinen Vater noch nie so fassungslos gehört.

»Na ja, ich habe die beiden gefunden. Einen Tag, nachdem ich hier im Dorf aufgetaucht bin. Und nun sind sie tot. Und die Todesursache ist ungeklärt. Janssen hat sich wohl erhängt, aber was mit Greta Schenk passiert ist, keine Ahnung. Sie sah nicht so aus, als wäre sie freiwillig gestorben.«

Wie sachlich ich das schildern kann. Dabei fühlt es sich fremd an, als hätte ich es nicht selbst erlebt. Meinem Vater fehlen die Worte. Erst nach einer Weile, in der ich ihn nur schwer atmen höre, sagt er: »Emma, hör zu. Du redest überhaupt nicht mehr mit der Polizei. Ich telefoniere sofort mit Doktor Ackermann, und der berät dich juristisch. Sie können dich da nicht einfach festhalten. Wir leben doch nicht im wilden Westen. Du verweigerst ab jetzt die Aussage! Hast du verstanden, Emma?« Er macht eine Pause und fragt dann unsicher: »Hast du ihnen erzählt, warum du dort oben bist?«

»Ist das alles, was dich interessiert?«, fahre ich sofort wieder aus der Haut.

»Emma! Jetzt hörst du zu!«, unterbricht er mich ungewohnt streng und erinnert mich an vergangene Zeiten. Er stand vor mir und versuchte, mir etwas zu verbieten. Versuchte, autoritär zu sein. Aber ich habe mich dann einfach an seinen Hals gehängt, und er war wehrlos.

Neue Tränen kribbeln, und ich drücke sie mit Anstrengung herunter. Nicht schon wieder heulen.

»Wir haben Angst um dich«, sagt er übergangslos zärtlich. »Es geht uns nur um dich. Aber wir müssen uns auf deine Aussage einstellen. Unsere sollte mit deiner identisch sein. Es ist alles komplizierter, als du ahnst.«

»Noch komplizierter?«, frage ich mit künstlichem Spott.

Dabei weiß ich, dass er recht hat. Genau aus dem Grund habe ich ihn angerufen. Weil wir uns absprechen müssen. Absprechen. Wie Komplizen. Als hätten wir wirklich was zu verbergen.

»Nein, sie wissen nicht, warum ich hier bin. Ich fand es unnötig. Ich habe ihnen erzählt, dass ich an einer Abhandlung über die Entwicklung des Landlebens innerhalb der letzten 30 Jahre schreibe«, erkläre ich knapp. Ich verschweige ihm, dass ich Strothe gesagt habe, das wäre wohl erblich.

»Das hast du gesagt?« In seiner Stimme schwingt ein ungläubiges Lächeln.

»Was findest du daran so witzig?«, frage ich patzig.

»Ich finde es nicht witzig. Ich freue mich, dass du das gesagt hast. Mit solchen Untersuchungen bist du groß geworden. Du bist doch unsere Tochter.«

Ich rutsche auf dem Sofa hin und her. Es ist zu wuchtig und zu weich.

»Wäre gut, wenn ihr das bestätigt, wenn die bei euch anrufen«, bitte ich ihn spröde.

»Das machen wir, Emma. Keine Sorge, aber wir können dich nicht allein in dieser schlimmen Situation lassen. Wir kommen zu dir hoch.«

»Nein!«, widerspreche ich streng. »Erstens sind hier keine Zimmer frei, und zweitens, wie würde das aussehen, wenn meine Eltern hinter mir herreisen. Ich bin 31. Und«, ich zögere, »und drittens brauche ich noch Zeit.«

»Die lassen wir dir. Aber willst du wirklich allein sein? Oder willst du uns oder dich nur bestrafen? Lass dir doch helfen.«

Ich horche in mich hinein. Bestrafe ich sie? Vielleicht.

»Hör mal, ich brauche noch Zeit«, erkläre ich sanfter. »Ich muss das erst einmal selbst verstehen. Kaum habe ich Greta getroffen, da ist sie schon tot. Ich hätte sie wirklich gerne noch einiges gefragt.«

Mein Vater räuspert sich am anderen Ende. »Ich möchte versuchen, dir etwas zu erklären. Hörst du zu?«

Ich nicke schweigend, als könnte er mich sehen.

»Wir wollten immer ein Kind. Was heißt ein Kind. Wir wollten Kinder«, fängt er an zu erzählen. »Das war für uns ganz selbstverständlich. Aber wir waren jung und hatten viele Pläne. Wir dachten, Kinder können wir immer noch bekommen. Dann – später, ist deine Mutter einfach nicht schwanger geworden. Wir waren traurig, aber wir wollten auch nichts unternehmen. Wir hatten Angst vor aufwendigen, erniedrigenden Untersuchungen, die vielleicht gegenseitige Schuldzuweisungen ergeben hätten. Der mühsame Weg eines Adoptionsantrages erschien uns als hoffnungslos. Wir wollten ja ein Baby. Wir haben es dabei belassen, aber diese Sehnsucht nach einem Kind ist geblieben. Das wusste Greta. Es ist schon unglaublich, was man seiner Putzfrau im Laufe der Zeit so alles erzählt.«

Er stockt, weil er merkt, was er gesagt hat. Ich unterbreche ihn nicht, und er fährt fort: »Wir waren noch in Tansania, als Johanna uns telefonisch erreicht hat. Weiß der Himmel, wie sie unsere Adresse herausgekriegt hat. Aber sie war immer schon ein energisches, intelligentes Mädchen.«

»Johanna? Hat sie das für Greta geregelt?«
Keine Antwort.
»Bist du noch da?«

»Ja.« Er atmet wieder schwer, dann gibt er sich einen Ruck, den ich durch das Telefon spüre, und sagt: »Greta ist nicht deine Mutter. Du bist Johannas Tochter.«

Johanna ist meine Mutter. Die nächste Lüge. Mehr kann ich nicht denken. Mir ist schwindelig. Schon wieder eine Lüge. Was kommt noch alles auf mich zu?

»Leg bitte nicht auf, sonst setzen wir uns sofort ins Auto und kommen«, höre ich meinen Vater und weiß, dass er es dieses Mal ernst meint. »Johanna ist deine Mutter. Ja. Wir haben den ganzen Verwaltungsapparat umgangen und mit der Geburtsurkunde gemauschelt. Johanna hat das damals mit einer Hebamme geregelt. Das war sozusagen, entschuldige, Emma, part of the deal.« Er sammelt sich und spricht leise weiter: »Es hat alles so gut gepasst. Hier in Hannover glaubte jeder, deine Mutter wäre in Tansania schwanger geworden. Das Klima, die andere Umgebung. Du weißt, was die Leute dann so reden.«

Ich habe keine Ahnung, was die Leute dann so reden, und es interessiert mich auch nicht.

»Hat sie Geld bekommen?«, würge ich heraus.

»Ja, sehr viel. Sie brauchte es für einen Neuanfang. Sie war knapp 18 und wollte wegziehen und studieren. Ich glaube, in Hamburg oder Bremen. Wir haben nie wieder etwas von ihr gehört.«

»Wir telefonieren später noch mal«, sage ich tonlos.

»Versprochen?«

»Ja, versprochen.« Ich sitze auf dem Sofa und friere. Meine Mutter hat mich verkauft.

Dabei sollte ich mich freuen. Ich habe eine junge, unverbrauchte Mutter, die meine Gene noch nicht durch ihren Lebensstil ruiniert hat. Und – eine, die lebt. Vielleicht in Hamburg oder Bremen. Sie müsste Ende 40 sein. Knapp 18 Jahre älter als ich. Das fühlt sich fremd an. Meine Eltern sind schon fast 70. So heruntergekommen Greta auch wirkte, sie hatte besser in mein Mutterbild gepasst. Diese alte, zahnlose Frau, die auf mich gewartet hat. Und das hat sie. Schließlich hat sie mich ohne Zögern ins Haus gelassen und mich sogar bewirtet. Das war ganz und gar nicht selbstverständlich, nach allem, was ich über das Janssenhaus gehört habe.

Ihre Tochter war schwanger. Das wird sie gewusst haben. Und sicher auch, wohin mich Johanna gegeben hat. Warum hat sie eigentlich nicht abgetrieben? Ich muss trocken schlucken. Mir wird klar, dass die Entscheidung für oder gegen mein Leben an einem seidenen Faden hing. Es wäre verlogen zu behaupten, dass ich nicht gerne lebe. Aber ich verstehe es nicht. Warum hat sie mich ausgetragen, immerhin neun Monate lang, und geboren, um mich dann wegzugeben? Das war nicht die einfache Lösung. Auch in den 70ern gab es schon Möglichkeiten für legale Abbrüche. Glaube ich jedenfalls.

Vielleicht war Johanna so sehr in meinen Erzeuger verliebt, dass sie mich behalten wollte. Aber er hat sie im Stich gelassen.

Johanna soll ehrgeizig gewesen sein, hat meine Gastwirtin erzählt. Dazu würde eher kühle Überlegung passen. Wer ist mein Vater? Irgendein Typ aus dem Dorf, den sie nicht heiraten wollte, weil sie noch mehr im Leben vorhatte? Vielleicht bin ich ihm schon begegnet? Der sitzt womöglich nebenan am Stammtisch und hat keine Ahnung, dass hier seine Tochter herumspaziert.

Ich atme tief durch. Johanna wird sicher von der Kriminalpolizei informiert werden und hierher kommen. Schließlich ist ihre Mutter tot. Meine Oma. Warum musste sie ausgerechnet einen Tag, nachdem ich gekommen bin, sterben? Hatte jemand Angst, dass sie mir ein Geheimnis verrät? Derjenige muss gewusst haben, dass ich sie besucht habe. Und er weiß auch, wer ich bin. Der Gedanke jagt eine heiße Welle durch meinen Körper und lässt feine Schweißperlen auf meiner Stirn zurück. Die Adoption war nicht legal. Eine gefälschte Geburtsurkunde. Die Hebamme. Die könnte noch hier leben. Warum hat sie sich damals darauf eingelassen? Sicher auch für Geld. Meine Eltern haben wirklich viel Geld für mich ausgegeben. Warum tut mir das so weh?

Es klopft, und die schwere Eichentür wird geöffnet.

Rieke steht im Türrahmen. Eine Wolke frisch ausgebratenen Specks weht mit ihr ins Wohnzimmer, und mein Magen fängt an zu knurren. Stress macht mir immer einen Riesenhunger.

»Lüke hat lecker Rotbarsch und Kartoffelsalat nach ostfriesischer Art fertig. Haben Sie Hunger?«

Ich nicke, und sie kommt näher. Sie sieht mir prüfend ins Gesicht. Ich wische mir mit dem Ärmel die Tränen weg. Sie reicht mir wortlos ein Taschentuch und ich schnäuze mich kräftig. ›Elefant fant fant, kommt gerannt rannt rannt, mit 'nem riesengroßen Rüssel‹, schießt mir der Kinderreim durch den Kopf. Den hat mein Vater immer liebevoll gesungen, wenn ich so laut meine Nase geputzt habe. Ich konnte das noch nie leise.

Rieke hat sich auf die andere Seite des Sofas gesetzt und betrachtet mich mitleidig. Das tut so gut, dass ich der Versuchung widerstehen muss, näher an sie heranzurutschen. Lass das, Emma! Du bist geschwächt. Du musst etwas essen und dann schlafen. Fang nicht an, fremden Menschen deine Geschichte zu erzählen. Das bereust du nur.

»Dass Sie die beiden finden mussten, tut mir echt leid«, sagt sie leise. »Wir haben das schon lange kommen sehen. Die waren wie eine Zeitbombe. Und Marlies war bange, dass sie ihr eines Tages die Gärtnerei ansteckt. Die heizen noch richtig mit einem Ofen. Ich weiß, das ist wieder modern, erzählen die Badegäste auch immer. Aber Vogel-Janssen hat das nicht gemacht, weil es modern ist. Der hat keine anderen Leitungen legen lassen. Der wehrte sich gegen alles und jeden. Obwohl er blind war, nahm der keine Hilfe an. Keiner weiß, wie die da gehaust haben. Die haben seit Jahrzehnten keinen ins Haus gelassen. Seit Johanna weg ist, hat der Alte nichts mehr renoviert. Das soll komplett runtergekommen sein, erzählt Frieda. Die war noch mal ab und an auf Visite. Aber in der letzten Zeit auch nicht mehr.«

»Warum hat sich – die Tochter, die Johanna, eigentlich nicht um sie gekümmert?«

Rieke macht eine wegwerfende Handbewegung. »Weiß keiner. Auch nicht, wo die abgeblieben ist. Frieda sagt, die lebt in Amerika und hat ganz reich geheiratet. Glaube ich nicht. Die hat eher ein krummes Ding gedreht. Wenn die mal nicht im Knast gelandet ist.«

»War sie so schlimm?«

»Was heißt schlimm. Die war eben anders. Die hatte auch so einen Blick, einen richtig bösen, manchmal. Da konnte einem angst und bange werden. Die hat zu niemandem hier Kontakt gehabt. Genau wie der alte Janssen. Nur mit Dieta war sie befreundet. Ganz dick. Schon fast zu eng, wenn Sie wissen, was ich meine. Die waren wie ein Paar. Nur Marlies Brunsen hat die beiden manchmal eingeladen. Wohl aus Mitleid. Nach der Schule ist Dieta bei Pflanzen-Brunsen sogar in die Lehre gegangen.«

»Marlies Brunsen ist die ältere Dame, nicht wahr?«
Rieke nickt gewissenhaft.

»Und wo wohnt diese Dieta?«

»Die ist wieder mit ihren Eltern zurück nach Papenburg gezogen. Die haben dort ein großes Haus geerbt. Hier hatten sie nichts Eigenes, nur gemietet. Eins von diesen kleinen Häusern. Die nennen sie heutzutage Nostalgiewohnungen. Die Städter sind da ganz wild drauf. Das war man gut für Dieta. Ich meine, dass sie mit ihren Eltern wieder weggezogen ist. Kurz vorher ist sie bei Pflanzen-Brunsen aus der Lehre geflogen. Keiner weiß genau den Grund. Marlies hat nie darüber geredet. Das ist eine feine Frau. Dabei hätte ich damals gewettet, dass Dieta eines Tages ihre Schwiegertochter wird. Hajo und Dieta sind eine Zeit miteinander gegangen. Heimlich. Das hat Marlies wohl auch nicht gewusst. Aber wenn Sie mehr wissen wollen, gehen Sie zu Frieda. Die wohnt gleich hinter dem Spritzenhaus auf der rechten Seite.«

Der mächtige Klang einer Schiffsglocke lässt uns zusammenfahren. Ein Mann ruft mit imponierender Lautstärke: »Rieke, wo lang wullt uns noch wachten laaten? Wi sünd an h't verdörsten!«

»Wees man neet bang, bi mi is noch nüms verdörst't!«, erwidert Rieke mit kräftiger Stimme.

»Kommen Sie mit rüber?«, fragt sie mich.

Ich zögere. »Ist Strothe von der Kripo schon da?«

»Nee! Eben noch nicht! Und das dauert auch wohl«, antwortet sie, steht auf und eilt zurück in die Gaststube.

Der Rotbarsch war göttlich, und die Portion hätte jeden Seemann glücklich gemacht. Der Kartoffelsalat war nicht mit Mayonnaise, sondern mit Essig, Salz,

Pfeffer, Zwiebeln und knusprig ausgelassenem Speck angemacht. Rieke hat mich netterweise in eine Nische platziert. So hatte ich meine Ruhe.

Ich stehe schwerfällig auf. In meinem Hirn ist angenehm wenig Blut. Ich will einfach nur schlafen. Im Treppenhaus kreuzt der ältere Mann, der mir vorhin den Sekt verschreiben wollte, meinen Weg. Er legt wieder seine Hand auf meine Schulter. Mit der anderen hält er den Finger hoch und ich starre ihn wie hypnotisiert an.

»Schreiben Se, dass wir hier vor dreißig Jahren zwölf Höfe hatten. Die konnten davon leven. Echt leven! Vandaag gibt's man bloot noch zwei echte. Die annern machen bloot Show für de Badegasten mit'n paar Kaujen un Schwienen und Hauners. So'n Streichel-zoo.«

Er hat sich bemüht, Hochdeutsch zu sprechen. Es ist ihm wichtig, dass ich seine Botschaft verstehe. Mir schwant, dass sich meine Chronistin-Lügengeschichte schon herumgesprochen hat. Ich nicke artig, und er lässt mich ziehen. In meinem Zimmer lasse ich mich auf mein Bett fallen und schlafe augenblicklich ein.

Ein Schnurren, dicht an meinem Ohr. Penetrant ausdauernd. Wer zum Teufel ruft mich mitten in der Nacht an? Ich drehe mich stöhnend auf die Seite. Vor meinen Augen leuchtet das Display meines Handys. Sandra! Um ein Uhr nachts! Unwillig schalte ich es frei.

»Emma! Endlich! Es tut mir total leid«, nuschelt sie

in den Hörer. »Ich konnte nicht eher anrufen. War ein super wichtiges Treffen, und ich dachte, es würde nicht so lange dauern.«

Sie gibt sich Mühe, klar zu sprechen, aber sie ist eindeutig sturzbetrunken.

»Und?«, frage ich gereizt. Ich habe ihren Beistand gebraucht, und sie hatte ein angeblich wichtiges Treffen. Muss ganz wichtig gewesen sein, wenn man sich dabei besäuft.

»Hör mal, das waren japanische Geschäftsleute. Die hat mir mein Chef aufgezwungen. Ich konnte nichts dagegen machen. Die waren noch nie auf einem Schützenfest und wollten unbedingt Lüttje Lage trinken lernen.«

Sie unterdrückt ein Kichern und ich den Reflex, einfach aufzulegen.

»Die sind albern wie kleine Kinder, wenn die voll sind. Die waren nur damit beschäftigt, nicht so viel zu kleckern, und haben gar nicht gemerkt, wie besoffen sie schon waren.«

»Du anscheinend auch nicht«, bemerke ich giftig.

»Nein«, sie rülpst verhalten. »Bier und Schnaps ist eine Konstellation, die ich nicht vertrage. Schon gar nicht in der Menge. Nun sei nicht so böse. Erzähl mir von deinem Tag.«

»Erzähl mir von deinem Tag«, äffe ich sie wütend nach. »Ich befinde mich nicht im Heimaturlaub. Was soll ich dir erzählen? Hat eh keinen Sinn, wenn du nicht aufnahmefähig bist. Mir ist nicht nach lustig. Schlaf dich aus und komm morgen hierher.«

»Wie?«

»Na, mit dem Auto!«

»Unmöglich! Echt, das geht nicht. Nun sei nicht mehr beleidigt und erzähl der lieben Sandra, was passiert ist.«

Ihre alberne Stimmung macht mich aggressiv und mir große Lust, ihr gründlich die Laune zu verderben.

Schonungslos ballere ich ihr in hässlich ausgemalten Bildern die Tatsachen um die Ohren. Mit einem gewissen Triumph registriere ich, dass sie danach einen Augenblick still ist.

»Du Ärmste! Das ist ja furchtbar.« Sandra hört sich schlagartig nüchtern an. Das versöhnt mich ein bisschen. »Aber ich kann nicht kommen. Jedenfalls nicht schon morgen. Weißt du, meine Mutter will eine alte Dame aus Cuxhaven nach Australien begleiten. Die will dort ihre Tochter besuchen. Und Mama kann perfekt Englisch. Ich habe mich so gefreut, dass sie sich dazu entschlossen hat. Du weißt ja selbst, wie lange sie nach Papas Tod durchgehangen hat.«

»Ja, ich weiß«, gebe ich zu. »Aber warum kannst du dann nicht kommen?«

»Weil ich ihr versprochen habe, auf die Boutique aufzupassen. Sonst wäre sie nicht gefahren. Der Laden fängt gerade an, gut zu laufen. Da kann man ihn nicht einfach mal schließen. Dann denken die Kunden, die hat es nicht nötig. Mama fliegt heute Morgen. Ich brauche einen Tag, um jemanden zu finden, der mich hier vertritt. Das schaffe ich schon, hörst du.«

»Aber ich brauche dich gleich«, fordere ich uneinsichtig.

»Ach, Emma«, stöhnt Sandra betrübt und erinnert an eine Mutter. »Warte mal«, überlegt sie, und ihre Stimme hellt sich wieder auf. »Da fällt mir ein, dass Tomke nach Pilsum fahren wollte. Das ist doch ganz in deiner Nähe, oder?«

»Was soll ich mit Tomke? Wer ist das überhaupt?«

»Nun hör erst mal zu, bevor du Nein schreist. Tomke ist okay. Sie ist so um die 50 und total gut drauf, obwohl sie auch Witwe ist. Fast zur gleichen Zeit Witwe geworden wie Mama. Da haben sie sich kennengelernt. Mama hatte ein Zimmer in Tomkes Frühstückspension gemietet, als Papa in Wilhelmshaven auf der Intensivstation lag. Zur gleichen Zeit ist Tomkes Mann an einem Zuckerschock oder so gestorben. Das hat die beiden zusammengeschweißt und sie haben sich angefreundet. Ich sage dir, wenn man Tomke kennenlernt, kann man das verstehen. Sie hat Mama sehr gutgetan.«

»Ich will aber keine Fremde hier haben.«

»Doch«, widerspricht Sandra, ohne meine Gegenwehr zu beachten. »Ich rufe sie an. Tomke tut jedem gut. Die behält immer einen klaren Kopf.«

»Nein!«

»Ist gut. Schlaf schön.«

»Das habe ich getan, bevor du mich geweckt hast.«

»Nun sei nicht so«, sagt Sandra zärtlich.

»Ich bin nicht so. Tschüß«, brumme ich und lege

das Handy neben mein Kissen. Sie hat leicht reden. Ich werde kein Auge mehr zutun, und diese Tomke soll bleiben, wo der Pfeffer wächst. Während ich das noch denke, schlafe ich schon wieder ein.

KAPITEL 8

Als ich aufwache, ist es heller Morgen. So lange habe ich geschlafen? Ich fühle mich zerschlagen, als hätte ich keine Minute die Augen zugemacht.

Dafür ist in meinem Kopf umso mehr Bewegung. Ein Karussell aus Bildern. Mama leichenblass. Ich kann deutlich ihren Schmerz erkennen. Papa, der vergisst, seine Pfeife anzustecken und um Worte ringt. Gretas dunkle, fragende Augen. Die verdreckte, düstere Küche. Ihre magere Gestalt auf dem Fußboden. Janssens Beine. Warum habe ich ihm nicht ins Gesicht gesehen? So sehe ich immer und immer wieder diese Beine und stelle mir die grausamsten Dinge weiter oben vor.

Ein Blick auf den Wecker. Erst kurz vor sechs. Ich rolle mich in die Decke ein. Noch ein bisschen schlafen. Nicht denken müssen, und mich in einem gütigen Traum verstecken können.

Aber keine Chance. Der Motor in mir ist angeschmissen und beachtet nicht, dass mein Körper Schlafbereitschaft signalisiert. Dieser verdammte Schichtdienst. Er hat meinen natürlichen Schlafrhythmus zerstört, und mein Liebesleben gleich dazu.

Wenn ich kurz vor Mitternacht vom Spätdienst zu Hannes kam, hat er schon geschlafen oder hing in der letzten Kurve. Ich dagegen war völlig aufgedreht und hätte mich gerne unterhalten. Aber Hannes hatte zu der Uhrzeit gerade noch die Energie für einen Quickie, was

ich verstehen konnte. Am Morgen war die Rollenver-
teilung genau umgekehrt.

»Wann bist du eigentlich mal nicht müde?«, hat er
gereizt gefragt.

»Dann, wenn du es bist!«, habe ich wütend geantwortet. Er hatte absolut kein Verständnis für den Schichtdienst. Ich sollte mir jemanden suchen, der genauso
arbeitet und weiß, wie es sich anfühlt. Zum Beispiel
einen Polizisten.

Nebenan schläft einer, schießt es mir durch den Kopf.
Der hat auch keine sozialfreundlichen Arbeitszeiten.
Ob da eine zu Hause ist, die auf ihn wartet? Oder sauer
ist, weil er wieder einmal kurzfristig eine Verabredung
abgesagt hat? Weil er sich an einen Fall hängen musste.
Einen Fall.

Ich halte krampfhaft die Augen geschlossen. Einen
Fall, hämmert es in meinem Kopf weiter. Einen Fall, in
den ich anscheinend verwickelt bin. Also, denk nicht
über den privaten Strothe nach! Du hast zurzeit ganz
andere Sorgen.

Er wird Johanna längst erreicht haben. Vielleicht ist
sie schon hier im Dorf? Ob sie im Janssenhaus schläft?
Unsinn, das ist versiegelt. Aber wo wohnt sie sonst? Bei
dieser Frieda? Ich schmeiße mich auf die andere Seite.

Wenn Johanna von mir erfährt, wird sie sofort wissen,
wer ich bin. Sie kennt meinen Familiennamen. Schließlich hat sie meine Übergabe selbst arrangiert.

Ich ziehe die Decke ganz über den Kopf und lasse
nur ein kleines Loch zum Atmen. So wie früher, wie
ich es als Kind getan habe. Zum Verstecken. Ich sehe

nichts, und niemand sieht mich. Aber anstatt zur Ruhe zu kommen, höre ich Mamas Stimme, wenn ich wieder einmal herzhaft gähnend am Tisch gesessen habe: »Gibt es denn keine Möglichkeit, diesen Beruf mit geregelten Arbeitszeiten auszuüben?«

»Doch, in einer Kantine, und das will ich nicht. Dann bin ich verdorben für feine Kräuter und würze mit Brühe und zu viel Salz. Aber ich will mein eigenes Lokal eröffnen. Mit wirklich gutem Essen.«

Dann hat Mama gelächelt. Ein wenig stolz, so wie damals, als ich meine ersten Gerichte an ihnen ausprobiert habe. Sie glaubt an meine Pläne immer noch, obwohl ich schon seit Jahren das Gleiche erzähle. Sie glaubt mehr daran als ich selbst. Um meinen Traum vom eigenen kleinen Edelrestaurant zu verwirklichen, hätte ich längst Auslandserfahrungen in Sterneküchen sammeln müssen. Aber ich bin von zu Hause nie losgekommen. Da hat Sandra schon recht. Ich bin nun einmal kein Reisevogel. Am liebsten würde ich mein Nest bauen und Kinder kriegen. Eine richtig große Familie haben.

Um mich herum haben sie in letzter Zeit wie verrückt geheiratet und Nachwuchs bekommen. Wie haben die es hingekriegt, dass die Männer bei ihnen geblieben sind und sogar Kinder wollten? Mir sind bislang nur welche begegnet, die bei dem Thema das große P in den Augen hatten.

Ich muss meine Chefin anrufen, fällt mir ein. Morgen hätte ich Spätdienst. Was soll ich ihr als Entschuldigung sagen? Ich bin krank. Schon wieder eine Lüge.

Wie halten das manche Menschen nur aus, ohne sich heillos zu verheddern?

Ich trete die Decke weg. Sie fliegt auf den Fußboden. Aber sie ist mir zu schwer, genau wie die vielen Gedanken.

Ohne die Decke kühlt mein durchgeschwitztes Hemd aus, und ich friere. Okay. Also aufstehen. Ich gehe ans Fenster und ziehe das Rollo hoch. Irritiert blicke ich gegen eine weiße Wand. Es braucht einen Augenblick, bis ich begreife: Nebel. So dicht, dass man nicht einmal das nächste Haus erkennen kann. Und das im Hochsommer.

Ich werde laufen, beschließe ich. Das ist die beste Lösung. Auch, um dem Chaos in meinem Kopf zu entkommen. Mit Bewegung ist das besser auszuhalten, und Frühstück wird es ohnehin erst ab halb acht geben. Meine Laufklamotten habe ich immer dabei. Ein Mechanismus, sie mit ins Auto zu werfen. Egal, wohin ich fahre. Seit ich mit Torben zusammen war. Der hat für'n Triathlon trainiert, als ich ihn kennenlernte. Das war bei einer Kugel Eis am Maschsee. Ich war auf den ersten Blick verknallt und wollte ihn unbedingt wiedersehen. Aber bei welcher der drei Sportarten konnte ich das hinkriegen?

Im Sportleistungszentrum im Hallenbad? Nein, beim Schwimmen hätte ich keine gute Figur gemacht. Ich habe einfach zu viel Angst, mit dem Kopf unter Wasser zu kommen. Fahrradfahren? Keine Chance, ihn einzuholen, wenn er den Kamm des Deisters erradelt. Blieb Laufen. Das trainierte er am Maschsee. Wie günstig. Also habe ich ihm vorgefaselt, dass ich dort auch regelmäßig laufe. Am ersten Tag bin ich gut herumgekommen. Nach dem dritten tat mir jeder Muskel weh. Aber ich habe so Torben gesehen und bin weitergelaufen. Er hat, während ich eine Runde lief, den See dreimal umkreist. Ich war hingerissen, welche animalischen Atemgeräusche er dabei machte, und starrte mit Vorfreude im Bauch auf seine kraftvoll ausholenden Beine und den knackigen Hintern.

Wir waren ein halbes Jahr zusammen, wenn man das Zusammensein nennen kann. In seinem Leben drehte sich alles um einzuhaltende Zeiten. Er schlief mit der Stoppuhr ein und wachte mit ihr wieder auf. Er brauchte mich nicht. Aber unser Intermezzo reichte aus, damit das Laufvirus mich ansteckte. Joggen gehört seitdem zu meinem Leben. Wohlfühljoggen. Keine Kraftübungen an der Grenze eines Herzinfarktes.

Ich trabe langsam los. Dabei kann ich in der dichten Suppe absolut nichts erkennen. Mehr nach Erinnerung laufe ich die Anhöhe runter. Von dort werde ich einfach im Kreis weiter um das Dorf joggen. Die feuchte Luft legt sich wie eine zarte Berührung auf meine Haut. Ich atme tief durch.

Eine Kuh brüllt so laut, als stünde sie direkt neben mir. Es riecht herb nach frischem Mist. Ganz in meiner Nähe rangiert jemand mit einer Schubkarre.

Ich laufe weiter, und meine Muskeln werden langsam warm. Ein wunderbares Gefühl. Mein Körper verliert nach und nach seine Schwere. Das ist der beste Moment, wenn der erste Schweiß aus den Poren tritt.

Und wie im Einklang mit meiner zunehmenden Leichtigkeit beginnt der Nebel sich zu lichten. Konturen der Häuser und Bäume werden sichtbar. Ich kann den Kanal erkennen und laufe an ihm weiter bis zum Ortsende. Dort ist die Bushaltestelle und dahinter das Spritzenhaus. Hier muss gleich diese Frieda wohnen. Ich mache einen langen Hals. Sie interessiert mich, weil sie anscheinend die Einzige ist, die noch in das Janssenhaus durfte. Ich werde sie später besuchen.

Vor dem kleinen Klinkerbau flankieren zwei große Seeadler-Statuen die schmale Einfahrt. Im Garten blühen Rosen, die in der feuchten Luft verschwenderisch duften.

Der Nebel hat sich weiter aufgelöst. Ich kann die Kirchturmspitze erkennen. Letzte Tropfen hängen glitzernd an Spinnweben, die zwischen den Ästen der Bäume gewoben sind. Man könnte meinen, der dichte Nebel sei nur ein Spuk gewesen.

Ich komme nass geschwitzt an und habe wie immer danach das Gefühl, dass alles halb so schlimm ist. Aus dem Frühstücksraum riecht es nach Kaffee und aufgebackenen Brötchen. Schnell duschen, denke ich und öffne meine Tür. Irritiert bleibe ich im Rahmen stehen. Auf dem Fußboden liegt ein Briefumschlag. Weiß und unbeschriftet.

Wer schiebt mir hier einen Brief unter die Tür? Strothe? Wohl kaum. Er würde mich ansprechen. Vielleicht eine Vorladung? Quatsch. Ich reiße den Umschlag grob auf und entfalte den Papierbogen. Er ist mit Maschine geschrieben, einer richtigen Schreibmaschine. Die Buchstaben sind unterschiedlich tief in das Papier gedrückt. Das kenne ich von meiner Oma. Die konnte nur die alte Sütterlinschrift und schrieb ihre Geburtstagskarten für uns mit der Maschine. Das denke ich noch, während ich lese: Verschwinde wieder von hier! Du hast schon genug Unheil angerichtet!

Keine Ahnung, wie lange ich mit dem Bogen Papier in der Hand dagestanden habe. Irgendwann ist die Kälte von den durchgeschwitzten Klamotten in meinen Körper gekrochen, und ich habe gefroren.

Nur deshalb habe ich mich weiterbewegt und bin ins Badezimmer gegangen. Nicht ohne vorher die Tür abzuschließen, im Schrank und mehrmals unter dem Bett nachzusehen.

Ich habe lange geduscht. Am liebsten wäre ich unter dem warmen Wasserstrahl stehen geblieben. Als ich endlich fertig bin und mein Zimmer verlasse, fühle ich mich wie durch einen Traum geschoben.

Die Gäste sind anscheinend alle Frühaufsteher. Zwei ältere Pärchen und ein Frauengespann mittleren Alters sitzen schon im Frühstücksraum. Sie müssen denjenigen, der mir den Brief zugesteckt hat, gesehen haben. Aber nach wem sollte ich sie fragen?

Ich muss Strothe einweihen und ihm die Wahrheit sagen. Dass ich nicht die Haushälterin meiner Eltern, sondern meine Mutter besucht habe. Meine Oma, korrigiere ich mich. Warum eigentlich nicht? Meine Eltern haben mich mit einer gefälschten Geburtsurkunde übernommen. Das ist zwar nicht legal, aber wird auch nicht gleich den Kopf kosten. Haben sie mir wirklich schon alles erzählt? Johanna ist meine Mutter. Und mein Vater? Janssen! Dieser Gedankenblitz lässt mich zusammenfahren. Völlig abwegig, rufe ich mich zur Ordnung. Oder nicht? Janssen und Johanna. Musste sie mich deshalb weggeben? Missbrauch? Wer weiß davon? Etwa meine Eltern? Nein, da hätten sie nicht mitgespielt. Ich muss dem starken Impuls widerstehen, sie gleich anzurufen und zu fragen. Sie würden sofort herkommen. Diese klare Erkenntnis lässt mich durchatmen. Sie im Hintergrund zu wissen ist ein gutes Gefühl. Eines, das ich bewusster als je zuvor erlebe. Aber sie hier zu haben, ergäbe ein noch größeres Chaos.

Und Strothe sage ich auch nichts. Noch nicht. Erst einmal muss ich selbst wieder denken können. Wo ist der eigentlich? Schon unterwegs, oder kommt er jeden Augenblick und setzt sich womöglich zu mir. Ich fühle mich geschwächt und muss aufpassen, was ich erzähle. Er ist sympathisch, aber er ist Kriminalbeamter.

Warum habe ich nicht gleich die Wahrheit gesagt? Angst, dass er mich für eine Mörderin halten würde, war es nicht. Ich wollte nicht so nah mit Greta und Janssen in Verbindung gebracht werden. Im Klartext: Ich habe mich geschämt.

Ich rühre so lange in meinem Kaffee, bis mir bewusst wird, dass mich schräge Blicke treffen. Verstohlen lege ich den Teelöffel an die Seite und setze mechanisch die Tasse an die Lippen. Der Kaffee ist viel zu kalt geworden. Ich hasse abgekühlten, aber ich kann ihn schlecht wegkippen.

Die hagere Frau ist wieder für das Frühstücksbüfett zuständig. Sie hat das gut im Griff und alles im Auge. Auch mich. Wortlos nimmt sie meine volle Tasse weg und stellt mir eine neue hin. Benehme ich mich so auffällig? Sie hat auf jeden Fall eine gute Beobachtungsgabe. Vielleicht hat sie gesehen, dass ein Fremder ins Haus gegangen ist.

»Ähm, ich bin heute früh gelaufen. Hat in der Zeit jemand nach mir gefragt?«, erkundige ich mich mit heiserer Stimme.

Ich sehe sie mit brennenden Augen an. Sie umarmt die mitgenommene Thermoskanne und schüttelt bedauernd den Kopf.

»Nee, da war niemand.«

»Ach, Frau Martens, können Sie uns sagen, an welchem Strand man hier am besten schwimmen kann? Heute scheint es heiß zu werden«, fragt eine Frau vom Nebentisch. Die Unterbrechung ist mir recht.

»In Upleward«, antwortet die freundliche Bedienung wie aus der Pistole geschossen. »Da haben wir einen Naturstrand angelegt. Den einzigen hier in der Krummhörn. Ich komme aus Upleward«, fügt sie stolz hinzu. »Und Sie kommen aus den Bergen, nicht wahr?«

Die elegant wirkende Endfünfzigerin lächelt gewollt und sagt: »Ja, um es genau zu sagen: aus Füssen.«

»Füssen!«, ruft Frau Martens begeistert. »Dort waren wir auf unserem letzten Betriebsausflug. Den machen wir einmal im Jahr mit dem Zug. Mein Mann fährt in Greetsiel den Ausflugsdampfer, und einmal im Jahr wird vom Trinkgeld eine Fahrt gemacht. Mit den Ehefrauen.

Füssen ist wunderschön. Und das herrliche Schloss vom König Ludwig! Wie im Märchen.« Sie strahlt wie ein Honigkuchenpferd.

»Wir werden heute ganz bestimmt nach Upleward radeln«, verspricht die Dame aus Füssen.

Die harmlose Unterhaltung hat mich einen Augenblick von meinen düsteren Gedanken abgelenkt. Aber jetzt steht die Frage wieder wie mit Leuchtbuchstaben vor meinen Augen: Von wem habe ich diesen Zettel zugesteckt bekommen? Ich muss unbedingt mit jemandem reden. Nicht mit meinen Eltern und auch nicht mit Strothe.

Sandra hat mir eine SMS geschrieben, dass sie mich in einer Stunde anruft und vielleicht schon morgen kommen kann. Die Zeit bis dahin muss ich durchstehen. Aber nicht hier unter so vielen Menschen. Sie beklemmen mich, und Hunger habe ich ohnehin keinen.

Entschlossen breche ich mein halbherzig begonnenes Frühstück ab und gehe nach oben. Vor der Tür zögere ich. Mein Herz klopft schneller, als ich sie öffne. Ich bleibe für einen Augenblick im Rahmen stehen und suche mit den Augen das Zimmer ab. Dann schnappe ich mir Jacke und Rucksack und renne wie auf der Flucht die Treppen wieder runter. Im Eingang stoße ich mit einer Frau zusammen. Das heißt, mit ihrem Busen. »'Tschuldigung«, nuschele ich und will weiterlaufen, als eine angenehm dunkle Frauenstimme mich fragt: »Sind Sie Emma von Odenwald?«

Ich bleibe stocksteif stehen und starre sie an wie eine Erscheinung. Sie kennt mich. Woher? Die Frau ist ungefähr Ende 40 und erinnert mich an eine Schauspielerin aus alten amerikanischen Filmen. Jedenfalls ist sie so gekleidet. Mit einer wild geblümten Bluse und einem eng anliegenden grünen Bolero. Er hat die Farbe ihrer Augen.

»Johanna?«, frage ich instinktiv.

»Nein«, lacht sie.

Ich atme erleichtert durch. »Sind Sie von der Zeitung?«

Sie lacht wieder. Laut und herzlich.

»Nein, ich bin Tomke Heinrich. Ihre Freundin Sandra hat mich angerufen«, berichtet sie unbekümmert. Sie scheint keine Zweifel zu hegen, dass ich Emma von Odenwald bin.

Ich kann nur schwach nicken und sage: »Ja, aber …«

»Kein Aber!«, unterbricht sie mich und hakt sich resolut bei mir unter. »Sandra hat gesagt, Sie brauchen unbedingt jemanden zum Reden, und im Zuhören bin ich Meisterklasse. Das verspreche ich. Gehen wir zu mir.«

Ich bin einfach zu verwirrt und für eine klare Ansage gerade doppelt empfänglich. Erst jetzt spüre ich meine Angst und die Anspannung in ganzer Stärke.

»Sind Sie extra meinetwegen hier?«, ist meine letzte schwache Gegenwehr.

»Nee, nee. Ich bin schon seit gestern Abend im Dorf. Ich wollte mir Pilsum ansehen. Aber das kann ich später noch machen. Jetzt gehen wir erst mal zu mir und trinken in Ruhe einen Tee.«

KAPITEL 9

Krummhörn, Winter 1976/1977

Als Greta die Küchentür öffnete, schlug ihr beißender Rauch entgegen. Verdammt! Das Gulasch! Sie wollte das Fenster aufreißen, aber es klemmte. Der Griff war festgefroren. Greta hämmerte mit der Faust gegen den Knauf, bis er sich endlich bewegen und öffnen ließ. Die stechenden Bratschwaden zogen nach draußen und machten frischer Winterluft Platz. Greta sah der hochsteigenden Rauchfahne hinterher. Gut so. Sollte Janssen ihn ruhig riechen und Angst bekommen. Immerhin war es seine Schuld, dass der Sonntagsbraten verkokelt war. Ständig rief er sie zu sich auf den Dachboden. Warum musste er schon im Winter anfangen zu vertäfeln? Es war da oben hundekalt. Aber wenn Janssen sich einmal etwas in den Kopf gesetzt hatte, war er nicht mehr zu bremsen.

Aufgebracht löschte Greta das schwärzliche Fleisch mit Wasser ab. Dabei war klar, dass es nicht zu retten war. Der Brandgeschmack würde es ungenießbar machen.

Das Zimmer im Dach baute Janssen für Johanna aus. Ein richtig modernes Jungmädchenzimmer sollte es werden. Damit wollte er bei der Tante vom Jugendamt angeben und natürlich Johanna beeindrucken. Wie ein verliebter, alter Narr! Johanna freute sich auf das neue

Zimmer. Für ihre Tochter war es leicht, sich zu freuen. Sie brauchte es auch nicht auszubaden. Greta war es, die stundenlang neben ihm stehen und die Augen ersetzen musste. Wie sie das hasste! Obwohl Janssen ein geschickter Handwerker war. Das musste sie ihm lassen. So geschickt, dass die Leute im Dorf ihm nicht glaubten, dass er völlig blind war. Sie hielten es für eine List, um die sichere Pension einzukassieren. Seit hier fast jeder Haushalt ein eigenes Auto hatte, gab es die Küstenbahn nicht mehr. Janssen wäre arbeitslos gewesen. Nun war er blind. Das hat sich Vogel-Janssen schlau ausgedacht, geiferten sie. So hat er sein Auskommen und Haushälterinnen dazu. Janssen ärgerte das Gerede, das wusste Greta. Auch wenn er versuchte, es sich nicht anmerken zu lassen, und er so tat, als würde der Dorftratsch ihm nichts anhaben. Frieda wusste das auch. Trotzdem reizte sie ihn manchmal bis aufs Blut und berichtete haarklein, was über ihn geredet wurde. Wenn seine Gesichtsfarbe sich dann verdunkelte und die Adern am Hals anschwollen, erkannte Greta bei Frieda eine stille Genugtuung. Mittlerweile hatte sie auch herausgekriegt, was Frieda dazu antrieb, ihn so hochzubringen. Und sie verstand, warum Janssen sich das von ihr gefallen ließ und sie nicht im hohen Bogen aus dem Haus warf.

Abgesehen davon war sie sich sicher, was auch immer über Janssen zusammengedichtet wurde: Er war tatsächlich blind.

Janssen war eben ein eigenartiger Kauz. Er wollte keine Blindenbinde tragen, schon gar nicht einen weißen Stock. Und die Einladungen des Blindenvereins

Emden zu diversen Geselligkeiten verbrannte er umgehend im Ofen. Er wollte sich nicht wie ein willenloser Trottel vorführen lassen, erklärte er knapp. Dabei hätte Greta das gut gefallen. Der Verein bot oft Busfahrten an oder nette Zusammenkünfte. Diese Gemeinschaft hätte das Leben hier für sie erträglicher gemacht.

Greta stellte den trüben Gulaschsud nach draußen auf die Fensterbank und zündete sich eine Zigarette an. Ein Wunder, dass Janssen nicht schon längst unten war und wissen wollte, was passiert war. Vor Feuer hatte er eine Scheißangst. Sie durfte noch nicht einmal Weihnachten Kerzen anzünden. Aber wahrscheinlich versuchte er gerade, eine der Holzlatten festzunageln und wollte sie nicht loslassen. Mit ihm zu arbeiten war für Greta die Hölle. Er war dabei verbissen und aufs Äußerste angespannt. Bei der geringsten Kleinigkeit, die schiefging, schrie er los wie ein Wahnsinniger. Diese unberechenbaren Ausbrüche erinnerten Greta an ihren Stiefvater und wühlten sie auf. In diesem Gefühlszustand neigte sie dazu, immer stiller zu werden und sich unsichtbar zu machen. Dabei wünschte sie sich den Mut, um einmal zurückzuschreien! Aus vollen Lungen und ohne Angst. Aber sie brachte keinen Ton heraus und blieb jedes Mal wie erstarrt neben ihm stehen.

Ihre Mutter hatte Greta oft in die Küche geschickt, wenn ihr Stiefvater nach Feierabend einmal wieder einem Pulverfass glich. Sie musste ihm das Abendbrot richten und mit ihm allein bleiben, bis er seine Wut abgewettert hatte. Dafür hatte sie ihre Mutter verachtet.

So etwas würde sie nie tun, das hatte sie sich geschworen. Zum Glück war Johanna anders. Ganz anders. Die brüllte zurück, wenn Janssen sich im Ton vergriff und ließ ihn stehen. Nicht, ohne die Tür ordentlich hinter sich zuzuknallen. Das beruhigte Greta, denn sie traute Janssen nicht. Sie würde auf Johanna aufpassen und nicht wie ihre Mutter einfach wegschauen. Seit Frieda ihr Geheimnis ausgeplaudert hatte, war sie noch aufmerksamer geworden.

Sie hatte Johanna gefragt, ob sie sich von Janssen bedroht fühlte – als Frau. Es war ihr schwergefallen, dafür Worte zu finden, und sie hatte damit gerechnet, dass Johanna sie empört zurechtweisen und Janssen vehement verteidigen würde. Aber sie hatte ihre Mutter mit großer Ernsthaftigkeit angesehen und ruhig geantwortet: »Mach dir keine Sorgen. Ich habe ein Messer unter meiner Matratze liegen.«

Das hatte Greta schockiert. Sie begriff, wie weit ihre Tochter gehen würde, um sich zu verteidigen. Johanna war so mutig, wie sie naiv war. Sie mussten dringend hier weg.

Aber der Winter schien die Zeit mit eingefroren zu haben. Sie verging viel zu langsam, und Greta hatte das Gefühl, es würde nie wieder Frühling. Sie drückte ihre Zigarette aus und zog das Fenster zu. Die bizarren Formen der Eisblumen an den Scheiben begannen gerade zu zerlaufen.

Wenigstens war für heute der Abend gerettet. Janssen würde müde sein und mit Pfeife im Mund in seinem Sessel einschlafen. Dann hatte sie ihre Ruhe und konnte fernsehen. Der Apparat war die neueste Errungenschaft im Janssenhaus. Der alte Spinner hatte ihn im Grunde nur für Johanna angeschafft, um sie mehr im Haus zu halten. Greta grinste in sich hinein. Johanna machte trotzdem, was sie wollte. Und sie wollte mit Dieta zusammen sein. Ein nettes Mädchen. Und so vernünftig, obwohl sie über ein Jahr jünger war als Johanna. Sie wollte im Sommer bei Marlies Brunsen eine Ausbildung anfangen und Gärtnerin werden. Vielleicht kam Johanna auch wieder auf den Teppich der Tatsachen zurück. Die war in letzter Zeit geradezu größenwahnsinnig geworden. Bis vor Kurzem hatte sie noch kein Schuljahr ohne blauen Brief hinter sich gebracht und nun hatte sie nur Hirngespinste im Kopf. Sie faselte sogar etwas von Abitur machen. Greta schürzte ihre Lippen. Johanna musste immer übertreiben. Egal, in welche Richtung.

Das einzig Gute an Johannas Veränderung war: Sie schulmeisterte Greta nicht mehr ständig. Zählte ihr nicht jede Zigarette und jeden Schnaps nach, als wäre sie ihre Erzieherin. Wenn Johanna zu Hause war, unterhielt sie sich nur mit Janssen. Was heißt unterhalten? Sie stritten sich um jede Kleinigkeit. Sie nannten das Diskutieren. Sie waren dann beide wie besessen von ihren Ideen und nahmen Greta überhaupt nicht mehr wahr. Das verletzte sie nicht. Im Gegenteil. Es war für sie ein vertrautes Muster und gab ihr ein Gefühl der Sicherheit. Wenn die beiden Kampfhähne sich bekriegten, konnte sie unbemerkt in die kleine Wohnstube flüchten und stricken. Greta strickte Schals. Schals, die niemand trug.

Sie waren viel zu bunt und die Maschen zu unregelmäßig abgehoben. Wenn einer fertig war, ribbelte Greta das
Gestrickte wieder auf und fing von vorne an. Johanna
zeigte ihr deswegen einen Vogel. Sollte sie. Auch wenn
es für andere keinen Sinn ergab. Greta beruhigte es,
Masche für Masche abzustricken und den Schal wachsen zu sehen.

Wenn Johanna aus dem Haus ging, um sich mit Dieta
zu treffen, war Janssen meist erschöpft und ließ Greta
eine Zeit lang in Frieden. Woher hatte ihre Tochter nur
diese Energie? Von ihrem Vater? Den kannte Greta kaum.
Aber vergessen hatte sie ihn nicht. Eine Nacht war sie
mit ihm zusammen gewesen. Eine Nacht. Danach hatte
er sich nicht mehr gemeldet. Als sie die Schwangerschaft bemerkte, war sie in Panik ausgebrochen. Sie
wollte kein Kind. Wie sollte das in ihr Leben passen? Sie
hatte alle möglichen Tipps befolgt. Sie hatte viel zu heiß
gebadet, Rizinusöl eingenommen, war Seil gesprungen
und hatte sogar Holz gehackt. Nichts half. Johanna
hatte sich festgesetzt und beschlossen, zu leben. Und die
einzige zuverlässige Engelmacherin, die Greta kannte,
saß im Gefängnis. Zu dem Zeitpunkt lernte sie Siegfried
kennen. Diesen freundlichen Mann, der sehr viel älter
war. Er bot ihr die Sicherheit einer Ehe.

Siegfried war gerade bei ihr in der Wohnung, als
Johannas Vater vor der Tür stand. Er hatte Blumen
dabei und lächelte entschuldigend, dass er sich so lange
nicht gemeldet hatte. Er hätte sie nicht vergessen können. Greta hatte gleich wieder ihren Herzschlag gespürt.
Ihr ging es ja genauso. Sie ließ ihn wortlos reinkom-

men. Siegfried stand auf und umfasste besitzergreifend Gretas Schultern. Johannas Vater nickte und murmelte verlegen: »Ach, so ist das.« Dann drehte er sich um und verließ die Wohnung. Greta wäre ihm gerne hinterhergelaufen, hätte ihm von der Schwangerschaft erzählt, und dass Siegfried nur eine Notlösung war, aber sie blieb wie festgenagelt stehen und ließ ihn gehen. Sie hatte ihn nie wiedergesehen.

Morgen war Sonntag, und den Nachmittag würde sie bei Frieda und ihrer Familie verbringen. Diese sonntäglichen Kaffeestunden waren für Greta wie ein befreiendes Luftholen. Sie brauchte für ein paar Stunden nicht die Enge des Janssenhauses zu spüren, die jetzt im Winter fast unerträglich war. Keinen miesepetrigen Janssen sehen und hören. Einfach freundliche Menschen um sich haben, die nichts von ihr verlangten, noch nicht einmal ein Gespräch.

Frieda war erst Mitte 30, vielleicht jünger. Greta hatte sie nie nach ihrem Alter gefragt. Eine Frau mit runden Hüften und starken Oberarmen. Breite Wangenknochen und hellblaue Augen gaben ihr ein slawisches Aussehen. Sie war wie Janssen und Greta von der Dorfgemeinschaft nicht anerkannt, obwohl sie hier seit ihrer frühesten Kindheit lebte. Frieda war ein verwaistes Flüchtlingskind, das nach dem Krieg mit anderen Flüchtlingen in der Krummhörn gestrandet war. Bauer-Hansen hatte das kleine Mädchen aufgenommen und großgezogen. In der Schule war sie nie gut mitgekommen, aber sie war auf dem großen Hof eine fleißige Magd und immer folgsam gewesen. Frieda hieß in Wirklichkeit Marie-

Luisa. Das hatte Greta auch nur so nebenbei erfahren. Hansen hatte sie nicht etwa Marie oder Luisa genannt, was zu verstehen gewesen wäre, sondern Frieda. Wie eine seiner Kühe.

Jan arbeitete als Knecht bei Hansen und war der einzige Bursche im Dorf, der Frieda zum Tanzen ausführte. Als sie schwanger war, heirateten sie. Hansen hatte ihnen das kleine Grundstück am Ortseingang verpachtet. Auf Lebenszeit. Dann kam VW nach Emden, und Jan bekam dort Arbeit. Seitdem ging es ihnen wirtschaftlich besser, und sie waren unabhängiger. Aber Frieda blieb einsam. Sie war in ihrer Kindheit und Jugend eine Außenseiterin gewesen, sie hatte keine Freundin.

Die fand sie zum ersten Mal in Janssens zweiter Frau Edda. Dass die auch einsam gewesen sein muss, konnte sich Greta gut vorstellen. Mit Janssen war man das, oder wurde es sehr schnell. Als Edda immer unbeweglicher wurde und durch ihre Fettleibigkeit an das Haus gefesselt war, begann Frieda, sie regelmäßig zu besuchen und für sie einzukaufen. Nach ihrem Tod vor sechs Jahren übertrug Frieda ihre Treue auf Janssen. Sie versorgte ihn täglich mit einer warmen Mahlzeit und machte ihm die Wäsche. Eddas Sohn war verheiratet und wohnte in Leer. Er war heilfroh, dass sich jemand um den alten Querkopf kümmerte. Er hatte sich mit ihm nie gut verstanden. Janssen war Friedas Fürsorge ebenfalls mehr als recht. Ganz allein wäre er nicht zurechtgekommen, und seine Unabhängigkeit war in Gefahr. In seinem Kopf spukte das Gespenst einer Gemeindeschwester, die ihn zwangsbetreute oder sogar in ein Blindenheim verfrachtete. Deshalb gab er sich große Mühe, Frieda an sich zu binden, bis er eine andere Lösung gefunden hatte.

An einem Sonntagnachmittag war Greta mit Frieda allein gewesen. Sie tranken Holunderbeerwein. Greta mochte so süßes Gesöff nicht, aber sie wollte Frieda nicht vor den Kopf stoßen. Die trank selten Alkohol und war dementsprechend schnell berauscht. In der Stimmung war ihr herausgerutscht, dass Janssen in jener Zeit mehr als nur eine warme Mahlzeit von ihr bekommen hatte.

Greta hakte nicht weiter nach. Sie hatte verstanden, und es wunderte sie noch nicht einmal. Janssen hatte Frieda sicher mit geschickten Worten umgarnt. Sie erlebte durch ihn zum ersten Mal, als Gesprächspartnerin ernst genommen zu werden, ja wichtig zu sein. Und sie wurde als Frau gesehen. Jan war ein lieber Kerl, aber er redete kein Wort zu viel und interessierte sich über seine Arbeit hinaus nur für eine gute Küche und seinen Fußballverein. Janssen dagegen konnte durchaus charmant sein, wenn er wollte. Und Janssen verstand zu reden, weiß Gott. Er öffnete Frieda mit seinen Geschichten eine ganz neue Welt. Die Zeit mit ihm hatte sie sicher genossen, und es war kein Wunder, dass sie sich in Janssen verliebt hatte. Dass Frieda Gefühle investiert hatte, davon ging Greta aus. Sie rechnete nach. Friedas jüngere Tochter Sina war erst fünf Jahre alt, doch im Gegensatz zu ihrer älteren Schwester Heidi, die mit Müh und Not die Volksschule schaffen würde, schon jetzt ein ausgesprochen helles Köpfchen. Dazu war bei den Schwestern keine Spur von äußerlicher Ähnlichkeit zu entdecken. Bislang hatte sich Greta darüber nie Gedanken gemacht. Nun wusste sie Bescheid. Solche Zusammenhänge brauchte ihr niemand groß zu erklären.

Deshalb quälte Frieda Janssen mit dem elenden Dorftratsch. Das war ihre Rache. Sie hatte Janssen vertraut, ihn bewundert, ihm ihre Zuneigung geschenkt. Er hatte, ohne auf ihre Gefühle zu achten, Grenzen überschritten. Er hatte sie ausgenutzt, ja benutzt und hinterher wieder kaltgestellt. Mehr noch, er hatte ihr klar rübergebracht, dass er sie für dumm hielt und eine ernsthafte Beziehung für ihn nie in Frage gekommen wäre. Für Frieda sicher auch nicht. Sie hatte nur eine Zeit lang geträumt. Dennoch schmerzte es sie, einfach weggeworfen zu werden.

Aber was hätte sie tun sollen? Einen offenen Streit mit Janssen? Das konnte sie nicht riskieren. Janssen war unberechenbar. Dem war sogar zuzutrauen, Jan das Märchen aufzutischen, sie hätte ihn verführt. Jan hätte ihr diesen Treuebruch niemals verziehen. Zumal sie schon bemerkt hatte, dass das Zusammensein mit Janssen nicht ohne Folgen geblieben war. Sie war schwanger. Janssen musste das geahnt haben. Deshalb hielt er auch die Klappe. Sonst hätte er womöglich Frieda mit ihren beiden Mädchen am Hals gehabt. Er betonte zwar ständig, dem Dorftratsch haushoch überlegen zu sein, aber Greta kannte ihn besser. Sich ganz offiziell zu Frieda zu bekennen, dafür fehlte ihm die Traute, und sie war ihm auch schlicht und einfach

zu dumm. So war er Friedas kleinen Quälereien hilflos ausgeliefert.

Diese Gedanken behielt Greta alle für sich. Sie
nutzte ihr Wissen anders. Frieda hatte in der letzten
Zeit damit gedroht, dass sie bald nicht mehr ins Janssenhaus kommen würde. Sie hätte genug von dem alten
Griesgram. Sie hätte auch keine Lust mehr, sich ständig
in ihrer Grammatik verbessern zu lassen. Aber Friedas
Besuche waren Gretas einzige Abwechslung. Seit dem
Holunderbeersonntag war keine Rede mehr davon, und
Frieda kam wieder regelmäßig ins Janssenhaus. Auch
die Sonntage blieben für Greta weiterhin reserviert. Beiden Frauen wäre der Begriff Erpressung dabei nicht in
den Sinn gekommen.

Johanna liebte es, wenn sie aus dem Fenster auf die
schneebedeckten Weiden blicken konnte. Der Wind
blies die lockeren Flocken wie einen Schleier über die
Felder und bildete aus ihnen Schneewehen. Die sahen
aus wie Wellen. Als hätte das Meer sich seine alte Heimat auch vor dem Deich zurückerobert.

Johanna fühlte sich in der Ruhe des Winters geborgen.
Und in ihren Zukunftsplänen. Sie würde weiter zur
Schule gehen und danach Karriere machen. Wie, das
wusste sie nicht genau. Aber dass sie erfolgreich sein
würde, das war für sie klar. Janssen unterstützte sie in
ihren Zielen. Er glaubte, dass er sie so an sich und an
das Haus binden konnte. Johanna lächelte. Sollte er
das denken. Das machte ihr einiges leichter. Sie duzte
Janssen mittlerweile. Sie hatte sich entschieden, ihn

mit Opa anzusprechen. Friedas Töchter nannten ihn auch so. Der Status erschien ihr als der einzig mögliche. Janssen ließ es zu. Ob es ihm gefiel oder nicht, konnte Johanna nicht einschätzen.

Ihre Mutter war noch schweigsamer geworden und sah viel fern oder strickte an ihren albernen Rechtecken. Wenn sie wenigstens Strümpfe oder echte Schals stricken würde. Zum Glück waren die Alkoholexzesse seltener geworden. Nach Hannover zurückzugehen, war auch kein Thema mehr. Sie konnte ihre Mutter getrost ein wenig loslassen und sich ganz und gar um Dieta kümmern. Seit dem Sommergeburtstag waren sie eng befreundet. Sie trafen sich bei Dieta oder in der Laube unten am Kanal. Oft halfen sie auch bei Brunsens in der Gärtnerei. Dieta wollte Gärtnerin werden. Sollte sie. Die Blumen passen zu ihr, dachte Johanna zärtlich. Und warum sollte Dieta noch länger zur Schule gehen? Das würde sie schon tun. Sie würde Dieta hier rausholen und ihre Mutter auch.

Marlies Brunsen war ganz anders. Sie war nicht viel jünger als ihre Mutter, aber sie sprühte regelrecht vor Energie. Ihr Sohn Hajo spielte in seiner Freizeit Fußball. Sie waren hier alle vernarrt in diesen Sport. Und ihr Mann Gerrit war ein ruhiger, freundlicher Mann. Seine freie Zeit verbrachte er mit der Pflege seiner geliebten Orchideenzucht.

Marlies lud Dieta und Johanna oft zum Tee ein. Sie kamen gerne, denn von Marlies wurden sie ernst genommen. Sie akzeptierte ohne einen abfälligen Kommentar die enge Bindung zwischen den Mädchen. Johanna wusste, dass man im Dorf munkelte, sie seien vom anderen Ufer. Warum sonst gingen sie zu keiner Feier und flirteten nicht mit Jungs wie normale Mädchen? Johanna und Dieta sagten nichts dazu. Sie hatten einfach keine Lust, sich wie die Hühner auf die Stange zu setzen und zu warten, dass sie einer aufforderte, mitzukommen. Die Jungens im Dorf hatten außer Fußball nur den Drang, möglichst bald ein Mädchen flachzulegen.

Marlies nähte den beiden blumige Stoffflicken auf die Jeans und half ihnen, Cremes zu mixen. Die dufteten gut und die Haut fühlte sich nach dem Eincremen wie Samt an. Manchmal kochte sie ihnen Spaghetti mit Tomatensoße und Parmesankäse. Das war wie ein Hauch aus der großen weiten Welt. Spaghetti kannte Johanna nur aus dem Fernsehen, und den Parmesankäse hatte sie bislang für Semmelbrösel gehalten.

Es war Samstag. Das war einer der wenigen Tage, die Johanna auch im Janssenhaus mochte. Ihre Mutter kochte dann das Sonntagsessen vor und backte einen Kuchen. Es roch im ganzen Haus nach Braten und frischem Gebäck, und die ungewohnte Aktivität ihrer Mutter verbreitete Optimismus. Aber an diesem Samstag hatte Marlies sie und Dieta zum Schöfellop eingeladen.

»Was ist das denn?«, fragte Johanna.

Dieta antwortete lachend: »Schlittschuhlaufen!«

»Ich habe keine und – das kann ich auch nicht!« Johanna sagte selten, dass sie etwas nicht konnte. Aber auf diese unsicheren Kufen wollte sie sich nicht stellen.

»Ich laufe nebenher und schaue euch zu«, schlug sie vor.

»Unsinn«, widersprach Marlies resolut. »So schnell kannst du nicht nebenherlaufen. Probier es aus. Du kannst das. Mit diesen Schlittschuhen ist das ganz einfach. Das sind Holländer. Ganz flach, sieh mal. Und mit den Lederriemen immer richtig einzustellen.«

Und wirklich. Schon nach ein paar Metern konnte sie mit ihnen ohne Hilfe dahingleiten. Diese Leichtigkeit der Bewegung war neu für Johanna und euphorisierte sie geradezu.

Die Kanäle waren zugefroren, aber an einigen Stellen hatten Enten sich Badestellen offen gehalten. Johanna stockte. Wie tief war das Wasser in den Kanälen überhaupt? Sie wollte nicht auch noch zugeben, dass sie nicht schwimmen konnte. Obwohl ihr das sicher nicht geholfen hätte. In dieser Eiseskälte wäre jeder sofort steifgefroren. Marlies schien ihre Gedanken zu erraten und tröstete sie: »Keine Bange. Wenn eine Krähe es übers Wasser schafft, denn könen wi dat ok.«

Johanna dachte an ihr Gewicht, und dass es nicht mit dem eines Vogels zu vergleichen war. Aber Marlies stellte sich einfach rücklings vor Johanna und forderte sie auf, ihre Hüften zu umfassen. Hinter ihr hielt Dieta Johanna auf die gleiche Weise. So glitten sie im Gleichschritt eng aneinander über den Kanal, und Johanna vergaß alle Bedenken.

Sie fuhren durch die weiße, von Raureif überzogene Landschaft, bis sie von Weitem die niedrigen Häuser von Greetsiel erkennen konnten. Vor dem Ort reckten die Zwillingsmühlen ihre Flügel empor. Dahinter schien wie ein Feuerball die Wintersonne. Das Bild war in seiner kitschigen Schönheit kaum auszuhalten. Die drei kehrten um, und auf dem Rückweg tauchte die untergehende Sonne die Winterlandschaft in ein unwirkliches Rot.

Marlies lud sie anschließend zu sich ein. Sie waren allein im Haus. Sie saßen am bollernden Ofen und wärmten sich auf. Ihre Gesichter kribbelten noch von der Kälte.

Sonst gab es bei Marlies oft ein Gläschen Persiko. Ein süßes Getränk, das nach Kirsche und Marzipan schmeckte. Die Mädchen liebten es. Marlies sagte dazu Perversiko. Solche Anspielungen konnte Johanna schlecht leiden. Da fiel bei ihr meist eine Klappe. Aber bei Marlies konnte sie die Bemerkung stehen lassen.

An diesem Spätnachmittag gab es heißen Wein, der nach Zimt und Nelke schmeckte. Johanna und Dieta tranken dieses fremde Gemisch viel zu schnell. Marlies legte eine Schallplatte auf und tanzte versonnen. Die Mädchen folgten ihrem Beispiel und wiegten sich nach der Musik. Die Wärme im Zimmer, der Alkohol und die Bewegung heizten sie auf und Marlies forderte übermütig: »Lasst uns die Pullover ausziehen!«

Sie lachten und tanzten in ihren Unterhemden ausgelassen weiter. Marlies schenkte ihnen Glühwein nach, und dann zog sie sich ihr Hemd aus und löste ihren Büstenhalter. Johanna stockte der Atem. Aber Dieta kicherte beschwipst und entblößte auch ihren Oberkörper. Fasziniert starrte Johanna auf ihre kleinen wippenden Brüste. Wie hell und zierlich die waren. Wie aus Porzellan. Mit wild klopfendem Herzen zog Johanna ihr Hemd auch aus. Da flog Dieta auf sie zu, umarmte sie stürmisch und öffnete unbekümmert ihren Büstenhalter. Sie schmiegte sich eng an ihre nackte Haut. Ihre spitzen Brüste an ihren zu spüren, ließ Johanna eine heiße Welle aus Feuchtigkeit zwischen die Schenkel schießen. Dieses heftige Gefühl erschreckte Johanna, und sie traute sich nicht mehr, sich zu bewegen. Da spürte sie Dietas Lippen auf ihren. Und als hätten sie es schon hundertmal geübt, öffneten sie sich unter ihrem Druck. Johanna erschrak noch einmal, als Dietas kleine, feste Zunge ihre umgarnte. Dann erwiderte sie Dietas Kuss hemmungslos. Sie vergaßen, dass Marlies sie beobachtete.

KAPITEL 10

Krummhörn, 2009

Ich bin mitgegangen, als wäre es für mich das Normalste der Welt, dass plötzlich eine Gouvernante vor der Tür steht. Aber an diesem Morgen ist nichts mehr normal, und meine Gedanken schießen kreuz und quer wie ungezügeltes Wildkraut.

Mein Seelenbeistand bietet mir schon auf dem Weg zur Ferienwohnung das Du an. Ich lasse mich wie selbstverständlich darauf ein.

In Hannover hätte ich so einen schnellen Vorstoß als distanzlos empfunden. Ich habe zu oft in Kneipen erlebt, dass sich Frauen in Tomkes Alter benehmen, als wären wir gleichaltrige Freundinnen, und sie baggern Kerle an, die locker 20 Jahre jünger sind. Zu später Stunde. Das ist nur peinlich. Grau melierte Männer wirken mit ihrem Balzgehabe auf mich einfach nur lächerlich. Aber diese Frauen machen mir Angst. Genau das ist es. Sie ängstigen mich und machen mir klar, dass ich bis dahin von der Piste sein muss.

Die Ferienwohnung liegt unten am Kanal und ist ein Ferienhaus. Ähnlich derer, wie ich sie aus Dänemark kenne. Der Wohnraum ist das geräumige Zentrum. Dazu gehört ein großzügiger Wintergarten. Tomke hat alle Schiebetüren geöffnet, und so hat man das Gefühl, mitten im Garten zu sein.

Während sie Tee zubereitet, sitze ich an dem massiven Holztisch. Die Vermieter haben geschnittenen Hibiskus in eine Vase gestellt. Ihre Blüten haben die Farbe eines kräftigen Pink. Ein paar Blätter sind auf die Tischplatte gefallen und wirken auf der Holzmaserung so kunstvoll wie ein gemaltes Stillleben.

Das Haus ist viel zu groß für eine Person, aber Tomke hat mir erklärt, dass sie fast 30 Jahre lang eine Frühstückspension geführt hat und unterwegs immer eine Wohnung und kein Hotelzimmer mieten würde. Sie bräuchte die Weite und das Alleinsein. Außerdem wollte ursprünglich ihr Freund Paul mitkommen. Aber ihm sei kurzfristig ein Termin dazwischengekommen. Die beiden wollen bald heiraten. Ganz romantisch im Pilsumer Leuchtturm. Der ist durch den Ottofilm bekannt geworden, und nun werden dort Pärchen getraut.

Dass sie ihre Hochzeit mit so viel Elan plant, macht mir Hoffnung. Ich kann also auch noch in 20 Jahren einen Partner finden. Bei Gelegenheit sollte ich sie fragen, wo man sich in ihrem Alter kennenlernt. Wahrscheinlich im Internet.

Tomke hat mich aufgefordert zu erzählen, und ich habe ohne Punkt und Komma die letzten beiden Tage abgespult. Sie hat mich nicht einmal unterbrochen. Das hat gutgetan.

Jetzt sitzt sie mir gegenüber, und ihr Gesicht wirkt plötzlich düster, ja abweisend. Verunsichert nippe ich an meinem Tee. Habe ich etwas Falsches gesagt? Die Stille zwischen uns ist unangenehm, und ich bin erleichtert, als sie sie endlich unterbricht.

»Warum musstest du auch in einem Wespennest herumstochern?«

Ich sehe sie an, als hätte ich mich verhört. Was soll das jetzt? Vorwürfe sind das Letzte, was ich jetzt brauche. »Aber meine Eltern haben mich belogen«, wehre ich mich beleidigt. »Sie hätten mir die Wahrheit sagen müssen. Wie soll ich ihnen jemals wieder glauben?«

»Die Wahrheit sagen müssen! Belogen! Jemals wieder glauben!«, wiederholt Tomke scharf und schürzt geringschätzig ihre Lippen. »Was für große Worte! Deine Eltern sind weiterhin deine Eltern und wollen es auch sein!«

Ihre geballte Energie walzt mich regelrecht nieder, und ich bin nur in der Lage, brav zu nicken. Aber in mir wächst Wut. Was bildet die sich überhaupt ein? Warum greift sie mich derart an? Wir kennen uns doch kaum. Sie ist schließlich hergekommen, um mir zu helfen. Ich habe sie nicht gerufen. Was für eine selbstgerechte Tante hat Sandra mir da als patenteste Frau der Nordseeküste aufgeschwatzt? Ich sollte gehen. Für so ein Gefecht habe ich keine Nerven.

»Du kannst das nicht verstehen!«, wehre ich mich lahm und richte mich auf.

»Oh doch, das kann ich sehr gut«, widerspricht Tomke unbeeindruckt. Sie legt ihre Hände auf meine Schultern und drückt mich bestimmend auf den Stuhl zurück. Dabei sieht sie mich fest an. Ihre Augen strahlen nun wieder Wärme aus, und ihre Gesichtszüge haben die Härte verloren. »Tut mir leid, wenn ich so streng reagiere. Aber ich kenne eine ähnliche Geschichte. Die einer Freundin. Wenn ich mir vorstelle, dass durch die sogenannte Wahrheitsfindung ein ganzes Leben plötzlich infrage gestellt wird, nur weil zum Beispiel der angegebene Vater nicht der wahre Erzeuger ist …«

Ihr Blick geht durch mich hindurch, als wäre ich unsichtbar. Ich muss trocken schlucken und starre auf die Tischplatte. Es ist gerade sehr offensichtlich, dass sie nicht von einer Freundin, sondern von sich selbst spricht. Sich so zu offenbaren, hat sie sicher nicht vorgehabt. Ihre Verzweiflung und Angst berühren mich, und ich muss an meinen Vater denken. An seine dünne Stimme gestern am Telefon. Seine eindringliche Bitte, ihn zu verstehen. Und an meine Mutter, die gar nicht in der Lage war, mit mir zu telefonieren.

Ein warmes Gefühl durchströmt mich, und ich sehe Tomke gerade an: »Ich liebe meine Eltern, aber es war alles zu plötzlich und zu unerwartet. Vielleicht, wenn ich schon verheiratet wäre und selbst Kinder hätte, vielleicht hätte es mir nicht so den Boden weggerissen. Aber so fühle ich mich einfach als Loser bestätigt. Ich habe nicht studiert und bin nicht verheiratet, noch nicht einmal fest liiert. Ich muss für sie wie von einem anderen Stern wirken. Aber so ist das wohl, wenn man die Katze im Sack kauft.«

Nun lächelt Tomke breit. »Die Katze ist immer im Sack. Wer weiß schon vorher, wie sein Kind sich entwickeln wird. Du kannst dir Mühe geben, es erziehen und behüten, so gut du kannst. Aber nur bis zu einem gewissen Punkt. Dann musst du loslassen und vor allem zulassen.

Wäre doch auch langweilig, wenn man sich die Erbanlagen zusammenstellen könnte wie eine Kräuter-mischung. Aber selbst dann ginge es nicht ganz nach unserer Nase. Da bin ich sicher. Und das ist gut so. Ich habe zwei erwachsene Kinder. Beide aus dem gleichen Stall und beide komplett unterschiedliche Charaktere. Das hat etwas Beruhigendes.«

Sie atmet tief durch und setzt sich aufrecht hin. »Aber jetzt wollen wir mal zu den Tatsachen zurückkehren. Gib mir den Zettel.«

»Welchen Zettel?«, frage ich verdattert. Die Ge-schwindigkeit, mit der sie von einem Thema zum anderen wechselt, ist schwindelerregend.

»Na, den von heute Morgen.«

»Den habe ich im ersten Schreck zerschnippelt und in den Papierkorb geworfen.«

»Ganz schlau«, kommentiert sie trocken.

»Sorry, auch noch schlau zu reagieren ist ein biss-chen viel verlangt, oder?«

Tomke wiegt bedächtig ihren Kopf, als könne man das sehr wohl verlangen. Aber sie erspart mir einen weiteren Vorwurf. »Okay, dann lass uns einfach mal nachdenken, wer den Zettel geschrieben haben könnte. Es muss jemand sein, der weiß, weshalb du hier bist. Und derjenige hat Angst.«

»Angst?« Ich starre Tomke wie hypnotisiert an.

»Ja, wenn ich so überlege, bin ich sicher, dass da jemand richtig Angst haben muss, dass etwas ans Tages-licht kommt. Und jemand, der die Hosen voll hat, ist gefährlich. Immerhin gibt es schon zwei Tote. Wer könnte dieser jemand sein?«

Der Gedanke, dass Tomke einfach so einkalkuliert, dass Greta und Janssen wirklich ermordet worden sind, lässt mich trotz der Wärme frieren. Wer sollte dieser jemand sein?

»Johanna«, werfe ich zaghaft in die Waagschale und hoffe inständig, dass Tomke diese Möglichkeit als indiskutabel zur Seite wischt. Aber sie trinkt vorsichtig einen Schluck Tee und nickt.

»Johanna ist sicher verheiratet. Sie hat Kinder. Möglich, dass sie wirklich Karriere gemacht hat. Jetzt hat sie Angst, ihre Vergangenheit könnte einen Skandal auslösen.«

Ich sehe Tomke verwirrt an. Die hat vielleicht Fantasie.

»Sie haben Streit gehabt«, denkt sie laut weiter. »Greta hat sie angerufen, nachdem du sie besucht hast. Und sie hat Johanna erzählt, dass du wiederkommen würdest. Und dass sie mit dir reden würde.«

Mir wird heiß. Ich will das nicht mehr mit anhören. »Sie haben gar kein Telefon«, unterbreche ich sie triumphierend.

Tomke sieht mich zweifelnd an, steht auf und kommt mit dem örtlichen Telefonbuch zurück. Während sie ihren rot lackierten Fingernagel über die Namen gleiten lässt, muss ich an meinen Traum denken.

»Da haben wir ihn«, sagt Tomke zufrieden. Sie schiebt mir das Buch herüber und tippt auf den Namen. Enno Janssen, Süderweg.

›Wer hat heutzutage denn kein Telefon?‹, höre ich Greta in meinem Traum fragen und sehe wieder das verschmitzte Grinsen in ihrem Gesicht. Sie muss auf den ersten Blick gewusst haben, wer ich bin. Sonst hätte sie mich einfach nur telefonieren lassen. Aber sie wollte Zeit schinden. Deshalb hat sie mich zum Kaffee reingebeten. Woran hat sie mich erkannt? Nach allem, was ich von Johanna gehört habe, sehe ich ihr nicht ähnlich. Vielleicht meinem Vater?

»Und wenn Johanna …«, stottere ich und weigere mich, den Gedanken zu Ende zu denken.

»Und wenn Johanna …«, wiederholt Tomke und sieht mich auffordernd an.

»Ich meine, wenn der alte Janssen mein Vater ist«, würge ich endlich heraus. »Wer weiß, ob Johanna freiwillig schwanger geworden ist«, gehe ich tapfer diesem Gedankengang weiter nach. »Janssen hat Greta erschlagen und sich dann erhängt, damit es nie rauskommt.«

Ich würde wieder etwas für ein entschiedenes Kopfschütteln geben. Aber Tomke nickt und sagt: »So könnte es gewesen sein. Aber die beiden sind tot. Sie konnten keinen Zettel mehr schreiben. Es muss noch jemanden geben, der nicht will, dass in der Vergangenheit herumgestochert wird.«

»Vielleicht die Hebamme von damals? Sie hat eine Geburtsurkunde gefälscht.« Die Variante erleichtert mich. Aber nur einen kurzen Augenblick. Die nächsten Überlegungen schießen schon hinterher. »Aber wegen einer gefälschten Urkunde bringt man keinen Menschen um. Wer weiß, wie alt die Hebamme mittlerweile ist.«

Tomke atmet tief ein. Ihr Busen wiegt unter der intensiven Atmung, und ich komme nicht umhin, in ihr Dekolleté zu starren.

»Du hast keine Ahnung, für was man einen Menschen umbringt, wenn man zu einer Dorfgemeinschaft gehört und weiterhin in ihr leben will.«

»Nein, habe ich nicht.«

Tomke nickt gnädig. Eine andere Antwort hätte sie mir wahrscheinlich übel genommen.

»Ich habe Hunger«, verkündet sie übergangslos. »Du auch?«

Als verfüge sie über telepathische Kräfte, fängt mein Magen an zu knurren.

»Was hast du denn zu bieten?«, frage ich und gehe schon in Richtung Kühlschrank.

»Gähnende Leere«, winkt Tomke ab. »Außer einem Stuten habe ich nichts eingekauft.«

Immerhin. Wir essen eine Scheibe von dem frischen, lockeren Teig im Stehen.

»Kann ich hier eine Nacht schlafen?«, frage ich sie kauend.

Tomke lacht: »Davon bin ich ausgegangen. Komm, lass uns deine Sachen aus der Gastwirtschaft holen.«

Als wir aus dem Haus gehen, stehen zwei kleine Mädchen vor der Tür. »Moin, haben Sie Kinder?«, fragt das ältere.

»Ja«, antwortet Tomke munter, »aber die sind schon erwachsen.«

»Schade. Wir spielen immer mit den Kindern von den Feriengästen.«

Ja, schade, denke ich, während wir weitergehen. Ich winke den beiden Mädchen noch einmal zu.

Der Himmel ist wolkenlos blau, und es weht nur ein lauer Sommerwind. Die Weidenblätter und das sich sanft wiegende Schilf glitzern im Sonnenlicht, als wären sie mit Silber übergossen. Tomke geht schweigend neben mir. Ihre Nähe ist mir angenehm. Aus einem der Gärten hören wir ein Kind aus vollem Hals rufen: »Eins, zwei, drei, vier, fünf, sechs, sieben, eine alte Frau kocht Rüben, eine alte Frau kocht Speck und du bist weg! Komm raus, wo immer du steckst! Ich finde dich!«

So einen Reim habe ich lange nicht gehört. Spielen die Kinder in Hannover kein Verstecken mehr? Ich habe das früher gern getan. Mama hat oft meine Schulfreunde eingeladen. Unser Haus war ein beliebter Treffpunkt, bis wir erwachsen waren. Ein gastliches Haus. ›Bei euch fühlt man sich immer willkommen‹, sagten die anderen. ›Deine Eltern stellen keine lästigen Fragen und lassen uns in Ruhe‹.

Außerdem lagen im Kühlschrank stets leckere Kleinigkeiten zum Naschen. Wir hatten ja Hilda. Das habe ich als naturgegeben hingenommen. Später hat mir Mama gestanden, sie hätte so häufig andere Kinder eingeladen, weil ich als Einzelkind aufwachsen musste. Sie hätte gerne mehr Kinder gehabt. Mehr Kinder. Sie hat gar keine, denke ich bitter und weiß, dass der Gedanke ungerecht ist. Ach Mama, ich wäre gerne deins. Und nicht das von dieser unberechenbaren Johanna und von wer weiß wem.

Kurz vorm Dorfkrug wird mir wieder bewusst, hier hat mich heute Morgen jemand bedroht. Das fühlt sich im warmen Sonnenschein neben der resoluten Tomke völlig irreal an. Ich bin auf jeden Fall dankbar, dass ich nicht allein meine Klamotten aus dem Zimmer holen muss. Eine Nacht werde ich noch im Dorf bleiben. Die schlafe ich bei Tomke. Ich will unbedingt mit dieser Frieda Klemmer reden. Sie hat Greta am besten gekannt und weiß sicher auch etwas über Johanna. Die wird bis morgen hier aufgetaucht sein. So lange muss ich warten. Ich muss sie wenigstens einmal gesehen haben. Einmal mit ihr gesprochen haben. Sonst kann ich nicht wieder nach Hause fahren.

Rieke und der Koch sind schon emsig in der Küche beschäftigt. Es riecht nach frisch ausgelassenem Speck und gedünsteten Zwiebeln. Augenblicklich fängt mein Magen an zu knurren. Er hat bislang nur eine Scheibe Stuten bei Tomke bekommen. Dabei ist er an ein herzhaftes Frühstück gewöhnt.

Als Rieke mich bemerkt, eilt sie sofort zu uns in den Schankraum. Anscheinend erwartet sie Neuigkeiten. Ihre Enttäuschung ist nicht zu übersehen, als ich ihr erkläre, dass ich eine Bekannte aus Hannover getroffen habe und nun bei ihr wohnen werde. Sie misst Tomke mit einem abschätzenden Blick und nickt verstehend. Sie nimmt mir die Geschichte mit der Bekannten ab. Kunststück. Tomkes farbenfrohes Outfit passt auch eher zu einer Großstädterin als zu einer Friesin aus einem kleinen Küstenort.

»Dann kommen Sie heute Abend aber zum Essen«, bestimmt Rieke, als wäre ich ihr einen Gefallen schuldig.

Ich sehe Tomke fragend an. Die nickt und sagt mit einem umwerfend charmanten Lächeln: »Das machen wir sehr gerne. Es riecht jetzt schon so verführerisch.«

Rieke lächelt geschmeichelt, zündet sich eine Zigarette an und wendet sich wieder an mich. »Ach, was Ihre Fragen betrifft. Dafür kann ich Ihnen wärmstens Eike empfehlen.«

»Was für Fragen?«, rutscht es mir heraus.

Rieke zieht ihre Stirn kraus und betrachtet mich, als sei ich schwer von Begriff. »Na, Ihren Bericht über die Entwicklung des Dorflebens. Schreiben Sie doch, oder?«

Ich nicke heftig und spüre, wie ich rot werde. »Ja, super. Das ist klasse. Wo wohnt denn dieser Eike?«, stammele ich. Diese dämliche Reportage hatte ich völlig vergessen. Lügen haben wirklich kurze Beine.

»Sie haben ihn gestern schon gesehen. Eike ist der, der Ihnen den Sekt verschreiben wollte«, grinst Rieke. Sie schiebt mir auffordernd das Telefon über den Tresen. Es ist ein altmodisches mit einer Wählscheibe. Ohne meine Zustimmung abzuwarten, beginnt sie, mir die Nummer zu diktieren. Ich lasse resigniert die Scheibe kreisen.

»Gerdes«, blafft am anderen Ende eine Frauenstimme so laut in den Hörer, dass ich ihn vor Schreck fast fallen lasse.

Ich räuspere mich. Rieke hat sich über die Theke gelehnt und hört ungeniert mit.

»Guten Tag. Mein Name ist von Odenwald. Ich, ähm, Frau Lüders hat mir Ihre Telefonnummer gegeben. Ich würde mich gerne mit Ihrem Mann unterhalten. Ich schreibe einen Bericht über die soziale Entwicklung des Dorflebens in der Krummhörn, und Frau Lüders meinte, dass Ihr Mann mir da weiterhelfen kann.«

Schweigen am anderen Ende. Hat sie mich überhaupt verstanden? Vielleicht kann sie kein Hochdeutsch? Bevor ich mich vergewissern kann, höre ich sie brüllen: »Eike! Eike!«

Um dann übergangslos freundlich und deutlich leiser in den Hörer zu säuseln: »Einen Augenblick, Frau von … Mein Mann kommt gleich.«

Ich warte. Und sie schreit noch einmal los: »Eike! Nu kumm her, da is so'n Menske van't Film an de Apparat!«

Na bravo. Jetzt bin ich sogar vom Film.

Rieke und Tomke grinsen breit. Wenn sie mal nur ihren Spaß haben.

»Ach, Sie sind doch das Fräulein, das bei Rieke wohnt«, erkennt mich Eike Gerdes sofort wieder. »Heut Abend hätte ich Zeit. Wo wollen wir uns treffen?«

Bevor ich antworten kann, ruft Rieke laut und deutlich: »Moin, Eike. Kommt mal hier in den Krug!«

Damit ist alles geklärt. Rieke stellt zufrieden lächelnd das Telefon an seinen Platz zurück.

Frieda Klemmers Haus unterscheidet sich genauso deutlich vom Stil der anderen Häuser hier im Dorf wie das Janssenhaus. Die schmale Einfahrt wird von Seeadlern und griechischen Götterfiguren flankiert. Das erinnert eher an eine römische Villa in Kleinformat als an ein Haus in Ostfriesland. Der Garten mit den herrlich duftenden Rosen an ein Märchen. Sie wachsen ungezügelt und üppig. Die Fensterläden sind aus Holz und wirken süddeutsch.

»Kein Wunder, dass sie Kontakt zu Greta und Janssen hatte«, spricht Tomke meine Gedanken aus. »So wie das hier aussieht, gehört sie auch nicht in die Dorfgemeinschaft. Da gelten strenge Regeln, was deinen Vorgarten und dein Haus angeht.«

Ich will gerade den Klingelknopf drücken, der im Bauch einer Tonkatze versteckt ist, da kommt eine Frau von hinten aus dem Garten.

Sie sieht ganz anders aus, als ich sie mir vorgestellt habe. Jünger als Greta. Schätzungsweise um die 60. Ihr fein geblümter Kittel spannt knapp vorm Zerreißen um ihre runden Hüften und einem imposanten Busen. Und sie trägt Gummistiefel. Mitten im Sommer. Die lebende Karikatur einer Putzfrau, wie gerade einem Sketch entstiegen.

Sie strahlt mich an, als hätte sie auf mich gewartet. Ihre kleinen blauen Augen leuchten in dem breiten Gesicht wie zwei Sterne.

»Tut mir leid, dass wir Sie einfach so überfallen. Aber ...« Ich suche nach Worten. Ich sehe wieder in ihr rotbackiges Gesicht und weiß, dass ich hier mit akademischen Umschreibungen über irgendwelche Berichte genauso fehl am Platze bin wie vorgestern bei Greta. Vorgestern, denke ich, und muss schlucken. Da hat sie noch gelebt.

»Mein Name ist von Odenwald«, nehme ich den nächsten Anlauf. »Meine Eltern kannten Frau Schenk.

Sie hat bei ihnen gearbeitet. Vor Jahrzehnten. Nun wollte ich sie im Urlaub hier besuchen, aber …«

Ich breche ab, denn über Frieda Klemmers Gesicht breitet sich tiefes Verständnis aus. Sie scheint längst zu wissen, wer ich bin. Und sie weiß auch, dass ich es war, die die beiden tot aufgefunden hat.

»Moment, ich komme gleich von vorne«, sagt sie und verschwindet, ohne eine Antwort abzuwarten, wieder hinter das Haus. Ich sehe Tomke unsicher an, aber sie nickt mir zustimmend zu.

»Das hast du gut gemacht«, lobt sie mich, und ihr Zuspruch legt sich um mich wie eine wärmende Hülle. Ich mag Tomke, das werde ich Sandra nachher sagen. Vorhin habe ich sie einfach weggedrückt, als sie angerufen hat, und mich seitdem nicht mehr um mein Handy gekümmert.

Die Haustür wird geöffnet, und Frieda Klemmer steht im neuen Outfit vor uns. Sie trägt jetzt einen weißen Rock und eine zartblaue Bluse. Sogar ihr Haar hat sie in der kurzen Zeit nass gemacht und ordentlich gekämmt. Die Dauerwelle kringelt sich durch die Feuchtigkeit in frischen, kleinen Löckchen.

Sie begrüßt uns noch einmal, als hätten wir gerade erst geklingelt. Dann bittet sie uns höflich ins Haus und leitet uns würdevoll über die Diele in ein Wohnzimmer. Hier ist es kühl und akribisch aufgeräumt. Dadurch hat es das Ambiente eines Ausstellungsraumes. So ein Wohnzimmer hat man anscheinend nur für Besucher.

»Möchten Sie etwas trinken oder essen?«, fragt Frau Klemmer. Beim Stichwort ›Essen‹ fängt sofort wieder mein Magen an zu knurren. Außerdem sieht unsere Gastgeberin so aus, als würde es hier eine gute Küche geben. Ein deftiges Schinkenbrot und dick geschnittene Mettwurst erscheinen vor meinem geistigen Auge.

»Ein Wurstbrot wäre super. Ich habe noch nicht gefrühstückt«, platze ich heraus. Sie nickt anerkennend, verschwindet und kommt so schnell mit einem reichlich beladenen Tablett zurück, als hätte sie es immer für solche Eventualitäten parat stehen. Sie stellt es auf den Tisch, sagt mit einer einladenden Geste: »Bedienen Sie sich bitte.«

Tomke lehnt höflich ab, aber ich greife zu. Es gibt dunkles Brot, Butter, Mettwurst und eine würzig riechende Leberwurst. Mir läuft sofort der Speichel im Mund zusammen.

»Ich hole eben den Tee«, verkündet die emsige Hausherrin. Keine Chance zu sagen, dass mir Wasser lieber wäre. Tee wird hier anscheinend zu jeder Stunde, in allen Lebenslagen getrunken, und ihn abzulehnen, ist nicht gerade schlau. Besonders, wenn man noch ein paar Fragen beantwortet haben möchte.

Als die zierlichen Tassen mit dem obligatorischen Kandis, dunklem Tee und dem Wölkchen Sahne obendrauf gefüllt sind, nimmt sich Frau Klemmer eine und stellt sie mehr oder weniger auf ihrem Busen ab.

»Greta hat mir von Ihren Eltern, den von Odenwalds, erzählt. Das wären ganz feine Leute«, wendet sie sich an mich. Sie betont dabei das ›von‹ und ›fein‹ und sieht mich an, als wäre ich ein Filmstar, der sich in ihre Wohnstube verirrt hat. Ich beiße herzhaft von meinem Brot ab. Messer und Gabel würden mir hierbei die Lust schmälern. Die Mettwurst schmeckt göttlich. Sie ist in der Mitte noch ganz frisch und außen gut geräuchert.

»Ja, das sind sie«, stimme ich ihr mit vollem Mund zu.

Sie beobachtet mich eine Zeit lang und trinkt kleine Schlucke von ihrem Tee. Dann fragt sie mich unvermittelt streng: »Kümmern Sie sich um die Beerdigung?«

Die Frage kommt so unvermutet, dass ich mich verschlucke. »Wieso ich?«, krächze ich, als ich wieder Luft bekomme. »Sie hat doch eine Tochter.«

Frau Klemmer verstärkt ihr Doppelkinn, stellt ihre Tasse auf dem Tisch ab und sieht mich zweifelnd an. »Ich glaube nicht, dass die kommt. Sie hat Greta die ganzen Jahre über allein gelassen. Wenn ich nicht gewesen wäre, dann hätte sie niemand mehr besucht.« Ihr Gesicht verdüstert sich zusehends.

»Das war sehr nett von Ihnen«, lobt Tomke sie geistesgegenwärtig. »Das hätte nicht jede gemacht. Nach allem, was man so von dem alten Querkopf gehört hat. Das war sicher nicht immer einfach für Sie.«

Frieda Klemmers Miene hellt sich wieder auf, als hätte sich nur kurz eine kleine Wolke vor die Sonne geschoben. »Nein, das war nicht leicht, das können Sie glauben.«

Tomke nickt, als könnte sie alles verstehen. Das hat sie wirklich drauf. Vielleicht lernt man das, wenn man eine Frühstückspension führt.

»Ich war schon mit Edda befreundet. Janssens zweiter

Frau«, wendet Frieda sich nun direkt an Tomke. »Das war eine ganz Liebe. Die hat mir immer Geschichten vorgelesen. Abends. Da hat auch Janssen mal den Mund gehalten. Schade nur, dass sie so früh gestorben ist. Aber sie war wirklich zu dickleibig.« Frau Klemmer streicht sich gedankenverloren über ihre ausladenden Hüften.

»Sie hat sich nicht genug bewegt«, fügt sie wie zum eigenen Trost hinzu. »Ich habe für Edda die letzten Jahre eingekauft. Sie ist nicht mehr aus dem Haus gegangen. Und als sie ihm weggestorben ist, da konnte ich Janssen doch nicht allein lassen. Der konnte ja viel, aber kochen noch nicht. Da habe ich ihn versorgt. Der war nämlich wirklich blind. Nicht wie die Leute hier herumerzählen. Von wegen, dass er nur an die sichere Rente wollte. Spökenkiekerei und Neid. Da müssen Sie kein Wort von glauben.«

Ich lasse sie reden. Obwohl ich vor Ungeduld fast platze. Ich möchte was über Greta hören und vor allem über Johanna. Aber Frieda Klemmer scheint nicht oft jemandem ihre Geschichten erzählen zu können. Und Janssen könnte auch zu meiner gehören. Ob mir der Gedanke nun gefällt oder nicht.

»Janssen war kein schlechter Mensch. Er hatte viel Pech. Als junger Mann hat er Akkordeon gespielt und gesungen. Der war auf allen Dorffesten Hahn im Korb. Da kann ich mich noch gut dran erinnern. Er hat schnieke ausgesehen. Immer wie aus dem Ei gepellt. Er wäre ganz anders geworden, wenn Gisela, seine erste Ehefrau, ihn nicht verlassen hätte. Das war eine richtige Schönheit. Die war lebenslustig und hat gerne getanzt, wenn er auf der Bühne Musik gemacht hat. Er hat sie gelassen, obwohl er schon seinerzeit zur Eifersucht geneigt hat. Aber er hatte sie ja immer im Blick. Tja, und genau das ist das Problem. Das konnte er dann irgendwann nicht mehr. Seine Augen wurden immer schlechter. Das wollte er aber nicht wahrhaben und ist nicht zum Arzt gegangen. Den grünen Star hatte er, wenn Ihnen das was sagt. Das hätte gleich operiert werden müssen. Aber zu spät, er hat zu lange gewartet. Man gut, dass sie zu der Zeit auch die Küstenbahn stillgelegt haben. Sonst hätte er die bis zum Schluss gefahren. Er ist dann zu Hause geblieben und immer schwieriger geworden, und Gisela soll seine Eifersucht nicht mehr ertragen haben. Sie ist mit einem Holländer auf und davon. Die beiden Kinder hat sie mitgenommen. Janssen hat nie wieder ein Wort über sie gesprochen. Auch nicht über seine Kinder. Sogar ihre Fotos hat er verbrannt. Als hätte es sie nie gegeben. Richtig unheimlich. Dann hat er Edda geheiratet. Die hat einen Sohn mit in die Ehe gebracht. Sie war ja eine Kriegerwitwe. Edda war nicht so hübsch wie Gisela. Aber das hat er ja nicht mehr gesehen. Er konnte mit ihr über seine Bücher reden. Wissen Sie, er hat so Schinken von Goethe und Schiller gelesen, bevor er blind wurde, und die Bibel kannte er auch fast auswendig. Daraus hatte er immer einen Spruch parat. Wenn man ihn nicht kannte, konnte man glauben, er wäre ein Pastor.«

Frau Klemmer lächelt. Sie nimmt gedankenverloren ihre Tasse und merkt erst, als sie trinken will, dass sie längst leer ist. »Nach Eddas Tod hatte er nur noch Pech mit den Frauen. Für die Letzte vor Greta hat er seine ganzen Möbel verschenkt, weil die Madame ihre eigenen dort stehen haben wollte. Als sie nach einem Jahr wieder abgehauen ist, hat sie ihre Scharteken mitgenommen, versteht sich. Da stand Janssen mit einem ausgeräumten Haus da. Das hatte er nun davon.«

Frieda Klemmer reckt sich und sieht Tomke aufrührerisch an: »Die beste Zeit hatte Janssen noch mit mir. Ich meine, als ich ihn versorgt habe. Da ist er zur Ruhe gekommen. Er war so was von nett zu mir. Das war von Herzen, glauben Sie man.« Frau Klemmers Gesicht überzieht eine zarte Röte. »Aber als die erste Haushälterin kam, was man so Haushälterin nennt, war er wie umgewandelt. Da hat er mich behandelt, als wäre ich eine Doofe. Da wollte er am liebsten nichts mehr mit mir zu tun haben. Als wäre ich ihm peinlich. Das war gemein, nach allem, was ich für ihn getan habe.«

Ich rutsche auf meinem Sessel hin und her. Warum erzählt sie uns das? Wenn sie so sauer auf Janssen war, warum ist sie weiter dorthin gegangen?

Tomke nimmt mir die Frage ab: »Sie mochten Greta wohl sehr, nicht wahr?«

Frieda Klemmer horcht auf, als müsse sie darüber ernsthaft nachdenken. »Ja, sicher mochte ich Greta. Sonst hätte ich sie nicht mehr besucht«, antwortet sie ungewöhnlich barsch.

Ihre Wangen haben sich nun dunkelrot verfärbt. Ihre kleinen blauen Augen gehen fahrig hin und her. Irgendetwas stimmt nicht, aber ich habe keine Ahnung, was. Ich spüre nur deutlich, dass uns Frieda Klemmer nicht die ganze Wahrheit sagt.

»Wenn der Janssen so schwierig war, warum ist dann Greta bis zum Schluss bei ihm geblieben?«

Die Frage kann ich nicht zurückhalten. Frau Klemmer sieht mich überrascht an. Meine Gegenwart hatte sie anscheinend vergessen.

»Die hätte doch nicht gewusst, wohin. Als Janssen mit seinem Stiefsohn die Greta aus Hannover angeschleppt hat, war sie völlig abgemagert. Die sah aus wie eine streunende Hündin. Die wollte sich nur ausruhen, wenn Sie mich fragen. Dann kam Johanna auf Besuch von einer Tante. Das war an Pfingsten. Aber die blieb nicht nur über die Feiertage, die wollte sich hier einnisten. Das habe ich gleich gemerkt. Johanna hatte einen starken Willen. Da war Greta machtlos. Und Janssen hat für Johanna alles getan. Schulbücher gekauft und Klamotten, und sogar ein Zimmer im Dach ausgebaut.« Frau Klemmer schüttelt verächtlich den Kopf. »Als wäre er in sie verliebt. Der hat sich eingebildet, dass sie für immer bei ihm bleibt. Der alte Spinner. Der war so schlau und doch so dumm wie Brot.«

Jetzt brechen die Worte richtig böse aus ihr heraus, und mir wird unbehaglich. Ich habe das Verlangen, Johanna zu verteidigen.

»Das war ja nicht Johannas Schuld. Sie war ja noch ein Kind und hat nur ein Zuhause gesucht.«

»Ein Kind, das genau wusste, was es will! Die hat Janssen nach Strich und Faden ausgenutzt, wenn Sie mich fragen. Und was mit ihrer Mutter wird, war ihr auch egal. Greta ist doch nur wegen Johanna dort geblieben. Damit die Prinzessin zur Schule gehen kann. Die wollte sogar studieren und hatte die Nase schon ganz oben. Für Greta war das nicht leicht. Das Opfer hat Johanna ihrer Mutter nie gedankt. Sie war eine Zigeunerin und hat hier alle nur ausgenutzt. Auch mich.«

Sie hat sich so in Rage geredet, dass sie sich durch einen Hustenanfall unterbrechen muss. Tomke wirft mir einen beruhigenden Blick zu, und ich halte meinen Mund.

»Sie hat ihre Freundin Dieta bei mir versteckt«, schimpft sie weiter. »Dieta hatte bei Pflanzen-Brunsen in der Gärtnerei gelernt. Aber sie muss sich irgendein dickes Ding geleistet haben. Sie haben sie rausgeworfen. Knall auf Fall. Mitten in der Lehre. Marlies hat nie drüber gesprochen. Das ist eine sehr feine Frau, müssen Sie wissen.

Dieta hat ein paar Wochen bei mir gewohnt, und dann ist sie angeblich zu ihren Eltern nach Papenburg gezogen. Die hat sich auch nicht bedankt. Aber der ging es schlecht, und die hat hier nur herumgesessen und geheult, deshalb nehme ich ihr das nicht übel. Johanna ist genau zu der Zeit verschwunden. Vielleicht sind die auch zusammen weg. Die haben ja immer unter einer Decke gesteckt. Also richtig, wenn Sie wissen, was ich meine. Janssen hätte sie ja von der Polizei suchen lassen können. Johanna war noch nicht volljährig. Aber das wollte er nicht. Er hat nur bei Dietas Eltern nachgefragt. Aber dort war sie nicht. Dieta auch nicht. Die hatte eine andere Lehrstelle gefunden. Da hat Janssen angefangen zu warten. Er hat geglaubt, Johanna kommt bald zurück. Freiwillig.

Da hatte er sich aber gewaltig geirrt. Das hätte ich ihm gleich sagen können. Seit Johanna verschwunden ist, hat er keinen Finger mehr im Haus gerührt. Der hat alles verwahrlosen lassen. Und Greta hat von da an nur dagesessen und so komische Schals gestrickt oder Liebesromane gelesen. Sie hat kaum noch mit mir gesprochen, aber kommen sollte ich. Das ging einem auf die Stimmung, das können Sie glauben. Aber ich bin hingegangen, bis vor drei Jahren. Da ist mein Jan gestorben.«

Jetzt blüht ihr Gesicht wieder auf, und ihre Augen fangen richtig an zu leuchten. »Jan war ein guter Mann. Der hat eine Lebensversicherung abgeschlossen. Seitdem bin ich viel unterwegs. Ich brauche ja für niemanden mehr zu sorgen. Entweder fahre ich zu meiner großen Tochter nach Upleward oder zu meiner Kleinen. Die hat studiert und lebt in Hamburg.«

›Studiert‹ und ›Hamburg‹ spricht sie genüsslich aus und lächelt zufrieden.

»Johanna ist verschwunden, seit sie 17 Jahre alt war?«, wage ich noch einmal eine Frage, weil ich es einfach nicht fassen kann.

»Ja, ist sie. Wohin, weiß keiner. Sozusagen spurlos. Das heißt, manchmal denke ich, dass Greta genau Bescheid wusste. Aber sie hat kein Wort gesagt, auch nicht zu mir. Dabei habe ich vor Greta keine Geheimnisse gehabt.«

Ihre Miene verdunkelt sich, und die Stimmung wird wieder zunehmend beklemmend. Jetzt reicht es. Ich muss hier raus. Ich sehe Tomke an, und spüre, dass sie mich versteht.

»Liebe Frau Klemmer, Sie haben uns wirklich sehr geholfen. Aber wir müssen dann weiter«, sagt sie freundlich und steht auf.

Frieda Klemmer sieht irritiert zu Tomke hoch. Unser Aufbruch kommt ihr sichtlich zu früh, und sie scheint nicht genau zu wissen, in welcher Weise sie uns geholfen hat. Ich ehrlich gesagt auch nicht. Das Chaos in meinem Kopf hat sich nur vergrößert.

Als sie mir ihre Hand zum Abschied reicht, fragt sie mich noch einmal: »Kümmern Sie sich nun um das Begräbnis?«

»Wenn Johanna wirklich nicht kommt, ja, dann werde ich das übernehmen.« Ich stelle verwundert fest, dass ich das ehrlich meine.

»Johanna wird nicht kommen«, antwortet sie im Brustton der Überzeugung und begleitet uns höflich wieder zur Tür.

Draußen an der frischen Luft atme ich tief durch. Irgendwie ist mir zum Heulen zumute und ich weiß nicht, warum.

»Ich fahre jetzt nach Pilsum«, höre ich Tomkes warme Stimme. »Willst du mit? Dann kommst du auf andere Gedanken.«

Bevor ich antworten kann, klingelt mein Handy.

»Strothe.«

KAPITEL 11

Krummhörn, Juni 1977

Greta hatte sich sicherheitshalber einen Wecker gestellt, aber sie wachte vor seinem Klingeln auf. Es war noch zu früh. Sie zwang sich zur Ruhe und blieb liegen.

Dann stand sie wie jeden Morgen auf. Zeitiger als gewöhnlich, das war der einzige Unterschied. Sie schmierte Janssen wie immer sein Brot mit Quark und Marmelade und brühte den Kaffee auf. Und wie jeden Morgen redete er ohne Punkt und Komma. Scheiß was auf seine viel gepriesene Intuition. Er merkte gar nichts, und er hatte auch die vergangenen Wochen über nichts gemerkt.

Greta hatte nach und nach Kleidung zu Alfred in die Gartenlaube versandt, sodass sie heute nur noch die Koffer für Johanna schleppen mussten. Die Heimlichkeiten hatten zusehends an ihren Nerven gezehrt. Janssen hatte Luchsohren und hörte normalerweise Flöhe husten. Ihr wurde manchmal schwindelig vor Angst, wenn sie sich vorstellte, er könnte es vorher rauskriegen. Aber Janssen hatte nichts bemerkt. Das verbuchte Greta für sich als Etappensieg.

Vor Diskussionen mit Johanna graute es Greta nicht weniger. Deshalb hatte sie auch ihr gegenüber geschwiegen. Bis gestern. Ihre Tochter hatte sich verändert. Ihr war nicht mehr zu trauen. Sie hatte nur noch ihre Zukunftsfantastereien und Dieta im Kopf. Greta war klar: Johanna würde nicht kampflos von hier weggehen. Sie hatte so viel Energie. Und so viele Pläne. Aber die konnte sie auch in Hannover verwirklichen, beruhigte Greta ihr aufkeimendes schlechtes Gewissen. Immerhin wurde sie im nächsten Jahr schon 17. Und sie hatte in diesem Sommer einen guten Schulabschluss gemacht. Mittlere Reife. Davon hatte sie selbst nur träumen können. Damit würde Johanna einen Ausbildungsplatz bekommen. Möglichst einen mit Zimmer zum Wohnen. Vielleicht in einem Krankenhaus. Greta wollte die von Odenwalds um Hilfe bitten. Zu dritt war es in Alfreds Gartenlaube zu eng. Bei diesen Zukunftsvisionen verdrängte Greta gekonnt, dass es dort auch zu zweit nicht auszuhalten sein würde. Nicht auf Dauer. Aber von ihrem jetzigen Standpunkt aus betrachtet, erschien ihr die kleine Laube in Linden wie das Paradies. Diesen Traum wollte sie sich erhalten. Der hielt sie am Leben. Deshalb behielt sie ihn für sich.

Johanna würde ihr gnadenlos die Fakten aufzählen. Damit sie weich wurde und aufgab. Reiner Egoismus, dachte Greta. Dieta hatte ihr das Gehirn vernebelt. Was auch immer die beiden Mädchen verband, es war merkwürdig. Sie interessierten sich nicht für Männer und gingen nie auf ein Tanzvergnügen. Vielleicht war Johanna wirklich anders gestrickt. Das sollte es geben. Janssen schien das ganz recht zu sein. Dieta stellte für ihn keine Gefahr dar. Wenn er sich da mal nicht gewaltig irrte.

Und falls die beiden tatsächlich so was wie Liebe miteinander verband, dachte Greta stirnrunzelnd, dann würde die auch eine längere Trennung überstehen. Diese Argumente hätte Johanna alle vom Tisch gefegt. Sie hätte ihre Mutter massiv bearbeitet und die Zukunft in Hannover in den schwärzesten Farben ausgemalt. An Alfred hätte sie kein gutes Haar gelassen. Und Janssen wären womöglich Flügel gewachsen.

Greta hielt lieber den Mund. Geheimnisse konnte sie für sich behalten. Darin war sie gut. Sie hatte sich wie mit einem Tunnelblick auf diesen Tag vorbereitet. Keine Gefühle zugelassen und erst gestern Abend mit Johanna gesprochen. Kurz und bündig. Greta hatte vorher überlegt, ob sie nicht besser bis zum nächsten Morgen warten und Johanna bis kurz vor der Abfahrt im Ungewissen lassen sollte. Aber das Risiko, dass Johanna dann vielleicht nicht zu Hause gewesen wäre, war zu groß. Sie wurde erst in zwei Jahren volljährig. Sie musste mit. Sonst landete sie am Schluss doch noch im Heim, und ihr ganzer Einsatz wäre umsonst gewesen.

Johanna hatte wie erwartet ein Riesentheater veranstaltet. Aber dieses Mal hatte Greta sich durchgesetzt. Sie war fest geblieben. Sie hatte ihrer Tochter unmissverständlich klargemacht, dass sie von ihr Stillschweigen erwartete und dass sie mitkommen musste. Es würde keine weiteren Diskussionen geben. Johanna war blass geworden und hatte sie wie erwachend angeschaut. Als sähe sie ihre Mutter zum ersten Mal. Dann hatte sie langsam genickt und versprochen, zu schweigen. Aber sie wollte sich von Dieta verabschieden. Greta ließ sie gehen.

Sollte sie es Dieta erzählen, wenn sie nur Janssen

gegenüber den Mund hielt. Ihm wollte Greta nicht länger gegenüberstehen als den Augenblick, in dem sie es ihm sagen musste. Ihm konnte sie nicht so viel Energie entgegensetzen. Nicht eine ganze Nacht lang. Das wusste sie.

Dabei liebte sie ihn nicht einmal. Aber er tat ihr leid, und über das Jahr hatte sie sich auch bis zu einem gewissen Maß an den alten Miesepeter gewöhnt. Das war ein weiches Pflaster. Da konnte man leicht drin versinken. Aber sie wollte weg hier. Sie brauchte endlich wieder Luft zum Atmen.

Janssen aß wie jeden Morgen sein Marmeladenbrot. Mit dem vollen Vertrauen, dass es für ihn immer so weitergehen würde. Für ihn war Greta ein fester Bestandteil seines Lebens geworden. Aber das war sie nicht. Und das war seine eigene Schuld. Warum sperrte er sie mit seinem Misstrauen gegen jedermann ein? Warum konnte er nicht einmal ein Lachen erwidern, ohne über seinen Grund nachzudenken? Jede Leichtigkeit zerstörte er mit seinem Verfolgungswahn und seinen düsteren Prophezeiungen. Sein Argwohn, hinter jedem Verhalten eine böse Absicht zu wittern, war unerträglich. Das machte alles tot und dunkel und legte einen regelrechten Bannkreis um das Janssenhaus.

Johanna kam erst gegen Morgen wieder zurück. Aber sie hatte Wort gehalten und Janssen gegenüber geschwiegen.

Greta nippte an ihrem Kaffee, als ihre Tochter blass und übermüdet aus ihrer Kammer kam. Sie blieb unschlüssig am Schrank stehen und starrte ihre Mutter an. Als könnte sie Greta mit ihrer Willenskraft zwingen, ihre Meinung zu ändern. Greta drehte ihrer Tochter den Rücken zu und stellte sich an das Küchenfenster. Wann kam er endlich? Die Warterei machte sie mürbe und war kaum auszuhalten. Aber im gleichen Maße, in dem sie sich danach sehnte, graute ihr davor. Sie hätte heimlich verschwinden sollen. Ohne Abschied. Sie hätte Frieda einen Brief zustecken sollen und gut. Aber dafür war es jetzt zu spät. Sie musste das hier durchstehen.

Greta begann, planlos das Geschirr zusammen-zuräumen, als es an der Tür klingelte. Das Geräusch fuhr ihr durch die Knochen, als wäre es mitten in der Nacht und ein Besucher mehr als unwahrscheinlich. Nach dem Schreck kam der Ärger. Warum klingelte er? Sie hatte mit Alfred verabredet, dass er an der Straße auf sie warten sollte. Aber den Mann im Hintergrund zu spielen, war nicht Alfreds Absicht. Er hatte sich in Schale geworfen und trug einen Anzug. Er strahlte sie unternehmungslustig an, als wollte er sie nur zu einer netten Spritztour abholen. Alfred fühlte sich als großer Retter. Man sah ihm an, dass ihm diese Rolle sehr gefiel. Er hatte es nicht verwunden, dass Greta fortgegangen war. Damit hatte er nicht gerechnet. Vor allem nicht, dass es Greta so lange bei diesem Blinden aushalten würde. Einem Krüppel. Das hatte ihn beleidigt.

Greta verbot Alfred mit einer fahrigen Handbe-wegung den Mund, und er gehorchte widerwillig. Er wollte diesen wundervollen Tag nicht verderben.

Johanna schnappte sich ihren Koffer und rauschte

grußlos an ihm vorbei nach draußen. Alfred folgte ihr. Er betrachtete Johannas weibliche Hüften und dachte, sie sollte heiraten und ihrer Mutter nicht mehr länger zur Last fallen.

Janssen stand am Küchenschrank und zog heftig an seiner Pfeife. Die blinden Augen gingen unruhig hin und her. Seine Ohren waren wie bei einem lauschenden Tier aufgestellt. Er spürte die Gefahr und versuchte verzweifelt, die Situation zu verstehen.

Greta widerstand der Versuchung, einfach abzuhauen, ihn einfach so, ohne Erklärung zurückzulassen. Sie blieb in der Küchentür stehen. Warum fühlte sie sich so beschissen? Das war nicht angebracht. Sie gehörte ihm nicht. Er liebte sie noch nicht einmal. Er brauchte sie nur, um seine Unabhängigkeit zu behalten. Sollte er sich dafür eine andere suchen. Vielleicht gab es eine, die das Leben hier bei ihm aushielt.

Greta streckte ihre schmale Gestalt und sagte mit einer metallisch klingenden Stimme: »Enno, ich gehe wieder zurück nach Hannover. Wir fahren jetzt. Ich habe Frieda Bescheid gegeben. Sie kommt gleich vorbei. In Leer habe ich auch angerufen. Jens kümmert sich um dich.«

Ich habe für alles gesorgt, dachte Greta. Ich brauche kein schlechtes Gewissen zu haben. Er könnte mir im Grunde alles Gute wünschen. Aber den Gefallen tat er ihr nicht. Janssen nahm seine Pfeife aus dem Mund, und begann zu weinen. Das war kein leises, verhaltenes Schluchzen. Es war laut und hemmungslos. Wie das Heulen eines Wolfes. Der Ton ging einem durch Mark und Bein. Greta griff hektisch nach ihrer Jacke und beeilte sich, aus dem Haus zu kommen. Sein verzweifeltes Klagen verfolgte sie noch bis in das Auto.

Alfred spuckte verächtlich aus: »Hör dir das mal an! Wie hast du das nur so lange bei ihm ausgehalten? Der ist doch nicht ganz dicht. Der gehört in eine Anstalt.«

Greta antwortete nicht, und er gab Gas. Weg hier, konnte Greta nur denken. Bloß weg hier und alles vergessen. Sie würde das schaffen. Spätestens, wenn sie in der Laube waren und ein paar Schnäpse getrunken hatten. Dann würde sie die Last abschütteln können. All die depressiven Gedanken, die Janssen ihr Tag für Tag aufgelastet hatte. Dann konnte sie wieder leben.

Damit hatte Johanna nicht gerechnet. Ihre Mutter hatte einen Plan und ihn schon länger zielstrebig verfolgt. Sie hatte unbemerkt Kisten gepackt und zur Poststelle geschleppt, wenn Johanna in der Schule war. Sie wollte zurück nach Hannover. Dieses Mal schien ihre Mutter wild entschlossen zu sein. Diesen festen Willen erkannte Johanna sofort. Deshalb hatte sie nur genickt und war aus dem Haus gerannt. Sie musste zu Dieta. Mit ihr reden. Und sie brauchte eine Idee. Und zwar schnell. Vielleicht konnte sie bei Marlies Brunsen unterkommen? Mit Sicherheit. Marlies hatte ihnen längst das Du angeboten. Sie liebte die beiden Mädchen geradezu. Und Dieta würde nach den Sommerferien bei ihr eine Lehre als Gärtnerin beginnen. Sie könnten zusammenbleiben. Aber dann müsste sie ihre Mutter allein nach Hannover ziehen lassen. Wie es für sie dort ausgehen würde, war Johanna klar. Keine Wohnung und kein Geld. Es blieb nur Alfreds Laube. Johanna schüttelte sich bei dem Gedanken. Alfred war ein Arschloch und ein Säufer vor dem Herrn. Und launisch. Heute so und morgen so. Auf den konnte sich ihre Mutter nicht verlassen. Einmal kurz den Ritter spielen und sie von hier wegholen. Ja, das war genau nach seinem Geschmack. Aber das war nur heiße Luft und schnell verbraucht. Dabei hatte ihre Mutter gerade aufgehört, so viel Schnaps zu trinken. Sie war ihr auch zufriedener vorgekommen. Wie hatte sie sich so irren können? Johanna biss sich so heftig auf ihre Unterlippe, dass sie blutete. Sie hatte die Kontrolle verloren. Das war unverzeihlich. Sie konnte ihre Mutter jetzt nicht einfach allein wegfahren lassen. Die hatte zwar geschafft, ihre Fluchtpläne geheim zu halten, aber deshalb verwandelte sich Greta nicht von einem Tag zum anderen in eine tatkräftige, realistisch denkende Person. Sie hatte immer viel geträumt. Und nun träumte sie vielleicht davon, dass die von Odenwalds sie wieder einstellten. Nicht unter diesen Umständen. Erstens hatten sie sicher längst eine andere Haushälterin. Die würden sie nicht einfach vor die Tür setzen. Das passte nicht zu ihnen. Zweitens wäre ihnen klar: Solange ihre Mutter mit Alfred zusammen war, bestand die Gefahr, dass er dort auch auftauchte, wenn sie auf Reisen waren. Sich bei ihnen einnistete und den Hausherrn raushängen ließ. Dem war alles zuzutrauen. Was wollte ihre Mutter nur von so einem Mann? Gerettet werden? Lächerlich. Dafür musste man schon selbst sorgen. Noch ein paar Jahre, und sie würden allein leben können. Sie, ihre Mutter und Dieta.

Sie kam zu der Entscheidung, dass sie erst einmal mit nach Hannover fahren musste. Sie hatte keine andere Wahl. Johanna verabschiedete sich von Dieta. Nicht für immer, das versprach sie ihr. Aber sie konnte ihre Mutter nicht im Stich lassen. Das verstand ihre Freundin. Zum Abschied schenkte sie Johanna eine Dose mit Keksen. »Das sind ganz besondere«, erklärte ihr Dieta. »Die habe ich zusammen mit Marlies gebacken, und eigentlich wollten wir die am nächsten Samstag zu dritt probieren. Aber nun brauchst du sie. Wenn du es nicht aushältst, dann musst du einen davon essen. Marlies sagt, das macht die Gedanken wunderbar klar, und man ist nicht mehr traurig. Aber immer nur einen! Sonst geht das nach hinten los.«

Greta und Johanna hatten die ganze Fahrt über geschwiegen. Das war Alfred gar nicht aufgefallen. Er hatte umso mehr geredet. Über Renovierungsarbeiten in seiner dämlichen Laube und irgendwelche Jobs, die er jederzeit wieder bekommen könnte. Er bräuchte nur mit dem Finger zu schnippen. Auch für Greta könnte er da etwas organisieren. Johanna glaubte ihm kein Wort. Er hatte noch nie eine Arbeit länger als drei Tage durchgehalten, und seine sogenannten guten Kontakte existierten nur in seinem versoffenen Hirn. Zwischendurch erging er sich in Lobeshymnen über seinen uneigennützigen Einsatz als Fluchthelfer. Und was es für ein Aufwand gewesen wäre, einen Tag freizuschaufeln und ein Auto zu beschaffen. Johanna hätte kotzen können.

Als das Ortsschild von Hannover auftauchte, verspürte Johanna ein warmes Kribbeln im Bauch. Alfred fuhr mit ihnen durch die Fössestraße und die Nieschlagstraße. Ihre alte Heimat. Johanna klebte an der Fensterscheibe. Hier hatte sie gelebt. Nach diesen Häusern, den Läden, dem bunten geschäftigen Treiben, hatte sie schmerzhafte Sehnsucht gehabt.

Aber nun hatte sie das Gefühl, dass vor ihr ein Film abgespult wurde. Einen, den sie kannte und der sie beim ersten Sehen tief berührt hatte. In der Wiederholung konnte er jedoch diese starken Emotionen nicht noch einmal wachrufen, so sehr sie ihnen auch nachzugehen versuchte. Hannover-Linden war anders, als sie es in ihrer Erinnerung gespeichert hatte. Es war für sie Vergangenheit. Johanna wurde schlagartig klar, dass sie hier nicht mehr leben konnte. Sie hatte sich, ohne sich dessen bewusst zu sein, an die Weite und Stille der Küstenlandschaft gewöhnt.

Alfred parkte den Wagen an einem schmalen Weg, der in die Laubenkolonie ›Bergfrieden‹ führte. Es war Juni, und in den akribisch gepflegten Parzellen blühte und grünte es. Überall standen leuchtend bunte Gartenzwerge in den Rabatten. Viele der Miniterrassen waren von böse grinsenden Holzfiguren umsäumt. Eine eigene, kleine Welt. Alfreds Idylle.

In dem winzigen Wohnraum seiner Laube fanden sie kaum Platz, um ihre Koffer abzustellen. Das machte überdeutlich: Zu dritt konnten sie hier niemals leben.

Greta sah blass aus, aber sie nickte ihrer Tochter aufmunternd zu. Das war typisch für ihre Mutter. Ganz offensichtliche Tatsachen einfach zu übersehen. Wie sollte das für sie weitergehen? Johanna dachte mit Widerwillen an die kommende Nacht. Wo sollte sie überhaupt schlafen? Sie hatte wirklich keine Lust mitzubekommen, wenn Alfred mit Greta Wiedersehen feierte. Allein der Gedanke ekelte sie schon an. Vielleicht konnte sie die Altmanns in Celle besuchen? Aber sie hatte in den letzten zwei Jahren nichts von ihnen gehört. Vielleicht war Onkel Gerd schon wieder in die nächste Stadt versetzt worden.

Johanna ließ sich auf das Sofa fallen. Sie setzte ihre ganze Hoffnung auf Janssen. Der würde sich das nicht einfach so bieten lassen. Niemals. Er würde Himmel und Hölle in Bewegung setzen. Wahrscheinlich hatte er sich längst von Frieda zur Telefonzelle führen lassen und mit der Tante vom Jugendamt in Emden gesprochen. Janssen hatte ein gutes Gedächtnis und hatte sich sicher auch Alfreds Nachnamen gemerkt. Anfangs hatte Greta ihm noch viel aus ihrer Vergangenheit erzählt. Die vom Jugendamt Hannover würden sie dann schon finden. Und die würden schön dumm gucken, wenn sie die beengten Verhältnisse hier inspizierten. Denen könnte Alfred mit seinem Goldzahnlächeln nichts vormachen. Das hatte nur Janssen drauf, weil er wenigstens Verstand besaß. Nein, ihr Gastspiel in Alfreds Laube würde nicht lange dauern. Ihre Mutter würde das einsehen und wieder zurückkehren. Ihr zuliebe.

Aber auch in diesem Punkt hatte sich Johanna geirrt. Ihre Mutter hatte das Wohnproblem sehr wohl bedacht und auch dafür schon einen Plan. Sie lehnte den Begrüßungsschnaps ab. Sie wollte die von Odenwalds aufsuchen. Sie sollten ihr helfen, Johanna in einem Krankenhaus als Schwesternschülerin unterzubringen. Dann hätte sie eine gute Ausbildung und ein Zimmer dazu. Alfred strahlte. Das war ihm nur recht, denn mit Johanna würde er auf keinen grünen Zweig kommen. Das Mädchen war einfach zu kompliziert.

Johanna sah ihrer Mutter fassungslos hinterher, die sanft die Tür der Laube hinter sich geschlossen hatte. Die spann doch völlig! Was sollte sie in einem Krankenhaus? Krankenschwester werden? Das war wirklich das Letzte, was Johanna wollte, und sie schüttelte sich bei der Vorstellung, kranke Menschen berühren zu müssen. Sie bekam zum ersten Mal Angst. Hatte ihre Mutter vielleicht schon vorgesorgt und zu den von Odenwalds Kontakt aufgenommen? Stand bereits alles fest? Dann konnte auch Janssen nichts mehr ausrichten.

Johanna musste handeln, und zwar schnell. Sonst würde sie in einem Krankenhaus landen und ihre Mutter mit Alfred allein lassen müssen. Und Dieta würde sie ewig lange nicht wiedersehen. Das durfte sie nicht zulassen. Alfred würde ihre Mutter innerhalb kürzester Zeit zerstören. Mit ihm hatte sie keine Zukunft. Sie musste ihrer Mutter und sich selbst helfen.

Alfred war in bester Stimmung. Johanna würde er bald los sein und ein paar schöne Tage mit Greta verbringen. Viel weiter hatte er nie gedacht. Er stellte eine

Flasche von seinem billigen Wermutwein und zwei Gläser auf den Tisch.

»Na, noch immer Püppchen-rühr-mich-nicht-an und niemals Alkohol?« Er zwinkerte ihr vertraulich zu.

Johanna hätte ihm am liebsten ins Gesicht gespuckt, aber das war ihre Chance. Vielleicht ihre letzte. Sie riss sich zusammen und lächelte ihn kokett an: »Nein, die Zeiten haben sich geändert, und ich mich auch. Außerdem gibt es heute etwas zu feiern.«

Sie schnappte sich eines der Gläser und hielt es ihm auffordernd entgegen. Alfred nickte anerkennend und füllte die Gläser. Er setzte sich zu ihr auf das kleine Sofa und umfasste ihre Schultern: »Auf die Zukunft!«

Johanna stieß gegen sein Glas. »Auf die Zukunft! Ich bin dir sehr dankbar, dass du uns von dort weggeholt hast. Das hätte nicht jeder gemacht.«

Alfred schmolz unter ihren Worten regelrecht dahin. Für Lobhudelei war er mehr als empfänglich. Das war seine schwächste Stelle. Das wusste Johanna, und der wollte sie ordentlich Zucker geben.

Alfred drückte sie fester an sich. Das Mädchen war doch tatsächlich vernünftig geworden. Er hatte sie als wahre Hexe in Erinnerung, die einem jeden Spaß verderben konnte und ständig auf ihre Mutter aufpasste.

Johanna nahm einen kleinen Schluck und beobachtete ihn zufrieden. Das war ein guter Zeitpunkt, jetzt würde er ihr aus der Hand fressen.

»Ich habe gebacken, Alfred. Ich weiß doch, dass du ein Süßer bist.«

Er lachte geschmeichelt, und ehe Johanna ihm ausweichen konnte, drückte er ihr einen weinfeuchten Kuss auf die Wange. Sie zwang sich, ihn nicht ins Gesicht zu schlagen und löste sich sanft aus seiner Umarmung.

»Warte. Ich hole die Dose.«

Alfred ließ sie los und sah ihr gerührt hinterher.

»Dass du für mich gebacken hast. Das hätte ich dir nicht zugetraut. Los, komm wieder her.«

Er breitete auffordernd seine Arme aus. Sie schüttelte spitzbübisch lächelnd den Kopf.

»Nee, erst musst du mir sagen, ob dir meine Kekse schmecken.«

Sie stellte die geöffnete Dose auf den Tisch. Er lachte und schob sich den ersten Keks in den Mund.

»Lecker«, lobte er kauend. »Nun komm. Ich trinke nicht gerne allein.«

»Ich komme gleich«, versprach Johanna. »Bin nur kurz für kleine Mädchen.«

Sie warf ihm eine Kusshand zu und verschwand nach draußen. Hinter der Laube befand sich ein Plumpsklo. Aber sie musste nicht auf Toilette. Sie brauchte nur einen Augenblick frische Luft. Und sie hoffte inständig, dass diese Kekse Alfred umhauen würden. Immerhin hatte Dieta sie eingehend vor deren übermäßigem Genuss gewarnt. Marlies hatte ein geschicktes Händchen mit Gewürzmischungen und alkoholischen Getränken, also würden auch diese Kekse nicht ohne sein.

Wenn Alfred außer Gefecht gesetzt wäre, würde sie ihn irgendwie ausziehen und ihrer Mutter ein Schauermärchen auftischen. In dem Punkt reagierte ihre Mutter empfindlich. Da konnte Johanna sich auf sie verlassen. Sie würde danach keine Minute länger mit Alfred zusammenbleiben.

Johanna ließ sich Zeit. Als sie wieder in die Laube kam, hatte Alfred die Dose fast leer gefuttert und mit reichlich Wein nachgespült. Aber anstatt halb im Koma zu liegen, saß er noch immer quietschvergnügt auf dem Sofa. Er betrachtete Johanna mit einem treuen Hundeblick und stand auf. Ohne zu schwanken, stellte Johanna mit Entsetzen fest.

Er kam auf sie zu und umspannte mit beiden Händen ihre Taille. »Du bist ein ganz tolles Mädchen!«, posaunte er so laut, als müsse es die gesamte Laubenkolonie erfahren. »Möchtest du tanzen?«

Bevor sie Nein schreien konnte, ließ er sie abrupt los und starrte nach draußen. Johanna folgte seinem Blick, konnte aber nichts entdecken, was Alfred so in seinen Bann zog. Als er sich ihr wieder zuwendete, hatten seine Augen einen fremden, stierenden Ausdruck angenommen. Johanna bekam eine Gänsehaut. Instinktiv suchte sie die Umgebung nach einem Gegenstand ab, mit dem sie sich wehren könnte. Doch Alfred verkündete nur feierlich: »Ich gehe zu den von Odenwalds. Ich muss Greta unterstützen. Das bin ich ihr schuldig.«

Dann griff er nach seinem Hut, setzte ihn sich schief auf den Kopf und machte sich auf den Weg.

Johanna sah ihm stirnrunzelnd hinterher. Die Wirkung der Kekse hatte sie sich anders vorgestellt. Alfred schien nur tierisch besoffen zu sein. Immerhin wollte er zu den von Odenwalds. Vielleicht traf er dort ihre Mutter wirklich noch an. Und von Odenwalds konnten gleich live miterleben, wen Greta da im Schlepptau hatte. Auf jeden Fall würde ihre Mutter stinksauer auf ihn sein.

Als Greta in die Laube zurückkehrte, war sie nicht wütend, sie war enttäuscht. Sie hatte die von Odenwalds nicht angetroffen. Anscheinend waren sie gerade auf einer ihrer Reisen. Sie hatte es also doch nicht vorbereitet, dachte Johanna erleichtert. Ihre Mutter fragte nach Alfred, und Johanna log, dass er noch kurz jemanden besuchen wollte. Vorher hätte er ganz schön gebechert.

Es wurde später und später, es begann dunkel zu werden, aber von Alfred fehlte jede Spur. Irgendwann waren sie so müde, dass sie sich hinlegten. Sie verbrachten eine unruhige Nacht. Greta schreckte bei jedem Geräusch hoch und verstand nicht, warum Alfred sich einfach aus dem Staub gemacht hatte. Johanna grübelte sich den Kopf heiß nach einem Ausweg. Einem, der sie und ihre Mutter wieder zurück ins Janssenhaus bringen würde.

Am nächsten Morgen hörten sie jemanden in der Küche herumpoltern. Greta fuhr hoch und rannte im Nachthemd los, um nachzusehen. Mittlerweile hatte sie genug Wut angesammelt, um Alfred eine gehörige Standpauke zu halten. Aber es war nicht Alfred. Ein fremder Mann war gerade dabei, Weinflaschen aus dem Regalschrank in seine Tasche zu packen. Er schrak zusammen, als stünde der Leibhaftige hinter ihm. Er hatte offensichtlich mit niemandem in der Laube gerechnet. Der auf frischer Tat Ertappte stellte sich hastig als Alfreds Kumpel vor. Als sein bester Kumpel, wie er betonte. Dann erzählte er Greta und Johanna eine haarsträubende Geschichte.

Alfred hätte sich gestern mitten auf die verkehrsreiche Kreuzung am Schwarzen Bären gestellt und Verkehrspolizist gespielt. Die Autofahrer hatten empört gehupt, weil Alfred ein heilloses Chaos angezettelt hätte. Der Apotheker hätte die Polizei benachrichtigt. Bevor die kam, wäre Alfred dann völlig ausgeflippt. Zeugen hätten schockiert berichtet, dass er sich seine Hände wie Hörner an die Stirn gehalten und frontal gegen ein Auto gelaufen wäre. Das hätte er nicht überlebt, sein bester Kumpel.

KAPITEL 12

Krummhörn, 2009

Ich wäre liebend gerne mit zum Pilsumer Leuchtturm gefahren. Tomke und ich hätten einen ausgedehnten Spaziergang am Deich gemacht. Der sanfte Sommerwind und die Weite des Meeres hätten mir gutgetan. Vielleicht sogar meine wild kreiselnden Gedanken zur Ruhe gebracht. Papa liebt das Meer. Überall. Er sagt, es umarme alle Länder. Ach Papa, ich sitze ganz schön im Schlamassel. Nur, weil ich nicht abwarten wollte. Nicht abwarten konnte. Wie ein Vulkan, der, einmal ausgebrochen, nicht mehr zu stoppen ist. Ich wäre gerne geduldiger. Aber wie wird man das?

Jetzt will Strothe auch noch meine Fingerabdrücke! Reine Routine, hat er am Telefon betont und mit einem Anflug von Charme durchblicken lassen, dass er auf der Dienststelle wäre und das persönlich übernehme. Als ob das ein Trost wäre. Nicht in dieser Situation.

Tomke wollte mich natürlich sofort chauffieren, aber da hielt ein Bus Richtung Pewsum, und ich habe sie weggeschickt. Sie soll in Ruhe zu ihrem Turm fahren, schließlich hat sie dort einen Termin. Und die scheinen gut gebucht zu sein. Das will ich ihr nicht vermasseln. Sie wird mich nachher abholen. Das habe ich ihr versprechen müssen.

Ich bin der einzige Fahrgast. Wahrscheinlich ist die

Linie vorrangig für Schulkinder eingerichtet, aber die haben Ferien. Die leeren Sitzreihen kommen mir endlos vor und erinnern mich an irgendeine Filmszene. Der Busfahrer sucht immer wieder Blickkontakt zu mir im Innenspiegel. Er ist ungefähr mein Jahrgang. Ich sehe weg und starre aus dem Fenster. Ein Flirt ist das Letzte, was ich jetzt gebrauchen kann. Ungefragt schiebt sich Strothes Lächeln vor mein geistiges Auge. Nein, auch du nicht, denke ich entschlossen. Du schon gar nicht.

Fingerabdrücke. Ich habe Tomke gefragt, ob man an ihnen erkennen könnte, wer mit wem verwandt ist. Sie hat entschieden den Kopf geschüttelt.

»Nee, darüber mach dir man keine Gedanken. Da bin ich mir sicher. Um einen Verwandtschaftsgrad festzustellen, müssen sie speicheln. Aber dafür brauchen sie handfeste Gründe.«

Ich habe ihr ansehnliches Fachwissen nicht einen Augenblick in Frage gestellt. Sie hat es so überzeugend rübergebracht. Ihre Selbstsicherheit tut einfach gut. Neben ihr habe ich das Gefühl, dass alles halb so schlimm ist. Ein Lächeln huscht über mein Gesicht. Sie hat mir noch Ratschläge mit auf den Weg gegeben. Wie eine Mutter. Ich soll auf jeden Fall bei meiner gestrigen Version der Aussage bleiben. Ich verbringe ein paar Tage Urlaub in der Krummhörn und betreibe nebenbei Recherche für eine Forschungsarbeit meines Vaters. Greta war die Haushälterin meiner Eltern. Ich wollte Grüße übermitteln. Basta. Alles andere würde jetzt die Geschichte nur noch unnötig verkomplizieren und Strothe samt Kollegen hellhörig machen. Bislang wäre für die hier alles wenig aufregend. Deshalb würde der Fall sicher bald zu den Akten gelegt und die Untersuchungskommission nach Hause geschickt. Ihr Wort in Gottes Ohr.

Aber ich verstehe nicht, warum sie die Fingerabdrücke nicht gleich gestern abgenommen haben. Gibt es neue Erkenntnisse? Und wenn schon, reg dich nicht auf, Emma! Du hast nichts zu verbergen. Aber vielleicht meine Eltern? Ich muss sie heute Abend unbedingt noch einmal anrufen. Sie müssen mir die ganze Geschichte erzählen. Die volle Wahrheit. Überraschungen kann ich jetzt nicht mehr gebrauchen.

Oder sie haben mir wirklich schon alles gesagt. Jedenfalls alles, was sie wissen. Denn ich bin überzeugt, dass mehr dahinterstecken muss. Sonst gäbe es keine Toten, und ich hätte heute Morgen nicht diesen unfreundlichen Zettel unter meiner Zimmertür gefunden. Ich muss irgendeine Lawine losgetreten haben. Tomke hätte jetzt sicher zustimmend genickt und gesagt: ›Ganz meine Worte.‹ Aber für reuevolle Einsichten ist es zu spät. Da ist etwas im Rollen, und einen Rückwärtsgang gibt es nicht. Das muss bis zum Ende ausgestanden werden.

Wo bleibt nur Johanna? Was ist sie für ein eigenwilliger Mensch? Wie kann man sich über drei Jahrzehnte nicht bei seiner Mutter blicken lassen? Ist sie immer so konsequent, so kalt gewesen oder erst geworden? Was muss geschehen, um diese Härte zu entwickeln? Vielleicht hat Johanna sich von ihrer Mutter verraten gefühlt? Im Stich gelassen? Was ist vor 31 Jahren in diesem kleinen, verwahrlosten Haus passiert? Ich habe Angst vor der Wahrheit, aber ohne sie kann ich nicht wieder zurück in mein Leben. Das erscheint mir nun aus der Ferne betrachtet wie das Paradies. Ruhig und überschaubar. Dieses Chaos hier habe ich nicht gebraucht. Oder doch?

Ein riesiges Plakat lenkt mich für einen Augenblick ab. Es umspannt fast die Ausmaße einer Weide. ›Milchlieferstop! Wir sind dabei!‹

Die zur Demonstration aufrufenden Worte erscheinen in der friedlichen Urlaubsidylle wie von einem anderen Stern.

Der Bus fährt durch das nächste Dorf, ohne einen weiteren Fahrgast aufzunehmen. Die Häuser sehen auch hier fast alle gleich aus. Roter Backstein. Schmale, hohe Fenster. Gepflegte Vorgärten. Überwiegend von Buchsbaumhecken und Sanddornbüschen umzäunt. Die Gebäude ähneln sich, als wären sie aus einem Guss. Nicht eins dabei, das an Janssens Haus oder das von Frieda Klemmer erinnert. Beides Außenseiter. Schwer einzuschätzen, wieso Frau Klemmer eine ist. Auf den ersten Blick wirkt sie ein wenig dumm. Aber sie ist es nicht. Ganz im Gegenteil. Sie hatte etwas Listiges. Vielleicht ist das diese sogenannte Bauernschläue? Und zwischendurch hatte sie sogar eine gewisse Bösartigkeit. Auf jeden Fall kleidet sie sich recht eigenwillig. Ihr Haus ist eine Villa Kunterbunt und genauso wenig einzuordnen wie seine Besitzerin. Sie scheint nicht viele Bekannte zu haben. Sonst hätte sie sich wohl nicht mit Greta angefreundet. Einer Fremden. Oder war Janssen der eigentliche Grund? Wollte sie zu ihm Kontakt behalten? Seit ihr Mann tot ist, hat sie sich kaum noch um die beiden gekümmert. Warum? Weil sie endlich genug Geld hatte, um zu verreisen? Die Frage war ihr unangenehm, das habe ich deutlich gemerkt. Kunststück. Immerhin hat sie Greta einfach im Stich gelassen. Und das nach all den Jahren. Komm, sei ehrlich, Emma! Du hättest dich auch nicht darum gerissen, im Janssenhaus regelmäßig Kaffee zu trinken. Du hast Mitleid mit Greta und bist parteiisch. Stimmt, aber Frieda Klemmer ist es ebenfalls. Wie sie von Janssen gesprochen hat, richtig verklärt. Vielleicht sind die beiden sich damals näher gekommen, als jemand wissen sollte. Vor allem nicht ihr Mann.

Die nächste Ortschaft ist schon Pewsum. Das ging viel zu schnell. Die Busfahrt hat gutgetan. Ich könnte noch lange so weiterfahren. Sicher werde ich gleich mit neuen Fragen bombardiert und muss mich wieder höllisch konzentrieren. Bleib cool, Emma! Du hast ihnen zwar nicht alles erzählt, aber du hast sie auch nicht belogen. Bis auf mein angebliches Interesse an der sozialen Veränderung des Dorflebens.

Mein Handy surrt. Sandra. Die hat wirklich ein Händchen dafür, in ungünstigen Augenblicken anzurufen. Okay. Ich kann sie nicht schon wieder wegdrücken.

»Na endlich!«, schimpft sie statt einer Begrüßung sofort los. »Du bist ja schwerer zu erreichen als der Papst. Also ehrlich, erst machst du mich völlig verrückt mit deiner Mordgeschichte und dann drückst du mich ständig weg.«

»Tut mir leid«, nuschele ich schuldbewusst. »Ich konnte die letzten Male echt nicht rangehen.«

Ich höre Sandra tief durchatmen. Meine lahme Entschuldigung bringt sie wahrscheinlich noch mehr auf die Palme.

»Tomke ist übrigens eine tolle Frau. Danke, dass du sie zu mir geschickt hast«, schicke ich besänftigend hinterher. Ich meine das ehrlich. Ich bin wirklich froh, dass Tomke hier ist und ich heute Abend nicht allein sein muss. Im Augenblick habe ich keine Angst. Die Sonne scheint, und ich bin unter Menschen. Aber wer weiß, wie ich mich fühle, wenn es dunkel wird. Nicht auszudenken, wie es mir heute Nacht auf meinem Zimmer gegangen wäre. Wahrscheinlich hätte ich bis zum Abwinken unten an der Theke gesessen und der verständnisvollen Rieke Lüders mein Herz ausgeschüttet.

»Na bitte. Habe ich doch gleich gesagt«, antwortet Sandra knapp, aber ihre Wut ist schon hörbar am Verrauchen. »Ich habe hier alles geregelt und eine Vertretung für die Boutique gefunden. Ich werde also heute noch losfahren. Allerdings kann es spät werden. Kannst du das in der Gastwirtschaft irgendwie regeln oder mir einen Schlüssel hinterlegen?«

»Ich wohne da nicht mehr. Ich bin zu Tomke gezogen«, gestehe ich.

»Das ging aber schnell mit euch«, stößt Sandra überrascht aus.

»Ja, das hat seine Gründe, und Tomke hat ein ganzes Haus gemietet. Ich gebe dir nachher die Adresse durch.«

Die Geschichte mit dem Zettel unter meiner Tür behalte ich lieber für mich. Sandra hat eine lange Autofahrt vor sich, und ich muss sie nicht unnötig aufregen.

»Was ist das für ein Geräusch im Hintergrund?«, will sie wissen.

»Ich sitze im Bus.«

»Ist was mit deinem Auto?«

»Nein, aber ich bin ein wenig neben der Spur, und Tomke meinte, es wäre besser, wenn ich nicht selbst fahre. Sie musste nach Pilsum, aber sie holt mich nachher ab.«

»Und wo musst du so dringend hin?«

»Zur Polizeidienststelle in Pewsum. Sie brauchen noch meine Fingerabdrücke. Zum Abgleich. Ist alles Routine«, füge ich beschwichtigend hinzu.

»Und dafür musst du ganz zur Dienststelle anreisen? Wieso haben sie das nicht vor Ort gemacht?«

»Tomke hat gesagt, die Zeiten mit dem blauen Stempelkissen wären vorbei. Das geht über eine Art Scanner und den haben sie nicht so einfach im Gepäck«, wiegele ich Sandras Einwand ab. Dabei hatte ich genau die gleichen Gedanken. Warum nicht gestern vor Ort und Stelle? Hat Strothe nur Rücksicht auf meinen Schock genommen, oder haben sie eine neue Spur? Die sollte mich nicht beunruhigen. Ich habe die beiden nicht umgebracht, und ich habe auch nichts damit zu tun.

»Sandra, ich muss aussteigen. Ich melde mich wieder wegen der Adresse.«

»Vergiss es nicht«, sagt sie streng.

Ich verspreche es ihr hoch und heilig.

Es ist heiß und mittlerweile fast windstill. Ich bleibe für einen Augenblick im Schatten einer Birke stehen. Nein, ich habe nichts mit dem Tod der beiden zu tun. Zumindest nicht aktiv. Aber einen Tag, nachdem ich bei Greta in der Küche gesessen und ihr versprochen habe, dass ich wiederkommen werde, war sie tot. Und Janssen auch. Von wegen nichts damit zu tun haben. Wenn ich in Hannover geblieben wäre, würden sie wahrscheinlich noch leben. Ich schaue hoch in das von Sonnenstrahlen flirrende Blätterdach und versuche den Gedanken zu verdrängen, dass eine dritte Person im Spiel sein muss. Eine dritte Person, von der ich inständig hoffe, dass es nicht die ist, an die ich denken muss.

Ein junger Mann mit Buggy und schlafendem Kleinkind geht vorbei. Ich frage ihn nach der Polizeidienststelle. Sie ist in unmittelbarer Nähe und liegt direkt an der Hauptstraße. Zum Glück, denn bei der Hitze ist es kein Vergnügen, länger über den aufgeheizten Asphalt zu latschen.

Die Dienststelle ist ein gemütlicher Backsteinbau. Die Wände sind von Efeuranken bewuchert. Nur die Fenster wurden akkurat ausgeschnitten. Vor dem Eingang steht ein Polizeiwagen. Es ist noch einer mit grüner Lackierung.

Ich drücke die wuchtige Tür auf und komme in eine angenehm kühle Diele. Sie hat nur ein Fenster, aber überall wuchern üppige Grünpflanzen. Das wirkt gemütlich, und wenn man nicht wüsste, wo man ist, äußerst einladend. Der Temperaturwechsel lässt mir den

Schweiß aus jeder Pore schießen. Ich bleibe stehen und fächele mir Luft zu. Vergeblich suche ich nach einem Spiegel. Ich kann mir gut vorstellen, wie ich aussehe. Rotfleckig mit zerlaufener Wimperntusche. Das hätte ich gerne gerichtet, bevor ich Strothe gegenübertrete. Egal. Ich werde ihn sowieso nicht wiedersehen. Hoffentlich. Ich klopfe an die erste Tür, und eine weibliche Stimme ruft: »Herein!«

Hinter einem vollgeladenen Schreibtisch blickt mir eine junge Frau mit frechen Rattenschwänzen und einem gewagt tief ausgeschnittenen Shirt entgegen. Niedlich, denke ich, und dummerweise sofort auch wieder an Strothe.

»Moin«, sagt die Hübsche liebenswürdig.

»Moin«, grüße ich reflexartig zurück. »Mein Name ist von Odenwald. Ich sollte hierherkommen, weil man meine Fingerabdrücke braucht.«

Ich höre verwundert meine hölzernen Worte. Das klingt fast wie ein Schuldeingeständnis. Quatsch. Alles Routine. Das ist für die hier völlig normal. Nun reiß dich mal zusammen!

Die Bezopfte betrachtet mich von oben bis unten. Da wird die Tür geöffnet, und mein Herz macht ein paar Stolpersprünge. Ich drehe mich um, und vor mir steht der dicke Polizist, der gestern meine Personalien aufgenommen hat. Mein Blick heftet sich, ohne dass ich es verhindern kann, wartend an den Türrahmen hinter ihm. Der gemütlich wirkende Beamte lächelt breit: »Moin, da kommt keiner mehr. Der Kollege ist unterwegs.«

Ertappt. Warum musste ich nur so einen langen Hals machen. Dummerweise werde ich rot. Hoffentlich kommentiert er das nicht auch noch.

»Lübbert Dierksen«, stellt er sich vor und reicht mir seine Hand mit festem Druck. »Aber wir kennen uns ja.«

Mit einem prüfenden Blick auf meine brennenden Wangen fügt er hinzu: »Ist bannig heiß heute.«

Ich nicke verlegen und wische mir mit einem Papiertaschentuch über die Stirn. Eine Technik des Schweißwegwischens, die ich normalerweise überhaupt nicht mag.

»Dann kommen Sie man mal mit!«, fordert er mich auf. Wie sich das anhört! ›Dann kommen Sie man mal mit‹ – als würden sich gleich hinter der idyllischen Diele die Gefängniszellen für mich öffnen.

Aber Polizist Dierksen führt mich nur in den nächsten Raum und nimmt ruckzuck und völlig farbfrei meine Fingerabdrücke. Nach getaner Arbeit setzt sich Dierksen hinter seinen Schreibtisch. Ich bleibe unsicher mitten im Zimmer stehen.

»Ich habe keine weiteren Fragen«, sagt er freundlich. Anscheinend erwartet er, dass ich wieder gehe. Na toll. Für diese fünf Minuten bin ich ein paar Dörfer weiter gefahren. Jetzt hänge ich hier fest, bis der nächste Bus kommt. Das dauert über eine Stunde, und Tomke ist mit ihrer Turmbesichtigung sicher noch nicht fertig. Und nun? Anscheinend steht mir die Frage ins Gesicht geschrieben.

»Wie kommen Sie denn zurück?«, fragt Dierksen.

»Eine Bekannte holt mich ab. Aber frühestens in einer Stunde«, betone ich meine missliche Lage und hoffe insgeheim auf das Angebot, mit dem netten grünen Dienstwagen kutschiert zu werden.

Aber Dierksen sagt: »Dann koche ich uns erst mal einen Tee.«

Die sind echt unglaublich, diese Ostfriesen. Bei dieser Hitze auch noch Tee. Als würde die Luftfeuchtigkeit nicht schon ohne Wasserdämpfe ausreichen. Doch ich nicke und lasse ihn gewähren. Besser hier bei ihm in dem schattigen Büro zu warten, als ziellos durch die Gegend zu laufen. Und Strothe scheint nicht vor Ort zu sein. Das beruhigt mich ebenso wie es mich enttäuscht.

Dierksen vollzieht schweigend und ohne unnötige Hektik das übliche Teeritual. Die Stille zwischen uns ist angenehm. Als ich die ersten Schlucke Tee trinke, stelle ich fest, die sind schon nicht dumm. Der Tee bekommt mir wirklich. Anscheinend heizt oder kühlt er nach Bedarf.

Die Seitentür des Zimmers wird schwungvoll geöffnet, und mein Pulsschlag beginnt sich sofort wieder zu beschleunigen. Aber es ist nur die junge Frau von nebenan.

»Lübbert, ich geh dann mal. Tschüss.«

»Bis dahin, Inken.«

Als sie die Tür geschlossen hat, rutscht mir die Frage heraus: »Sind Sie hier ganz allein?«

»Momentan ja. Normalerweise sind wir zu zweit. Doch der Kommissar aus Wittmund ist mit meinem Kollegen unterwegs. Da kam ein Anruf.«

Ein Anruf? Vielleicht von Johanna?

»Eine neue Spur?«, hake ich nach und hoffe, es klingt wie völlig harmloser Smalltalk, den man mit einem Dorfpolizisten beim Tee so pflegt.

Dierksen verzieht sein freundliches Gesicht, als hätte er in eine Zitrone gebissen. »Pah, Spur!« Er spuckt die Worte regelrecht aus. »Was soll das für eine sein?«

»Na ja, keine Ahnung! Glauben Sie denn nicht, dass die beiden umgebracht worden sind?«

Dierksen sieht mich jetzt direkt an. Lange. So lange, dass mir mulmig wird. Unter seinem Igelhaarschnitt arbeitet es sichtbar. Mist, Mist, Mist. Ich hätte den Mund halten sollen. Aber nach einer gefühlten Ewigkeit antwortet er ganz ruhig: »Nee, das glaube ich man nicht.«

Er holt tief Luft, stellt seine Teetasse behutsam auf den Schreibtisch ab und beginnt, seine These zu untermauern. »Janssens Greta ist gestürzt. Hat sie sicher nicht vorgehabt, aber ganz nüchtern war sie nicht mehr. Sie ist mit dem Kopf gegen die Schrankkante gefallen, und das hat sie nicht überlebt. Janssen wird sie gefunden haben. Irgendwann. Deshalb hatte er auch so viel Blut an den Händen. Musste sie ja erfühlen. Der war blind. Als er begriffen hat, dass Greta tot ist, hat er sich erhängt. Das ist man mehr als logisch. Der alte Janssen wusste, der Zug ist für ihn abgefahren. Der wäre ohne Greta im Heim gelandet und dann …«

Lübbert reibt nachdenklich an seinem Kinn, »dann kann das doch auch sein, dass der alte Janssen ohne Greta gar nicht weiterleben wollte, weil er sie geliebt hat. Eben auf seine Weise. Die beiden haben es fast ein halbes Menschenleben zusammen ausgehalten. So was geht nicht einfach so an einem vorbei. Sind Sie verheiratet?«

Immer die gleiche Scheißfrage, denke ich. Was ist daran so interessant, ob man verheiratet ist oder nicht? Als Nächstes muss ich auch noch beantworten, warum ich noch keinen Nachwuchs in die Welt gesetzt habe. Aber die Vorstellung, dass es zwischen Janssen und Greta so etwas wie Liebe gegeben haben könnte, macht alles weniger trostlos und mich ganz sanft.

»Nein«, antworte ich deshalb schlicht und einfach, ohne zickig zu klingen. Das sollte ich mir in Zukunft so angewöhnen.

Dierksen gibt noch eine Runde Tee aus und redet sich weiter den Frust über den ungebetenen Kollegen von der Seele: »Aber dieser Strothe fragt überhaupt nicht nach. Entscheidet alles allein. Dabei haben die doch ständig Seminare über Teamfähigkeit und so ein Tünkram. Der könnte sich eine Menge Arbeit sparen, wenn er auf uns hören würde. Und dem Staat eine Menge Geld.

Wir kennen hier die Menschen und können sie richtig einschätzen. Früher war für die Krummhörn wirklich nur ein Polizist zuständig. Früher ist gar nicht so lange her. Und das hat geklappt, will ich Ihnen mal sagen.

Der Polizist hatte ein Fahrrad und war in Greetsiel stationiert. Mehr war gar nicht nötig. Streitigkeiten haben die hier unter sich geregelt. Wenn einer aus der Reihe getanzt ist, kam der heilige Geist. Auf dem

Heimweg, sozusagen. Da hat derjenige ordentlich die Hucke vollgekriegt, und dann war es gut.«

Dierksen nimmt einen Schluck Tee, und sein Gesicht hellt sich bei der Erinnerung zusehends auf. »Einmal mussten ein paar Lümmel von der Jungbrut vors Gericht nach Emden. Die hatten sich mit strumpeldunen Kopf einen Spaß gemacht und von Hinners Lina, eine alte Keifhexe war das, den Hühnerstall geklaut. Den haben sie komplett hinter den Traktor gespannt und ein paar Dörfer weiter gezogen. Das hat eine saftige Geldstrafe gegeben. Die haben sie brav zusammengelegt und gezahlt. Und dann haben sie doch glatt den Richter gefragt, wie teuer es kommen würde, wenn sie den Stall bis nach Leer schaffen würden.«

Dierksen schlägt sich auf die Schenkel. Ich höre ihm nur mit halbem Ohr zu, aber ich fühle mich bei ihm wohl. Er strahlt so viel Zuversicht aus, dass alles seinen Gang geht. Und ich möchte ihm zu gerne glauben, dass Greta nur unglücklich gestürzt ist und Janssen sich aus Kummer darüber erhängt hat.

KAPITEL 13

Krummhörn, Herbst 1977

Greta fühlte sich in dem Krankenhaus wohl. Das Dreibettzimmer war hell und geräumig. Die Fenster angenehm hoch, sodass sie vom Bett aus den Himmel und die vorüberziehenden Wolken sehen konnte.

Sie wurde zum ersten Mal in ihrem Leben bedient und gefragt, ob sie noch etwas benötigte. Da schmeckte ihr sogar der Pfefferminztee, den sie zu Hause nie getrunken hätte. Die Schwestern waren alle freundlich. Nur einmal hatte Greta richtig Ärger mit ihnen, als sie beim Rauchen auf der kleinen Toilette erwischt wurde. Aber sie hatte den Schmacht nicht mehr ausgehalten, und der Weg über den Flur bis zum Balkon war für sie noch zu beschwerlich gewesen.

Mit den beiden Frauen, die mit ihr in dem Zimmer lagen, hatte sie auch großes Glück. Die waren in ihrem Alter und keine eingebildeten Puten. Sie hatten einen köstlichen Humor. Wenn sie ihre Witze zum Besten gaben, musste Greta ihre Narbe am Bauch zusammenhalten, damit es nicht zu wehtat. So viel gelacht hatte sie lange nicht mehr. Sie wünschte sich, selbst wenn ihr klar war, dass es ein unerfüllbarer Wunsch war, dass diese Zeit nie enden würde.

Johanna kam jeden zweiten Tag mit dem Bus und besuchte sie. Janssen blieb daheim. Er gab es nicht zu, aber er hatte Angst, ein Krankenhaus zu betreten. Er hatte die irrationale Vorstellung, dort von einer der schrecklichen Krankheiten überfallen zu werden und sie im Genick mit nach Hause zu schleppen. Außerdem erinnerte es ihn zu sehr an seine eigene Behinderung und Abhängigkeit. So wartete er nur voll Ungeduld und Sorge auf sie und schickte Johanna.

Das war Greta recht. Der Abstand zu ihm und dem Janssenhaus tat ihr gut. Solche Auszeiten könnte sie öfter gebrauchen. Eine ihrer Zimmernachbarinnen fuhr hinterher zu einer Erholungskur. Greta hatte man wegen des hohen Blutverlustes auch eine angeboten. Sie würde so gerne, aber das wollte sie Johanna nicht antun. Sie hatte den alten Griesgram ganz alleine am Hals und musste sich seine Litaneien anhören. Auch wenn Johanna stets betonte, dass es ihr nichts ausmache. Nein, noch drei Wochen Kur könnte sie ihr nicht zumuten.

Greta würde das schon schaffen. Sie hatte sich ihr Leben im Janssenhaus, so gut es ging, wieder eingerichtet. Das war ihr nicht leicht gefallen. Es war für sie eine große Überwindung gewesen, bei Janssen zu Kreuze zu kriechen. Nach dieser missglückten Flucht, die ein Neuanfang hatte werden sollen. Das ganze Dilemma hatte sie dem durchgedrehten Alfred zu verdanken. Sie war nicht mehr wütend auf ihn, schließlich war er tot. Aber sie konnte immer noch nicht verstehen, welcher Teufel ihn an jenem Tag geritten hat.

Sie hatte ihn kaum allein gelassen, da hatte er angefangen, sich die Birne zuzugießen. Bis zum Abwinken.

Drei Flaschen Wein musste er sich in der kurzen Zeit reingeschüttet haben. Sie standen leer auf dem Tisch, als sie in die Laube zurückkam. Warum hatte er nicht auf sie gewartet? Johanna hatte ihr gesagt, er hätte gesoffen, als würde er es bezahlt bekommen. Sie hätte nichts dagegen tun können. Danach hätte Alfred, ohne ein Wort zu sagen, seinen Hut vom Haken genommen und wäre losgezogen.

Greta hatte auch bis heute nicht nachvollziehen können, welche Hirngespinste Alfred zum Schwarzen Bären gezogen hatten, um sich dort zum Affen zu machen. Als wäre sein Verstand völlig abgeschaltet gewesen. Das war so merkwürdig, schließlich war er einen ordentlichen Pegel gewohnt. Aber was sollte es. Greta versuchte, nicht mehr darüber nachzudenken. Die aufgeworfenen Fragen und das Bild eines auto-rammenden Alfreds verwirrten sie nur unnötig.

Janssen hatte zum Glück von dem Zwischenfall kein großes Aufheben gemacht und sie wieder in seinem Haus aufgenommen, als wäre nichts geschehen. Da hatte er Charaktergröße bewiesen, das musste sie ihm lassen. Er hatte seinen Trumpf, dass Alfred auf so peinliche Art und Weise ums Leben gekommen war, nicht ausgespielt. Johanna dafür umso mehr. Sie hatte ihrer Mutter schonungslos klargemacht, was ihr mit Alfred passiert wäre. Einem Typen, der sich seine letzten Hirnzellen mit billigem Fusel weggeätzt hätte. Einem Luftikus, für den Verantwortung schon immer ein Fremdwort gewesen wäre. Greta hätte sich mit ihm über kurz oder lang ins Grab gesoffen. Enno Janssen wäre auf jeden

Fall die bessere Lösung. Der wäre wenigstens intelligent und ein Mann, der für sein Wort gradesteht.

Greta sagte zu alldem nichts. Ihre Tochter konnte leicht schlaue Reden schwingen. Was wusste die denn? Johanna wollte nur weiter auf die höhere Schule gehen. Die konnte Greta ihr nicht finanzieren. Das war beiden klar. Deshalb schwieg Greta. Johanna sollte ihre Zukunftsträume behalten. Träume waren schön. Sie selbst hatte nicht mehr viele. Aber irgendwann würde sie wieder auf Bekanntschaftsanzeigen antworten. Sie brauchte diese kleinen Hoffnungsträger. Das Gefühl, wenn sie aus dem Fenster schaute und den Briefträger kommen sah, er könnte an diesem Tag einen Brief für sie dabeihaben. Einen Brief von einem Mann, der da draußen irgendwo auf sie wartete.

Janssen war nach ihrer Rückkehr in jedem Punkt wieder zur Tagesordnung übergegangen. So kam er, wie in dem Jahr zuvor, Abend für Abend zu ihr ins Bett. Greta versuchte, ihre alte Taktik anzuwenden und ihn nicht zu nah an sich herankommen zu lassen. An ganz andere Dinge zu denken, wenn er bei ihr war. Aber dieses Mal rebellierte etwas in ihr und ihr Körper reagierte. Ihre Menstruation blieb aus und ihr Unterleib begann anzuschwellen. Das erschien Greta so unwirklich, dass Wochen vergingen, bis sie sich traute, den Gedanken zu formulieren: Ich bin schwanger! Als sie das Janssen erzählte, freute sich dieser verrückte Hund sogar. Er hatte zwei Kinder aus erster Ehe. Aber die waren längst erwachsen und lebten in den Niederlanden. Er hatte keinen Kontakt mehr zu ihnen. Nun bekam er noch einmal ein Kind. Dennoch beschwor er Greta, niemandem ein Wort davon zu sagen. Als wäre es möglich, daraus auf Dauer ein Geheimnis zu machen! Aber Janssen bearbeitete sie in seiner gewohnt penetranten Art, und sie schwieg. Vor allem gegenüber Johanna sollte sie den Mund halten. Es war Janssen peinlich, dass Johanna durch das wachsende Kind in ihrem Bauch begreifen würde, dass er mit Greta körperlich zusammen war.

Sie kleidete sich anders, damit ihr zunehmender Umfang nicht auffiel. Mit Erfolg. Selbst Johanna bemerkte es nicht. Sie war viel zu sehr mit sich und ihrer Dieta beschäftigt. Die Tage vergingen, und Gretas Bauch wurde immer runder. Sie begann sich, wie so oft in ihrem Leben, in ihr Schicksal zu fügen. Also noch ein Kind. Mit 42. Irgendwie würde sie das schon hinkriegen. Und sie machte sich auch keine Gedanken darüber, dass die Frucht in ihrem Bauch viel zu schnell wuchs.

Es war an einem Dienstag. Der Bäckerwagen hatte gerade geklingelt und sie hatte Brot und Butterkuchen gekauft. Als sie wieder im Haus war, begannen die Blutungen. So stark, dass sie glaubte, auf der Stelle zu verbluten. Anstatt um Hilfe zu rufen, schleppte sie sich ins Bett und wartete. Aber es hörte nicht auf, aus ihr wie ein nicht enden wollender Strom herauszufließen. Der Eimer neben ihrem Bett füllte sich mit blutgetränkten Handtüchern. Ich verblute, konnte sie nur denken. Der Gedanke machte ihr keine Angst. Sie fühlte sich auf angenehme Weise betrunken. Wie in einem Schwebezustand, in dem sie Abstand zu allen Problemen hatte.

Nur schlafen wollte sie, und sich einfach diesem süßen Nebel hingeben.

Da stand Johanna in der Kammertür. Sie sah den Eimer mit dem Blut und ihre leichenblasse Mutter. Sie riss ihr die Decke weg und sah noch mehr Blut. Ihre Mutter verblutete. Johanna wartete keinen Augenblick. Sie überhörte Janssen, der sie zurückhalten wollte. Sie rannte zur Telefonzelle, überging die Nummer ihres Hausarztes und wählte direkt den Notruf. Als der Mann am anderen Ende zögerte, einen Krankenwagen loszuschicken, schrie sie ihn hemmungslos zusammen. Der Wagen kam mit Blaulicht. Als die Fahrer Greta auf eine Trage betteten und aus dem Haus trugen, heulte Janssen wieder wie ein Wolf. Niemand kümmerte sich um ihn.

Greta wurde noch am gleichen Tag operiert. Das war keinen Augenblick zu früh. Sie hatte ein Gewächs. Zwar gutartig, aber fußballgroß, und sie wäre tatsächlich fast verblutet. Nach der Operation fühlte sich ihr Bauch flach und leer an, als wäre sie wirklich von einem Baby entbunden worden.

Und nun erholte sie sich. Schon über drei Wochen. Wenn sie das Lachen der anderen hörte, graute ihr noch mehr davor, wieder zurück zu müssen. Johanna tröstete sie, so gut sie konnte.

»Ich kümmere mich um dich. Du musst ab und zu raus. Wenn es dir besser geht, werde ich Marlies fragen, ob sie Arbeit für dich hat. Leichte. Oder bei Lüders im Gasthaus. Ich habe gehört, die suchen für das Wochenende Hilfe in der Küche. So etwas gefällt dir doch. Dann hast du auch immer gleich ein Schwätzchen.«

Greta lächelte wehmütig. Johanna kannte sie gut und wusste, dass sie gerne Kartoffeln schälte und Gemüse putzte. Dabei konnte sie so herrlich träumen. Aber sie winkte ab: »Ach, dann dreht Janssen durch. Ich habe keine Nerven, mir jedes Mal hinterher das Theater anzuhören. Ich bin nicht so wie du.«

»Er braucht es ja nicht zu wissen«, schlug Johanna vor. »Sag doch, dass du Frieda zur Hand gehst. Bei der macht er ja immer eine Ausnahme.«

Das wäre eine Möglichkeit. Vielleicht konnte sie so unter Menschen kommen und sich ein Stückchen eigenes Leben ergattern. Leben. Dabei musste sie wieder an die Abende denken. Schon der Gedanke ekelte sie an. Sie würde es nicht mehr ertragen, dass er ihr seine Feuchtigkeit einspritzte und sie damit liegen ließ. Da konnte ihr auch Johanna nicht helfen. Sie hatte ja keine Ahnung, welchen Preis sie hier zahlte. In ihr stieg plötzlich so viel Wut auf, dass sie Johanna schonungslos an den Kopf knallte, was sich Abend für Abend in ihrem Bett abspielte. Sie sollte sich nicht einbilden, dass es Janssen genügen würde, nur seine endlosen Reden zu schwingen.

Johanna wurde rot und wusste nicht, wohin sie schauen sollte. Das tat Greta sofort leid, und sie bereute ihren Gefühlsausbruch. Obwohl es ihr gutgetan hatte, es einmal loszuwerden. Aber Johanna war noch so jung. 16 Jahre alt. Ein halbes Kind. Damit hätte sie sie nicht belasten dürfen. Greta starrte beschämt aus dem Fenster und wünschte sich, dass Johanna das Gehörte schnell wieder vergessen würde. Aber die streichelte sanft über ihre Hand und sagte leise: »Das musst du dir doch nicht mehr gefallen lassen.«

Greta sah Johanna zweifelnd an. Wie sollte sie sich dagegen wehren? Nach ihrem Körper zu greifen war für Janssen so selbstverständlich, wie sein morgendliches Marmeladenbrot zu essen.

Johanna strich ihrer Mutter wie einem Kind übers Haar und flüsterte verschwörerisch: »Janssen hat keine Ahnung von Gynäkologie. Sag ihm, sie hätten dich hier bei der Operation unten zugenäht. Das würden die nach so einer Gewächsentfernung immer so machen. Zum Schutz. Dann hast du deine Ruhe.«

In Greta stieg ein ungläubiges Lachen hoch. Es blieb ihr im Halse stecken. Was für verschlagene Einfälle ihre Tochter doch hatte! Greta musste sich eingestehen, dass sie von Johanna nur wenig wusste. Obwohl sie noch unberührt war, konnte sie ihr einen Rat als Frau geben und Janssen so gut einschätzen. Das fühlte sich für sie angenehm an und machte ihr gleichzeitig Angst.

Wieder zu Hause tischte Greta genau diese Geschichte auf. Janssen antwortete nicht. Als hätte er ihre Worte gar nicht wahrgenommen. Nur an seinen fest zusammengepressten Lippen konnte sie erkennen, dass er sie sehr wohl gehört und verstanden hatte. Das war typisch für ihn. Über Körperlichkeiten oder sogar Sexualität zu sprechen, war für ihn tabu. Selbst harmlose, leicht schlüpfrige Witze brachten ihn auf, und er verbot ihnen zornig den Mund. In dieser Hinsicht war er geradezu puritanisch. Um sich sofort in dem Augenblick, in dem sich ihre Schlafzimmertür schloss, hemmungslos gehen zu lassen.

Doch so sehr ihn ihr Krankenbericht auch getroffen, ja schockiert hatte, er hatte ihn nicht völlig überzeugt. Als Greta genesen war, legte er sich wieder zu ihr. Er wollte prüfen, ob er wirklich nicht mehr mit ihr schlafen konnte. Greta presste, so fest sie konnte, ihre Muskeln zusammen. Er stieß ein paar Mal erfolglos dagegen, jedoch nicht mit ungebremster Kraft. So viel Respekt hatte er. Nach kurzer Zeit ließ er resigniert von ihr ab und versuchte es nie wieder. Aber von dem Tag an wurde er noch unausstehlicher.

Johanna war zufrieden. Sie hatte ihre Mutter wirklich stundenweise bei Lüders in der Küche unterbringen können. Sie konnte Weißkohl schnippeln und ihn in großen Tongefäßen stampfen, in denen er zu Sauerkraut reifte. Kürbis wurde eingelegt, und nach dem ersten Frost würde auch der Grünkohl verarbeitet werden müssen.

Aber als größten Erfolg verbuchte Johanna, dass ihre Mutter Janssen nicht mehr in ihr Bett lassen musste.

»Es hat sich erledigt«, hatte Greta verlegen zugegeben. Gut so, dachte Johanna. Sie hätte schon viel früher mit mir reden sollen. Warum ließ sie sich alles immer so lange gefallen? Dabei waren die meisten Dinge so einfach zu lösen. Aber allein schien ihre Mutter nie den Notausgang zu finden. Wie ein trudelndes Blatt überließ sie sich dem nächsten Windstoß. Beantwortete hirnlose Annoncen und träumte. Immer wieder

Träume, anstatt sich auf ihr eigenes Leben zu konzentrieren. In Hannover hatte sie sich auch ständig einwickeln lassen. Vor allem von Alfred. Der hatte sie am meisten zurückgeworfen. Während sie mit ihm zusammen war, ging es steil bergab, und sie hatte es versäumt, sich eine feste Stelle zu suchen. Eine Stelle, die ihr Halt gegeben hätte. Echten und nicht den ihrer Traumduseleien. Dann sähe vieles anders aus. Ihre Mutter hätte das Leben im Janssenhaus gar nicht nötig gehabt. Aber sie hatte es einfach so weit kommen lassen, dass sie entweder von einem Mann oder dem Sozialamt abhängig war. Das konnte Johanna nicht mehr ändern. Sie konnte es nur erträglicher gestalten. Aber ihre Mutter würde sich auf Johanna verlassen können. Sie bräuchte hier nicht für ewig zu bleiben.

Dann verdunkelte sich der Himmel. Dieta hatte sich in Hajo verliebt. Das Geständnis ihrer Freundin traf Johanna völlig unvorbereitet. Sie hatte wirklich geglaubt, die Beziehung zu Dieta würde sich niemals verändern. Sie gehörten doch zusammen. Das war eine ganz große Liebe. Wenn auch eine unschuldige, denn mehr als innige Küsse hatte es zwischen ihnen nie gegeben. Und nun war Dieta in einen Mann verliebt! Warum mussten immer wieder Männer ihr Leben zerstören?

Von einem Tag zum anderen erschien ihr Dieta wie eine Fremde. Es trennte sie ein Zauber, den Johanna nicht einschätzen konnte und der ihr unheimlich war. Dieta berichtete Johanna mit geröteten Wangen haarklein, wann und wo sie mit Hajo zusammengearbeitet hatte. Sie flüsterte ihr mit albern lispelnder Stimme ins

Ohr, dass Hajo ihr manchmal den Pflanzkorb trug. Oder dass er sie auf den Sitz des Traktors gehoben hatte. Dabei zeigte sie Johanna genau, wo seine Hände sie berührt hatten. In Johanna wütete ein wilder Schmerz. Ihre Freundin erzählte ihr einen Traum, in dem sie nicht mehr vorkam. Das war kaum auszuhalten. Auch wenn Dieta ihre Hand hielt und sich vertrauensvoll an sie lehnte. Das war, wie es immer gewesen war, und doch ganz anders. Johanna ging gegen ihre verletzten Gefühle an und riss sich, so gut sie konnte, zusammen. Sie durfte sich nichts anmerken lassen und auf keinen Fall einen Fehler machen. Sonst würde Dieta aus Rücksicht schweigen und sich von ihr zurückziehen. Dann würde Johanna endgültig die Kontrolle verlieren. Ihre einzige Chance, noch etwas zu ändern, war, ganz nah dran zu bleiben. Es kostete Johanna fast übermenschliche Kräfte, aber sie hielt weiterhin Dietas Hand, wiegte sie in den Armen und ließ sie reden.

Von dem Zeitpunkt an begann sie, Hajo genauer zu beobachten. Sie hatte ihn vorher kaum beachtet. Er war eben Marlies' Sohn. Ein freundlicher, junger Bursche. Angenehm zurückhaltend, das musste sie zugeben. Hajo war kein Hüne, aber zäh und ausdauernd. Er konnte auf dem Feld schuften, und er hatte die kreative Begabung, wunderschöne Blumengestecke zu entwerfen. Die waren in der Gegend sehr beliebt und jeder glaubte, dass sie unter Marlies' Händen entstanden wären. Ansonsten interessierte sich Hajo genau wie sein Vater nur für Fußball und glänzte samstagnachmittags und sonntagmorgens durch Abwesenheit.

Es war Anfang November, als Dieta beschloss, zu einem der Dorfdiskoabende zu gehen. Dort würde sie Hajo treffen, das wusste sie. Johanna sollte unbedingt mitkommen, bettelte sie. Die willigte zähneknirschend ein. Was hätte sie sonst tun sollen? Sie wollte ihre Freundin auf keinen Fall allein losziehen lassen. Dieta hing ihr vor Aufregung am Hals. Sie hauchte ihr wie früher Küsse auf den Mund. Aber sie galten schon einem anderen und taten weh.

Es war der erste Diskoabend, bei dem die beiden jungen Mädchen auftauchten. Dementsprechend verwundert wurden sie angestarrt, als sie den Saal betraten. Dieta sah wirklich reizend aus. Sie trug ein schwarzes Minikleid. Das war unter dem Busen leicht gerafft und mit dezentem Goldglimmer durchwoben. Ihr blondes, lockiges Haar fiel ihr offen über die Schultern. Eine Prinzessin, dachte Johanna verbittert. Eine, auf die ich aufpassen werde. Das könnt ihr alten Affen glauben!

Sie selbst war neben der zarten Dieta eine sehr stattliche Erscheinung. Sie trug Jeans und eine dreiviertellange lilafarbene Bluse. Sie hatte ebenfalls ihr tiefschwarzes Haar offen gelassen. Doch ihre Schönheit strahlte nichts Mädchenhaftes aus. Sie wirkte beunruhigend exotisch.

Die Musik dröhnte schon aus den Boxen, aber die Tanzfläche war leer. Die jungen Männer standen noch an der Theke und tranken sich Mut an. Eine Mädchentraube hing kichernd in einer anderen Ecke. Sie nippten an ihren Gläsern mit Sekt und Orangensaft und warfen lauernde Blicke auf die Jungenwelt. Wann wurde die Erste von ihnen zum Tanzen aufgefordert?

Genauso hatte sich Johanna dieses Gesellschaftsspiel vorgestellt: Die Mädchen saßen wie dumme Hühner auf der Stange und warteten, dass der Hahn kam und sich eines von ihnen schnappte. Das war kaum auszuhalten. Sie atmete tief durch und beschloss, dafür zu sorgen, dass Dieta und Hajo noch heute ein Paar wurden. Sie hatte kein Verlangen, häufiger diese Möchtegerndisko besuchen zu müssen. Und je schneller die beiden zusammen waren, desto besser. Johanna war sich sicher, dass Dieta wieder zu ihr zurückkehren würde. Hajo würde bald Vergangenheit sein.

Sie schlenderten an dem Mädchenclub vorbei. Angela und Rieke gafften sie ungeniert an und vergaßen, ihren Sekt zu trinken. »Macht den Mund zu, es zieht«, knurrte Johanna.

Das hätte sie nicht sagen sollen. Die beiden waren es gewohnt, die Königinnen des Abends zu sein. Sie würden sich nicht so leicht entthronen lassen. Die anderen Mädchen erwarteten eine Revanche und sahen Angela auffordernd an. Die tat, als wäre Johanna überhaupt nicht anwesend, und wandte sich betont laut an Dieta: »Na, hat Marlies dir heute frei gegeben?«

Die Angesprochene wurde prompt rot. Es war klar, dass Angela auf ihr Abhängigkeitsverhältnis anspielte. Hier arbeitete jeder auf seinem eigenen Grund und Hof, es sei denn, man war eine Magd oder ein Knecht. Johanna verkniff sich eine passende Antwort. Sie war nicht zum Spaß hier und schon gar nicht, um sich mit

Angela auf einen Kleinkrieg einzulassen. Sie hielt Dieta am Oberarm fest, und sie blieben demonstrativ einen Augenblick bei den Mädchen stehen. Die erwarteten mehr Aktion, aber weder Angela noch Johanna taten ihnen den Gefallen.

Angela hatte an dem Abend ebenfalls andere Interessen, als sich ernsthaft mit Johanna zu streiten. Sie schob Rieke einen Zettel zu, und die marschierte damit schnurstracks an die Theke und überreichte ihn Hajo. Der las ihn und steckte ihn dann lächelnd ein. Johanna hatte kapiert. Es war gang und gebe, dass man eine Freundin mit einem Zettel oder einem Gruß zu seinem Favoriten schickte. Angela war also auch auf Hajo scharf. Das verdankte er sicher nicht nur seinem Charme. Immerhin würde er eine ansehnliche Gärtnerei erben. Das passte zu Deichharms. Beide waren sehr angesehene Familien im Dorf. Und wie sagte Janssen immer: ›Der Teufel scheißt immer auf den größten Haufen.‹

Dieta war viel zu aufgeregt, um das zu bemerken. Johanna musste handeln, und zwar schnell. Die Gelegenheit ergab sich, als Angela zur Toilette rauschte, um sich nachzuschminken. Sicher auch, um möglichst nah an der Jungmännerriege vorbeizustolzieren. Johanna bat Dieta, zu warten, und folgte ihr.

Angela begegnete Johannas Blick im Spiegel und erblasste unter ihrer Puderschicht. Instinktiv wich sie einen Schritt zur Seite. Aber Johanna hatte nicht vor, sich an ihr die Hände schmutzig zu machen.

»Hör zu, meine Kleine! Ich sage es dir nur einmal: Lass die Finger von Hajo! Er ist nicht für dich bestimmt!« Ihre Stimme klang ruhig, doch man konnte die Bedrohung regelrecht riechen. Angela auch. Sie lachte hysterisch und nahm all ihren Mut zusammen: »Was bildest du dir eigentlich ein? Meinst du wirklich, dass du bei ihm eine Chance hast? Der steht nicht auf Übergrößen!«

Johanna verzog nur geringschätzig ihre Lippen und antwortete nicht. Sie fixierte Angela derart mit ihren dunkelbraunen Augen, dass die einen Ausweg suchte, um von Johanna wegzukommen. Dabei manövrierte sie sich selbst in die Waschecke. Angela saß in der Falle. Wo waren die anderen eigentlich, warum ließ Rieke sich nicht blicken? Sonst folgten die ihr doch ständig auf Schritt und Tritt.

»Pass auf, Deichharms Angela! Ich erzähle dir jetzt was. Geh heute Abend einfach brav nach Hause. Sieh dir was Nettes im Fernsehen an. Wenn du hierbleibst, bereust du es. Sehr sogar.« Sie kam einen Schritt auf Angela zu, und der stockte der Atem. Aber Johanna strich nur mit zwei Fingern langsam, fast zärtlich über ihre rosa Narbe am Hals. Dann drehte sie sich abrupt um und ließ Angela alleine stehen.

Die kam erst eine ganze Zeit später in den Saal zurück. Aber sie blieb nicht. Sondern packte ihre Jacke und verschwand, ohne noch einmal hochzusehen. Rieke folgte ihr verwirrt. Johanna grinste. So ein Spiel gefiel ihr schon besser, dessen Regeln sie beherrschte.

Jetzt hatte sie freie Bahn. Johanna ging an die Theke und bestellte zwei Alster. Während sie auf die Bestellung wartete, gesellte sie sich zu Hajo. Der grüßte sie ohne Scheu. Er kannte sie besser als die anderen jungen Männer. Die hielten deutlich Abstand zu Johanna, als würde sie die Aura einer bösen Hexe umgeben. Gut so, dachte Johanna. So konnte sie Hajo unbemerkt zuflüstern: »Ich soll dich ganz lieb von Dieta grüßen.«

Hajo wurde knallrot und starrte in Dietas Richtung. Er nickte ihr schüchtern zu. »Fordere sie auf, bevor dir ein anderer in die Quere kommt«, riet ihm Johanna betont freundschaftlich, und er atmete tief durch.

Es dauerte nicht lange, da stand Hajo vor Dieta und führte sie auf die Tanzfläche. Johanna sah ihnen hinterher. Der Anblick tat ihr weh. Es wurde die neue Platte von Smokie aufgelegt: ›Lay back in the arms of someone‹. Hajo und Dieta vergaßen die Welt um sich herum und schmachteten sich hemmungslos an. Johanna musste sich mit aller Macht zusammenreißen, um nicht wie eine Furie dazwischenzugehen.

Von diesem Abend an ging Dieta mit Hajo. Heimlich. Hajos Eltern sollten es nicht wissen. Noch nicht, vertröstete Hajo sie. Dabei hätte Dieta es Marlies so gerne erzählt. Immerhin war sie mit ihr befreundet. Aber Hajo wollte dafür den richtigen Zeitpunkt abwarten. Dieses Versteckspiel war für Dieta eine Qual und Johanna ein Trost. Das würde nicht ewig so weitergehen. Ging es auch nicht. Marlies kam hinter das Techtelmechtel, wie sie die Beziehung der beiden abfällig nannte. Und sie war außer sich. Sie war so wütend, ja hasserfüllt, dass Johanna sie nicht wiedererkannte. Dabei hatte sie sich bis dahin eine gute Menschenkenntnis zugeschrieben.

Aber diese Verwandlung war dramatisch und nicht vorauszusehen gewesen. Marlies fühlte sich betrogen. Der Verlust der gemeinsamen Samstagnachmittage schmerzte sie dabei am meisten. In diesen Stunden hatte sie sich wieder jung gefühlt und unbesiegbar. Und nun hatten die Mädchen hinter ihrem Rücken falsch gespielt, sie ausgegrenzt, sie zu einer alten Frau gemacht. Sie empfand Johanna und Dieta als undankbar. Sie hatte ihnen aus Mitleid ihr Haus geöffnet. Dass sie die Gesellschaft der Mädchen gesucht und geliebt hatte, verdrängte sie gekonnt.

Da wurde Johanna schlagartig klar, dass hinter Janssens Verschwörungstheorien auch Wahrheit steckte. Es galten Regeln im Dorf, wer zu wem gehörte. Immer noch. Dieta hatte eine Grenze überschritten. Marlies machte ihr knallhart klar, dass sie weder als wahre Freundin noch als potenzielle Schwiegertochter in Frage käme. Sie hätte ihr und Johanna nicht ihre Hilfe angeboten, um von ihnen so hinters Licht geführt zu werden. Aber was hätte sie von einer wie Johanna auch anderes erwarten können. Einer, die wie ihre Mutter aus der Gosse kam. Und dort würde sie auch wieder landen. Und Dieta bräuchte sich nicht einzubilden, sich ins gemachte Nest setzen zu können. Dann schmiss sie Dieta kommentarlos raus. Sie könnte sie nicht mehr als Lehrling gebrauchen, nicht nach so einem Vertrauensbruch. Hajo konnte ihr nicht beistehen. Den hatte Marlies vorsorglich auf einen Lehrgang geschickt. Als Dieta das Feld nicht kampflos räumen wollte, holte Marlies zum Schlag aus. Sie behauptete, dass Geld in der

Kasse fehlte. Nicht wenig. Sie würde von einer Anzeige absehen. Dieta sollte einfach nur verschwinden. Für immer!

Johanna half ihrer Freundin, die Sachen zu packen, und tröstete sie, dass sich alles aufklären würde. Spätestens, wenn Hajo nach Hause käme. Aber wo sollte sie so lange bleiben? Zu ihren Eltern konnte Dieta auf keinen Fall. Die waren nach Papenburg zurückgezogen und durften von alledem nichts mitbekommen. Sie würden sich zu Tode schämen, wenn sie hörten, dass ihre Tochter einen unerlaubten Griff in Brunsens Geschäftskasse getan hätte. Johanna fragte Frieda, und Dieta durfte bei ihr unterschlüpfen.

KAPITEL 14

Krummhörn, 2009

»Na, hat doch überhaupt nicht wehgetan, oder«, begrüßt mich Tomke mit einem aufmunternden Lächeln.

»Nee, hat es nicht«, gebe ich zu und lasse mich neben sie auf den Beifahrersitz fallen. »Trotzdem fühle ich mich, als hätte ich mehrere Schichten am Stück gearbeitet. Ich bin schon wieder hundemüde.« Ich kann ein herzhaftes Gähnen nicht unterdrücken.

»Das ist die gute Luft«, erklärt Tomke zufrieden. »Salzluft. Die macht müde und hungrig. Aber nach zwei Wochen bist du fit wie ein Turnschuh.«

»Zwei Wochen? Vielen Dank. So lange möchte ich auf keinen Fall mehr bleiben.«

»Brauchst du ja auch nicht. Komm doch mit zu mir nach Horumersiel und erhol dich erst mal richtig.«

Ich antworte nicht. Dabei ist die Vorstellung durchaus verlockend. Ein paar Tage Sonne und Meer, um Abstand zu gewinnen. Richtig Urlaub machen. Das habe ich viel zu selten. Eigentlich noch nie, seit ich nicht mehr mit meinen Eltern wegfahre. Immer, wenn ich mit einem Kerl zusammen einen Urlaub geplant habe, ist vorher die Beziehung geplatzt. Danach hatte ich wenig Lust, zwischen flirtenden Pärchen zu sitzen. Als einsamer Single auf jedes höfliche Lächeln, auf jedes Wort angewiesen zu sein. Oder vielleicht überhaupt keinen

Anschluss zu bekommen. Also bin ich lieber zu Hause geblieben. Diese Ängste erscheinen mir in meiner aktuellen Situation als völlig nichtig. Worüber habe ich mir nur immer einen Kopf gemacht? Sandra hat recht. Ich bin nur von Affäre zu Affäre gestolpert und habe nie richtig über meinen Tellerrand geguckt.

»Oder brauchen sie dich hier noch als Zeugin?«, unterbricht Tomke meine Gedanken.

»Weiß ich nicht. Der Polizist aus Pewsum empfindet den Sondereinsatz der Mordkommission als komplett überzogen. Er ist fest davon überzeugt, dass Greta unglücklich gestürzt ist und Janssen sich danach selbst aufgehängt hat.«

»Na bitte. Habe ich doch gesagt. Sie schließen den Fall bald ab. Das ist alles nur Routine.«

»Ich weiß nicht. Strothe scheint das anders zu sehen. Der wittert noch irgendwas. Heute hat er einen Tipp bekommen. Er ist gerade wieder unterwegs und prüft das.« Während ich das sage, wird mir immer mulmiger zumute. Es ist einfach ein beschissenes Gefühl, so im Nebel zu schippern, und die größte Unbekannte dabei bleibt für mich Johanna.

Aber Tomke zieht nur lässig ihre Schultern hoch und wiegelt meine Bedenken ab: »Na und? Die Janssenhausgeschichte hat heute sicher in der lokalen Presse gestanden. Dann gibt es immer ein paar, die sich wichtigmachen wollen. Völlig normal. Mach dir da keine unnötigen Sorgen.«

Das würde ich ja liebend gerne. Aber mir geht Johanna nicht aus dem Sinn, und die Frage, wo sie bleibt. Nicht zu vergessen, dass es hier im Dorf jemanden gibt, der mich dringend loswerden will. Strothe hat schon den richtigen Riecher. Der Fall ist leider nicht so unkompliziert, wie ihn Tomke und mein gemütlicher Dorfpolizist einschätzen.

Im Ferienhaus ist es angenehm kühl geblieben. Eine Oase an diesem heißen Tag. Ich ziehe mitten im Wohnraum meine Schuhe aus und lasse mich auf das Sofa fallen. Tomke holt zwei Gläser mit Wasser und setzt sich zu mir. Wie eine Wächterin. Ich kuschele mich zurecht und könnte auf der Stelle so einschlafen.

»Der Turm ist übrigens richtig nett. Wir werden dort heiraten«, höre ich Tomkes dunkle Stimme. Ich bin ihr für den Themenwechsel dankbar.

»Wann heiratet ihr denn?«, frage ich und muss schon wieder gähnen, dass mir die Tränen kommen.

»Sofort, nachdem Paul die Scheidung durchhat.«

Ich reiße die Augen auf und fühle regelrecht, wie mir der Unterkiefer nach unten rutscht. »Der ist verheiratet?«

So eine wackelige Beziehung hätte ich Tomke nie im Leben zugetraut. Bei ihr scheint alles Hand und Fuß zu haben, und nun plant sie eine Hochzeit mit einem Mann, der noch nicht einmal geschieden ist.

»Was heißt verheiratet?«, entgegnet Tomke gereizt. »Nur auf dem Papier. Die Scheidung ist reine Formsache.«

Ich nicke hastig und starre an die Decke. Reine Formsache. Noch nicht geschieden. Das hört sich an wie

›nicht beziehungsfähig‹. Die Sprüche kenne ich: ›Es liegt nicht an dir, ist meine Schuld. Ich bin noch nicht so weit. Du bist mir zu früh begegnet‹. Von wegen reine Formsache. Tomke lügt sich da was in die Tasche, sonst würde sie nicht so dünnhäutig reagieren. Aber genau das macht sie weniger perfekt und noch sympathischer. Ich bohre nicht weiter nach.

»Bevor ich es vergesse. Ich muss Sandra die Adresse von hier simsen. Sie kommt heute am späten Abend. Das ist doch okay, oder?«

Tomke sieht mich für einen Augenblick verwirrt an, dann sagt sie: »Ja sicher. Schreib ihr, dass der Haustürschlüssel unter der Fußmatte der Terrassentür liegt.«

Schlüssel unter der Matte. Das hat wieder was von Heile-Welt-Idylle. Gleichzeitig weiß ich, dass sie Illusion ist.

»Willst du nicht ins Bett gehen?«, fragt mich Tomke.

»Nein, wenn es dich nicht stört, möchte ich hier schlafen.«

Tomke nickt nur. Ich drehe mich auf die Seite und höre, wie sie in Papieren blättert. Ach, ich wünsche ihr von Herzen, dass der Typ es ernst mit ihr meint.

Als ich aufwache, bin ich allein im Wohnzimmer. Das Mobile mit einem Leuchtturm und kleinen Segelbooten dreht sich sanft. Ich beobachte fasziniert seine Bewegungen, als wären sie das Wichtigste auf der ganzen Welt. Eine Tür klappt, und Tomke kommt ins Zimmer. Sie hat sich umgezogen und trägt jetzt ein luftiges Sommerkleid. Weiß mit rotem Mohn und einem breiten, ebenfalls roten Lackgürtel. Der Rock ist glockig geschnitten und wippt bei jedem Schritt von ihr. Das Outfit erinnert mich an Filme, in denen noch Rock 'n' Roll getanzt wurde.

»Na, ausgeschlafen und Hunger?«, fragt sie lächelnd.

»Ja, ich könnte ein halbes Pferd vertilgen.«

»Okay, dann mal los.«

Ich sehe sie für einen Augenblick verdattert an, dann fällt mir wieder ein, wo wir unser Essen bekommen werden und was damit verbunden ist. Ich lasse mich auf das Sofa zurückfallen. »Oh nein! Ich habe wirklich null Bock, mich mit diesem Dorfchronisten zu unterhalten. Der merkt doch gleich, dass ich keine Ahnung habe. Lass uns hierbleiben. Ich koche uns was Schickes.«

Tomke legt ihre Hände an die Hüften und wiegt sie leicht. »Hier kochen? Das hättest du dir früher überlegen müssen. Wir haben nichts, rein gar nichts, woraus du uns etwas Schickes zaubern könntest. Und bei Lüders hat es heute Mittag schon so lecker gerochen.«

Wie zur Untermalung ihrer Worte fängt mein Magen heftig an zu knurren.

»Außerdem«, erklärt Tomke weiter, »vergiss nicht, du hast dir diese Hintergrundgeschichte ausgedacht. Wenn du plötzlich nicht mehr daran interessiert bist, käme das eigenartig rüber. Glaubst du nicht auch?«

Ich richte mich stöhnend auf. »Ja, du hast ja recht. Aber am liebsten würde ich …«

»Nun hör auf, dich zu bedauern«, unterbricht mich Tomke resolut. »Steh auf, und mach dich frisch.«

Ich gehorche. Dabei versuche ich mir zurechtzulegen, was ich für Fragen stellen könnte. Mir fällt absolut keine dazu ein. Papa könnte mir helfen. Ich zögere, aber ein gewisses Konzept sollte ich haben, und er ist der Einzige, den ich fragen kann. Ich nicke mir im Spiegel ermutigend zu und wähle unsere Nummer. Es geht niemand an den Apparat. Bleibt sein Handy. Hoffentlich hat er es nicht, wie üblich, in einer Manteltasche an der Garderobe vergessen. Nein, zum Glück schaltet er schon beim zweiten Klingelton die Leitung frei.

»Emma, wie schön.«

Seine liebe Stimme macht mich ganz weich. Ich reiße mich zusammen und sage so sachlich wie möglich: »Tut mir echt leid, dass ich so zwischen Tür und Angel anrufe, aber ich muss dich etwas fragen.«

»Alles, was du willst«, sagt er feierlich.

»Danke. Ich treffe mich gleich mit dem hiesigen Dorfchronisten im Gasthaus und werde so eine Art Interview mit ihm über die Entwicklung des Dorflebens führen. Aber ich habe keinen Schimmer, wie ich das anfangen soll.«

Ohne eine Gegenfrage zu stellen, sprudelt es nur so aus meinem Vater heraus: »Beginn damit, wie sich der Zusammenhalt, das soziale Netz der Dorfgemeinschaft, verändert hat. Ob es einen deutlichen Rückgang des Dialektes gibt. Ob die junge Generation ihn noch pflegt. Wie hat sich die Familienstruktur entwickelt. Wie hat sich die Niederlassung größerer Firmen in der Nähe auf ihr Leben ausgewirkt. Wie die Vermischung von Einheimischen und Zugereisten. Wie viel Einfluss hat heutzutage noch die Kirche. Welche Spuren hat der Tourismus hinterlassen. Welche Konsequenzen sind aus der Milchquote entstanden. Gibt es auch noch kleine Bauernhöfe, die überleben können. Übernehmen die jungen Leute ...«

»Stopp! Halt! Danke dir, das reicht. Mehr kann ich sowieso nicht auf die Schnelle behalten.«

»Du meldest dich?«

»Ja, ganz sicher.«

Auf dem Weg zur Gastwirtschaft leiere ich die Fragen noch einmal runter und Tomke lacht laut los.

»Was findest du daran so witzig?«, frage ich unsicher.

»Gar nichts. Das ist schon okay«, beruhigt sie mich. »Aber du kennst die Menschen hier nicht. Sie werden ganz von allein reden. Die sind nämlich alles andere als mundfaul. Mach dich nicht unnötig verrückt.«

Dafür, dass montags gewöhnlich Ruhetag ist, brummt der Laden. Es ist gerammelt voll. Das mulmige Gefühl schleicht sich sofort wieder bei mir ein. Ich hoffe, der Trubel hat nichts mit mir zu tun. Quatsch. Damit überschätze ich das Interesse an meiner Person gewaltig. Aber es hat sicher etwas mit den beiden Toten und mit der ungewohnten Präsenz der Kriminalpolizei zu tun. Strothe. Mit klopfendem Herzen geht mein Blick prüfend über die anwesenden Menschen. Ich kann ihn nicht entdecken. Rieke steht mit hochrotem Kopf hinter der Theke. Sie winkt uns zu und weist auf den Stammtisch. Der ist für uns reserviert. Dort wartet Eike Gerdes nicht allein. Neben ihm sitzt eine ungefähr gleichaltrige

Frau. Sie sieht ihm ähnlich. Beide haben raspelkurzes Haar und rot geäderte, runde Wangen. Daneben ein hagerer Mann um die 70, und zu meiner Überraschung ist auch das Sonnenblumenmädchen aus der Gärtnerei hier. Vor ihr stehen Bier und Schnaps. Alle Achtung!

Eike Gerdes begrüßt erst mich und dann Tomke mit Handschlag. Seine große Hand fühlt sich rau und warm an. Dann macht er eine Vorstellungsrunde. »Das ist meine Frau Tini, das ist Hauke, mein Nachbar, und das ist Brunsens seute Jenny, und …«, er stutzt. Es ist noch eine Frau an den Tisch gekommen. Sie ist ungefähr in Riekes Alter. Ihre perfekte Figur steckt in engen Jeans und einem Spaghetti-Shirt. Um den Hals hat sie sich trotz der heißen Temperaturen einen luftigen Chiffon-schal geworfen. Sie setzt sich mit einem selbstverständlichen »Moin« zu uns in die Runde.

»Moin«, erwidert Eike noch immer überrascht. »Und das ist Deichharms Angela. Die haben wir lange nicht am Stammtisch gesehen.«

Ich lächele einen nach dem anderen artig an. Und was nun? Umständlich zerre ich mein Notizbuch aus der Tasche und lege es wie eine Waffe vor mir auf den Tisch. Sie beobachten mich dabei erwartungsvoll und erinnern an Kinder kurz vor der Bescherung.

Ich räuspere mich, denn ganz klar bin ich an der Reihe, etwas zu sagen: »Das ist wirklich sehr nett, dass Sie so spontan gekommen sind.«

Sie nicken einträchtig und lauschen aufmerksam auf die Dinge, die da kommen werden. Aber ich höre in meinen Ohren nur ein Rauschen, und die schön formulierten Fragen meines Vaters sind wie weggeblasen.

»Seit wann gibt es hier eigentlich Tourismus?«, platze ich unbeholfen heraus.

»Tourismus?«, wiederholt Eike und zieht das Wort dabei in eine erstaunliche Länge. »Seit den 70ern haben wir Badegäste.«

»Deichharms hatte die ersten«, ergänzt seine Frau und ihr Nachbar nickt zustimmend.

»Stimmt, de eersten Badegasten harr min Moder«, legt die Jeansfrau im breiten Platt los. Ich sehe sie fasziniert an. Eine wirklich attraktive Frau. Sie lächelt: »Haben Sie verstanden?«

»Nicht ganz«, gebe ich zu.

»Meine Eltern haben Anfang der 70er mit fließend kaltem und heißem Wasser geworben«, erzählt sie auf Hochdeutsch weiter. »Das war damals nicht selbstverständlich. Ich weiß noch, wir hatten Stammgäste aus dem Ruhrpott. Ein Ehepaar. Das waren beide Studierte und ganz wild darauf, bei uns auf dem Hof mitzuarbeiten. Die haben ins Gästebuch geschrieben: ›Als Doktor kam ich und als Bauer ging ich‹.«

Alle lachen. Die Stimmung ist aufgelockert.

Rieke serviert uns eine feine Möhrensuppe als Vorspeise. »Die hat es in sich«, betont sie stolz und stellt unaufgefordert für jeden ein Bier dazu. »Ich komme auch gleich. Lüke hat heute seinen Freund mitgebracht zum Ausschenken.«

Die Suppe schmeckt köstlich. Im ersten Moment ein lieblich-fruchtiger Geschmack. Im nächsten entwickelt sich genau die richtige Schärfe durch Ingwer, Curry und Chili. Mir wird warm, und ich beginne mich an dem Stammtisch wohlzufühlen. Vielleicht war es das Beste, was Tomke und mir heute Abend passieren konnte. Sonst hätten wir doch nur weiter über unseren Problemen gebrütet.

»Und heutzutage? Vermieten da viele?«, frage ich in die Runde.

»Ja, da hat fast jeder eine Ferienwohnung«, antwortet Eike. »Die Menschen brauchen die frische Seeluft, das müssen Sie aufschreiben. Die ist nämlich Erholung. Die Salzluft und die Ruhe am Meer sind pure Erholung. Wenn man auf dem Deich steht, vergisst man alle Sorgen.«

»Und die Deiche sind hoch genug? Ich meine, wenn sich der Meeresspiegel durch den Klimawandel erhöht? Machen Sie sich da keine Sorgen?«

Für einen Augenblick wird es ruhig am Tisch. Sie hören auf, ihre Suppe zu löffeln, und starren mich erstaunt an. Verflixt. Warum musste ich auch so eine unüberlegte, stimmungstötende Frage stellen?

»Nee«, antwortet Tini endlich. »Die machen wir uns nicht. Unsere Deiche sind sicher.« Die anderen nicken ihr zustimmend zu.

»Hatten Sie in den 70ern noch mehr landwirtschaftliche Betriebe?«, frage ich schnell etwas anderes.

»Dat hebb ik di güstern al vertellt«, weist Eike mich zurecht. »Wir hatten im Dorf hier zwölf Bauernhöfe. Die waren intakt. Da konnte man noch dicke Bauern zu sagen.«

»Ja, und die wurden nach ihren Misthaufen bewertet«, wirft sein Nachbar genüsslich lächelnd ein. »Dafür gab es richtige Preise. Der musste ganz akkurat geschnitten sein.«

»Da wurde sicher auch mehr das Gemeinschaftsgefühl gepflegt?«, frage ich und empfinde mich mittlerweile als recht professionell. Bevor jemand antworten kann, werden wir durch einen neuen Gast unterbrochen.

»Moin«, grüßt er in die Runde. Er ist schätzungsweise Anfang 50. Ein zierlicher Mann mit einem sehr freundlichen, schmal geschnittenen Gesicht. Als er sich neben das Sonnenblumenmädchen setzt, besteht kein Zweifel: Das ist ihr Vater.

»Hajo Brunsen«, stellt er sich mit einem flüchtigen Blick in meine Richtung vor. Dann widmet er sich Jenny und flüstert ihr etwas ins Ohr. Das junge Mädchen schiebt ihn von sich und ruft empört: »Wie? Sofort nach Hause kommen? Jetzt ist Oma total durch den Wind, oder? Die ist sowieso komisch, seit ihr weg wart. So habe ich die noch nie erlebt.«

Hajo Brunsen starrt peinlich berührt auf die Tischplatte.

»Ich bleibe hier«, stellt Jenny klar. »Eike und Tini vertelln grad so schön von früher.«

»Ja, das tun wir«, bestätigt Tini.

»Weet ji noch, as wi de Maiboom van dej klaut hebben? Dej mochten hör Söpke neet mehr. Harn se man blot achter hör Huus narkeken. Wi wassen ja neet marl un hebben dej bit tau uns na Huus brocht.«

Allgemeines Gelächter.

»Un weet ji noch …«, gibt Nachbar Hauke die nächste Anekdote zum Besten. Ich verstehe kaum ein Wort. Sie haben wohl vergessen, dass ich der Anlass für dieses Treffen war. Ist mir recht. So brauche ich mir keine Gedanken mehr zu machen und kann mich auf das Hauptgericht freuen. Lecker Schnitzelbraten, hat Rieke angekündigt. Sie hat sich jetzt auch zu uns gesetzt.

Ich signalisiere Tomke, dass ich auf die Toilette muss. Sie nickt und hört weiter den alten Geschichten zu.

Kurz vor der Toilettentür tippt mir jemand auf die Schulter. Ich fahre wie von der Tarantel gestochen herum. So schreckhaft bin ich sonst nicht. Daran erkenne ich, dass meine Nerven blank liegen. Der junge Mann, der heute hier kellnert, steht mit einem Tablett voller Biergläser hinter mir. Ich sehe ihn irritiert an. Will er mir jetzt schon das Bier aufs Örtchen mitgeben? Er fingert mit der einen Hand einen Brief aus seiner Hosentasche, während er mit der anderen das Tablett abenteuerlich balanciert.

»Ist für Sie abgegeben worden.«

Bevor ich etwas sagen kann, ist er mit seinem Tablett verschwunden. Schon wieder ein Brief. Woher weiß der Schreiber, dass ich gerade hier bin? Ich gehe auf die Toilette, schließe mich ein und reiße den Umschlag mit zitternden Fingern auf.

›Komm in die Laube hinter dem Janssenhaus, wenn du die Wahrheit wissen willst. Allein!‹

Allein! Das heißt, dass mich jemand ganz genau beobachtet und weiß, dass Tomke bei mir ist. Johanna?

Hat sie so viel Angst, gesehen zu werden? Will sie mich nur sprechen und danach gleich wieder verschwinden? Ich gehe zurück. Der köstliche Essensgeruch, die lachenden Gesichter und die Hintergrundmusik eines Heimatsenders haben ihre anheimelnde Ausstrahlung verloren. Die gute Laune wirkt auf mich plötzlich bedrohlich.

»Wer hat den Brief für mich abgegeben?«, fange ich den jungen Mann ab, als er wieder zur Theke zurückkommt.

Er zuckt mit den Achseln. »Ich kenne hier niemanden. Es war ein Kind. Ein Mädchen, so ungefähr zehn Jahre alt.«

Ein Kind? Eindeutig nur ein Bote.

»Und woher wussten Sie, wer ich bin?«

Sein überraschter Blick trifft mich: »Das weiß doch hier jeder.«

Toll. Jeder kennt mich, nur ich tappe im Dunkeln.

»Ich brauche einen Augenblick frische Luft«, flüstere ich Tomke zu.

»Aber sie servieren jetzt den Schnitzelbraten. Ist eine echte Spezialität. Den sollest du nicht kalt werden lassen.«

»Ich bin gleich wieder da«, verspreche ich und weiß, dass ich lüge. Ich habe längst beschlossen, zur Laube zu gehen. Von dort werde ich Tomke eine SMS senden, damit sie sich keine Sorgen macht. Die anderen am Tisch registrieren gar nicht, dass ich nicht mehr in der Runde sitze. Selbst Rieke scheint es nicht zu bemerken. Sie schwelgen weiter in Erinnerungen.

Draußen hat die Dämmerung eingesetzt. Ein milder Wind weht und macht das Atmen wieder leichter. Ich gehe schnell. Unten an der Ringstraße fange ich an zu laufen. Endlich ein Treffen. Endlich Klarheit.

Das Dorf erscheint wie ausgestorben. Sind denn alle heute bei Lüders in der Kneipe? Selbst hinter Brunsens Fenstern ist es dunkel. Nur auf dem Hof leuchten Laternen. Einige sind an einem mit Blumen bepflanzten Leiterwagen angebracht, weitere stehen am Rand des Grundstückes. Sie machen noch einmal deutlich, wie groß diese Gärtnerei ist. Ich muss an das Sonnenblumenmädchen denken und dass sie nach Hause kommen sollte. Die Oma scheint ein strenges Regiment zu führen. Ich fand sie sympathisch. Aber sie ist auch nicht meine Oma. Diese Gedanken purzeln unsinnigerweise durch meinen Kopf. Dabei ist alles in mir auf das Treffen ausgerichtet. Gleich. Da stehe ich schon vor dem Janssenhaus. Im letzten Zwielicht erscheint es wie ein Hexenhäuschen. Das rot-weiße Absperrungsband weht im Abendwind. Die freundlichen Sonnenblumen haben jetzt etwas von wachenden Riesen. Ich husche an ihnen vorbei und spähe hinter das Haus. Die Laube steht ganz unten dicht am Kanal. Ich gehe zögernd weiter. Auf halbem Weg stockt mein Schritt, und mein Verstand erreicht mich. Emma, geh da nicht allein hin! Es hat Tote gegeben. Bilde dir nicht ein, dass du geschützt bist. Warum? Weil Blut dicker ist als Wasser? Das Blut hat dich über 30 Jahre nicht gerufen. Also kann es nicht so dick sein.

Ich lehne mich an einen Baumstamm und hole mein

Handy aus der Tasche. Mit fahrigen Fingern tippe ich eine Nachricht an Tomke ein. ›Bin in Laube hinter Janssenhaus. Komm schnell!‹

Ich warte, aber Tomke antwortet nicht. Vielleicht hat sie ihr Handy abgestellt? Aber das kann ich mir nicht vorstellen. Sie wartet doch ständig auf eine Nachricht von ihrem Paul. Ich muss sie sprechen und drücke auf ›anrufen‹. Da greift eine Hand von hinten zu, reißt mir das Handy weg und wirft es in hohem Bogen in das nahe Schilf. Ich öffne den Mund zu einem Schrei, aber ich bekomme keinen Ton heraus. Wie in Zeitlupe drehe ich mich um und sehe die Frau. Es braucht eine gefühlte Ewigkeit, bis ich begreife, wer vor mir steht. Marlies Brunsen. Was will sie von mir? Und warum hat sie mein Handy weggeworfen? Ist sie verrückt geworden? Hat sie irgendeinen Anfall? Hatte ihre Enkelin vorhin nicht so was in der Richtung gesagt?

Ich gehe einen Schritt zurück, aber Marlies ist schnell und umspannt meinen Oberarm. Ihr Griff ist erstaunlich fest. Entschlossen zieht sie mich runter zur Laube. Ich bin viel zu benommen, um mich zu wehren. Sie schleudert mich regelrecht in die Laube. Ich strauchle und stürze der Länge nach auf den Holzfußboden.

Marlies kümmert sich nicht darum. Sie zündet eine Tischlampe an. Es riecht nach Petroleum.

»Warum kreuzt du nach all den Jahren hier auf?«, fragt sie, ohne mich anzusehen. »Wir hatten eine Abmachung!«

Ich rappele mich mühsam auf.

»Setz dich!«, fordert sie und ich gehorche.

Sie bleibt stehen. Marlies ist äußerlich die gleiche gepflegte Dame, die mir gestern den Tee in ihrem Wohnzimmer gereicht hat. Und doch scheint sie eine ganz andere zu sein. In ihren Augen ist keinerlei Freundlichkeit mehr zu entdecken. Ihre Lippen sind schmal zusammengepresst. Ich versuche zu denken, aber ihr vernichtender Blick vernebelt mir das Hirn. Endlich höre ich mich mit einer fremden, brüchigen Stimme fragen: »Sind Sie meine Mutter?«

Marlies lacht so böse, dass ich Gänsehaut bekomme. »Deine Mutter! Ich konnte keine Kinder kriegen, hat man dir das noch nicht erzählt?«

Ich schlucke trocken, weil mir der Speichel fehlt. Das tut weh im Rachen. Sie steht auf und holt aus der Ecke eine Flasche Wasser. »Hier, trink!«

Meine Zähne klappern gegen den Flaschenhals, als ich unbeholfen einen Schluck nehme.

»Du hast noch nicht geantwortet«, fragt sie mich streng, und ich fühle mich wie in einem Verhör. »Was willst du hier? Du hast es doch gut getroffen. Bist sogar eine von und zu geworden. Also was willst du?«

»Ich wollte meine Mutter einmal treffen.«

»Deine Mutter«, wiederholt Marlies höhnisch. »Deine liebe Mutter hat sich seit 31 Jahren hier nicht blicken lassen. Die hat nur abkassiert. Immer nur abkassiert. Und ich habe gezahlt. Das war es mir wert. Für Hajo. Er ist mein Junge, und er ist der Erbe. Der Alleinerbe.«

Ich versuche, ihren Worten zu folgen. Was hat Hajo damit zu tun? Er ist der Vater des Sonnenblumenmädchens. Wieso sollte sein Erbe durch mich in Gefahr geraten?

Das macht alles keinen Sinn. Wenn Tomke nur hier wäre. Warum musste ich wieder einmal so schnell sein und gleich loslaufen?

Ein Geräusch. Als hätte jemand die Fensterläden bewegt. So viel Wind haben wir nicht.

Marlies richtet sich auf und lauscht wie eine Jagdhündin. Ihre Gesichtszüge verhärten sich noch mehr. Ohne den Blick von der Tür zu lösen, greift sie nach der Wasserflasche. Sie hält sie fest umspannt und steht langsam auf. Ich möchte schreien, denjenigen draußen warnen, aber ich bleibe wie festgenagelt sitzen und bekomme keinen Ton heraus.

KAPITEL 15

Krummhörn, Winteranfang 1977

Der Nebel war dicht wie eine Wand. Johanna starrte aus dem Fenster und versuchte, die Umrisse der Gärtnerei auszumachen. Vergeblich. Es war nichts zu erkennen. Einerlei. Sie wusste, dass Marlies mit Hajo zum Weihnachtsmarkt nach Emden gefahren war. Sie würden erst am Abend zurückkommen. So eine Gelegenheit kam nicht so schnell wieder. Johanna würde gleich nach drüben gehen.

Hajo war ein Schwächling. Er konnte sich nicht gegen seine Eltern durchsetzen. Und er war abhängig. Er wollte die Gärtnerei übernehmen. Das war ihm wichtiger, als für Dieta zu kämpfen. Johanna schürzte geringschätzig ihre vollen Lippen. Hajo hatte Dieta nicht verdient. Sie würde ihn vergessen. Dafür hatte Johanna schon gesorgt. Sie hatte ihr erzählt, dass Hajo sich längst mit Angela getröstet hätte. Die Nachricht war für Dieta sehr schmerzhaft. Aber besser ein Ende mit Schrecken als ein Schrecken ohne Ende, sagte ihre Mutter immer. Schade, dass sie sich selbst nie an diese Weisheit gehalten hat.

Johanna sprühte sich Deo unter die Achseln und betrachtete sich noch einmal im Spiegel. Okay. Sie nickte sich ermutigend zu. Sie war stark, und mit ihr spielte man nicht. Marlies war nicht besser als all die anderen hier. Im Gegenteil, sie war schlimmer. Sie hatte Dieta und ihr Freundschaft vorgegaukelt. So getan, als würden sie auf einer Stufe mit ihr stehen. Aber sie hatte die Gefühle der jungen Mädchen nur ausgenutzt. Sie waren für sie nichts weiter als Gesellschaftsdamen gewesen. Marlies war eine Lügnerin, und sie hatte Dieta verraten. Genauso musste sie behandelt werden. Sie hatte einen gehörigen Denkzettel verdient. Marlies würde auch bald weinen und sich von dem Schock nicht so schnell erholen, dachte Johanna grimmig. Sie ging durch die feuchte, weiße Luft nach drüben.

Kleine Wasserperlen hingen in ihrem Haar, als sie durch Brunsens Dielentür trat. Sie zog ihre Jacke aus und marschierte, ohne zu zögern, weiter. Sie kannte sich hier aus. Die Bewohner und ihre Gewohnheiten waren ihr vertraut. Es war zehn Uhr morgens. Zu dieser Zeit trank Gerrit Tee und nahm sein zweites Frühstück ein. Er war zuverlässig. Johanna mochte ihn, das machte es ihr leichter.

Gerrit trank, wie vermutet, in der Küche seinen Tee und las die Tageszeitung. Verwundert sah er hoch: »Moin, Johanna. Marlies ist nicht zu Hause. Willst du einen Tee?«

Er wies einladend auf einen Küchenstuhl. Das war Gerrit. Die ganzen Streitigkeiten waren an ihm vorbeigegangen. Johanna schüttelte den Kopf und ging langsam auf ihn zu. Gerrits Blick flatterte über Johannas knappe Bluse, die nur wenig von ihren weiblichen Formen verdeckte. Sie blieb dicht vor ihm stehen. Nun war sie doch für einen Augenblick nervös. Ihr üppiger Busen bebte und sie konzentrierte sich darauf, um ruhiger zu atmen. Sie hatte keinen Grund, unsicher zu sein. Sie tat das einzig Richtige.

»Du bist ganz allein heute, nicht wahr?«, fragte sie den Mann leise. Der nickte und musste trocken schlucken. Die Küche schien plötzlich aus Elektrizität zu bestehen. Johanna erkannte seine Verwirrung und lächelte sanft zu ihm hinunter. So leicht hatte sie sich den Verführungsakt nicht vorgestellt. Das war er auch nicht.

Gerrit klappte die Zeitung zu und versuchte, die erotischen Schwingungen als Illusion abzutun. Er drehte sich um und goss sich frischen Tee ein. Der Kandis klirrte. Ansonsten war es völlig still in der Küche.

Johanna trat noch dichter an Gerrit heran und umfasste seinen Nacken mit beiden Händen. Ganz zart. Wie erstarrt ließ Gerrit ihre Berührung zu. Schließlich fragte er mit rauer Stimme: »Was soll das? Setz dich hin, Mädchen, und trink einen Tee.«

Johanna fühlte instinktiv, wenn sie ihn loslassen, sich ihm gegenübersetzen würde, wäre der Bann gebrochen. Noch war Gerrit in ihm gefangen. Sie musste jetzt schlau sein.

»Ich bin nicht in dich verliebt!«, flüsterte Johanna ihm beruhigend zu. Dabei begann sie, ganz leicht ihre Hände in seinem Nacken zu bewegen.

»Dann ist ja man gut«, brummte Gerrit, aber seine Stimme zitterte. Er ist erregt, dachte Johanna zufrieden.

Sie beugte sich tiefer zu ihm hinunter, sodass ihr

Haar sein Gesicht kitzelte: »Ich will nur von einem Mann, einem erfahrenen Mann, entjungfert werden, weißt du.«

Gerrit misslang ein aufgesetztes Lachen, als er zu Johanna hochsah. Er roch ihren Körper, ihre Frische und ihre Bereitwilligkeit, sich ihm hinzugeben.

»Du hast doch einen Freund«, würgte er heraus. Noch immer nicht bereit zu glauben, was sich hier in seiner Küche abspielte.

»Sicher«, log Johanna. »Er ist zu ungeschickt, verstehst du. Wir haben schon geübt, aber … Deshalb bin ich heute bei dir. Du weißt, wie es läuft, und ich mag dich. Danach gehe ich zu meinem Freund. Er braucht es ja nicht zu wissen.«

Gerrits Hände umfassten die Hüften des Mädchens, begannen zu wandern. Umschmeichelten schüchtern, als könnten sie jeden Augenblick wieder zurückgewiesen werden, ihre festen Brüste.

Johanna beobachtete fasziniert seine zunehmende Erregung. Gerrit war immer so gradlinig, so ehrlich. Und nun hatte sie ihn in ihrer Hand. Konnte mit ihm machen, was sie wollte. Eine Zeit lang.

Gerrit war kein hässlicher Mann. Er war immer noch schlank, ohne Bart, mit einem ganz glatt rasierten Gesicht. Das näherte sich jetzt ihrem Bauchnabel. Johanna dachte an Dieta. Wie sehr sie deren Nabel liebte. Gerrits Lippen umkosten sie und Johanna schloss die Augen.

Da ließ Gerrit sie abrupt los und sprang auf. Verdammt. Es ist aus! Sein Verstand hat wieder eingesetzt, dachte Johanna. Aber Gerrit starrte sie mit glasigem Blick an und keuchte: »Nicht hier.«

Das war Johanna recht. Sie wollte es auch nicht in der Küche mit ihm treiben, sondern im Bett. Und zwar in Marlies' Bett. Das würde sie am meisten verletzen. Gerrit ging taumelnd voran und steuerte auf ein Gästezimmer zu. Johanna überholte ihn und rannte zum ehelichen Schlafzimmer.

Gerrit wollte protestieren, aber Johanna war schneller. Sie riss sich die Bluse runter, pellte sich in Windeseile aus ihrer Jeans und legte sich nackt in Marlies' ordentlich zurechtgelegtes Federbett. Gerrit hatte keine Kraft mehr, sich dagegen zu wehren. Er schloss hektisch die Tür ab, zog sich linkisch aus und war bei ihr.

»Ich will nicht so schnell sein«, sagte er feierlich und strich andächtig die Linien ihres Körpers nach. Aber Johanna hörte nicht auf seine Worte und drängte sich ihm ungeduldig entgegen.

»Warte.« Er weinte fast, als sie einfach sein Glied in die Hand nahm und fest umschloss.

»Nein«, widersprach Johanna entschlossen. Sie hatte sich vorher Vaseline um die Scheide geschmiert, denn sie hatte Angst, dass es wehtun würde. Sie drückte Gerrit energisch auf das Laken zurück und setzte sich auf ihn. Die einzige für sie denkbare Stellung. Sie wunderte sich, dass er fast mühelos in sie hineingleiten konnte. Das hatte sie sich schlimmer vorgestellt. Die größte Hürde war damit für sie geschafft. Gerrit umfasste ihre Hüften, und Johanna begann sich zu bewegen. Sie überlegte, ob das reichte und was sie noch tun könnte, um die

Angelegenheit zu beschleunigen. Da verzog sich sein Gesicht wie unter Schmerzen und die Anspannung fiel von ihm ab.

Bevor er richtig zu sich kam, stand Johanna auf und zog sich an.

Gerrit wollte etwas sagen, aber sie hielt ihm ihre Hand vor den Mund und flüsterte: »Das bleibt unser Geheimnis. Ich danke dir.«

Gerrit nickte benommen. Ihm war klar, dass er sie nie wieder haben würde. Das machte ihn ein wenig melancholisch, und gleichzeitig erleichterte es ihn. Denn so sehr er sie auch gerade begehrt hatte, sie flößte ihm doch Angst ein.

Johanna drehte sich noch einmal in der Tür um und lächelte ihm zu. Sie mochte Gerrit wirklich. Für ihn tat es ihr einen Augenblick leid.

Johanna wartete ein paar Wochen. Das hatte zu ihrem Plan gehört. Sie hatte allerdings nicht geglaubt, dass die Realität ihn einholen würde. Nun ging es nicht mehr um Rache, sondern um ihre zukünftige Existenz.

Es war im Januar. Marlies war allein im Betrieb. Es gab nicht viel zu tun, bis auf ein paar Aufträge für Beerdigungen und das Wegsortieren der Weihnachtsdekoration. Als sie Johanna erkannte, richtete sie sich erstaunt auf: »Schau an, die Johanna. Ich habe nicht geglaubt, dass du noch einmal vorbeikommst.« Marlies steckte sich eine vorwitzige Strähne hinter das Ohr und schlug vor: »Lass uns einen Sekt trinken.«

Johannas Gesicht verfinsterte sich. »Dafür ist es zu

spät. Bildest du dir ein, dass du mich wie eine Puppe aus dem Schrank holen kannst, wenn dir gerade nach Spielen ist?«

»Meine Güte, sei nicht so nachtragend. Dieta hat schon eine neue Lehrstelle, wie ich gehört habe. Ich werde ihr keine Steine in den Weg legen. Die Sache ist erledigt.«

»Oh, wie großzügig von dir. Keine Steine in den Weg legen. Erledigt. Was soll erledigt sein? Dieta hat nichts getan. Sie ist keine Diebin. Das weißt du ganz genau! Sie passte nur nicht in deinen Plan. Schon gar nicht als Schwiegertochter.« Johanna biss sich auf die Lippe. Sie versuchte, ihre Wut zu beherrschen. Die half ihr jetzt nicht weiter. Aber es machte sie rasend, dass Marlies so tat, als hätte es Dieta hier nie gegeben. Ihr Sekt anbot. Was glaubte sie eigentlich, wen sie vor sich hatte?

»Ist Gerrit zu Hause?«, fragte Johanna so ruhig, wie es ihr möglich war.

»Nein, er ist mit Hajo unterwegs.«

»Gut«, sagte Johanna und sah Marlies lauernd an. »Ich habe mit Gerrit geschlafen.«

Marlies ließ die Schleifen sinken, aber ihr Mund lächelte weiter. Sie sah Johanna an, als hätte sie sich verhört. »Das reicht! Du musst nicht noch geschmacklos werden. Raus!« Sie wies mit der ausgestreckten Hand auf die Tür, doch Johanna blieb stur stehen. Mit der Reaktion hatte sie gerechnet.

»Übrigens in deinem Bett. Keine Ahnung, ob Gerrit es danach frisch bezogen hat.«

»Geh!«, schrie Marlies aufgebracht. »Und erzähl woanders deine Lügengeschichten. Dass du das kannst, ist im ganzen Dorf bekannt. Du bist wie der alte Janssen. Genauso verrückt und hinterhältig.«

Johanna lächelte überlegen, als Marlies derb ihren Arm packte und sie rausschmeißen wollte.

»Ich bin schwanger!«

Marlies zuckte zusammen, als hätte Johanna ihr eine Ohrfeige gegeben. Sie ließ ihren Arm los. Dann begann sie hysterisch zu lachen. »Schwanger? Aber nicht von meinem Gerrit. Der kann nämlich nicht. Das solltest du wissen, du dummes Miststück!«

»Das dachte ich auch.« Johanna wurde unvermutet ernst und fing an, zu weinen. »Deshalb haben wir nicht verhütet. Jetzt bin ich schwanger. Soll ich dir den Mutterpass zeigen?«

Marlies trat entsetzt einen Schritt zurück, als hätte Johanna ihr angeboten, eine Leiche zu besichtigen. Sie ließ sich kraftlos auf einen Hocker plumpsen.

»Aber nicht von Gerrit«, wiederholte sie leise und dann unerwartet kraftvoll: »Mich kannst du nicht verarschen. Wer weiß, mit wem du alles rumgevögelt hast.«

Johanna lächelte sie unter Tränen an. »Ich habe nur mit Gerrit geschlafen. Nur ein einziges Mal, Marlies. Das musst du mir glauben.«

»Du lügst!«

»Nein«, sagte Johanna, und ihr Blick wurde wieder klar. »Du wirst mir spätestens in acht Monaten glauben. Jeder wird das. Das Kind ist von Gerrit.«

Marlies musste sich an der Arbeitsplatte festhalten. Sie hatte das Gefühl, in einem Karussell zu sitzen.

»Weiß er …?«, fragte sie endlich gequält.

»Nein, und das braucht er auch nicht«, antwortete Johanna ruhig. Sie wusste, sie hatte gewonnen.

»Und willst du das – Kind – bekommen?«

Johanna ließ sich Zeit. Sie genoss, wie Marlies wartete und litt.

»Das weiß ich noch nicht! Aber ich brauche Geld. Viel Geld.«

Marlies nickte langsam. Sie war bereit zu zahlen.

KAPITEL 16

Krummhörn, 2009

Marlies Brunsen ist wie ferngesteuert nach draußen gegangen. Wer ist da? Etwa Tomke? Der Gedanke löst mich aus der Erstarrung. Ich laufe los. In der Tür stoße ich mit einer Frau zusammen. Sie sieht blass aus. Knabenhafte Figur und raspelkurzes, hellblondes Haar. Sie ist nicht größer als ich. Nach dem ersten Schreck schiebt sie sich an mir vorbei in die Laube. Hinter ihr schwankt Marlies herein. Sie lässt sich entkräftet auf das schmale Sofa fallen. Ihr Gesicht scheint in Zeitraffer gealtert zu sein und zeigt tiefe, schattige Falten.

»Was schleichst du denn hier rum? Ich dachte, es wäre Johanna«, murmelt sie kaum verständlich.

Johanna, klingt es in mir nach, und ich begreife: In dem Fall, dass sie es gewesen wäre, hätte Marlies womöglich zugeschlagen. Sie hätte dafür gesorgt, dass ich endgültig mit niemandem mehr über meine Vergangenheit reden könnte. Entschlossen nehme ich ihr die Flasche aus der Hand. Sie lässt das ohne Gegenwehr geschehen.

Die junge Frau zieht sich einen Stuhl zurecht und setzt sich. Jetzt erkenne ich, dass ihr mädchenhaftes Äußeres täuscht. Sie muss mindestens 40 sein.

»Johanna brauchst du nicht mehr zu fürchten«, antwortet sie endlich. Ihre Stimme klingt angenehm dunkel. Marlies reagiert nicht. Hat sie überhaupt zugehört?

»Verstehst du, Marlies? Johanna ist tot. Schon sehr lange.«

»Tot?«, wiederholt Marlies ungläubig. Der Ansatz eines Lächelns huscht über ihr Gesicht. Das lässt sie noch verrückter aussehen. Im nächsten Augenblick schaut sie wieder unerwartet streng. Sie spießt die Besucherin regelrecht mit ihrem Blick auf.

»Und was machst du dann hier? Ihr habt doch immer unter einer Decke gesteckt.«

»Ich habe heute morgen in der Zeitung gelesen, was passiert ist. Es hat mich einfach zu unserer alten Laube gezogen«, antwortet die weiterhin freundlich.

Johanna ist tot. Schon lange. Ich habe also völlig unnötig in der Vergangenheit herumgewühlt. Alles vorbei. Längst vorbei. Aber warum mussten dann zwei Menschen sterben? Irgendetwas stimmt noch immer ganz und gar nicht. Ich spüre, dass die Fremde mich mustert.

»Ist das deine Enkelin?«, höre ich sie fragen.

Auf Marlies' Stirn entsteht eine tiefe Falte, und sie kneift ihre Augen zu engen Schlitzen zusammen. Jetzt sieht sie böse aus. Richtig böse. Ohne mich anzusehen, knurrt sie: »Nein, das ist Johannas Brut.«

Ich muss heftig schlucken und spüre, wie ich flammend rot werde. Aus der Küche bin ich einen rauen Ton gewohnt. Doch ihre abgrundtiefe Verachtung lässt mir ungewollt Tränen in die Augen schießen. Durch deren Schleier erkenne ich, dass die Frau aufsteht. Sie kommt langsam näher und starrt mich an, als sähe sie zum ersten Mal eine 31-Jährige, die weint.

Mit einem ungläubigen Staunen in der Stimme sagt sie leise: »Da irrst du dich, Marlies. Das hier ist meine Tochter.«

Die Laube beginnt sich im Kreis zu drehen. Ich taumele und spüre die Arme der Frau. Sie halten mich fest.

»Ich bin Dieta«, höre ich sie ganz nah. »Komm, setz dich.«

Sie drückt mich sanft auf den Stuhl.

»Das ist überhaupt nicht witzig!«, kreischt Marlies und springt auf. »Du machst mal wieder Spielchen mit mir!«

Die Hände der Frau, die gerade gesagt hat, meine Mutter zu sein, bleiben ruhig auf meinen Schultern liegen. »Nein, Marlies. Die mache ich nicht. Die habe ich noch nie gemacht. Aber du. Du hast falsch gespielt. Du hast behauptet, ich hätte dich bestohlen. Weißt du eigentlich, wie schrecklich das für mich war? Keine Lehrstelle zu haben, nicht nach Hause zu können und die Drohung einer Anzeige im Nacken? Ich hätte alles für dich getan und – für Hajo. Du hast mir alles genommen, damals. Nur …« Ihr Händedruck verstärkt sich, dass er mir wehtut, »das hier ist meine Tochter. Das ist die Wahrheit bei allem, was mir heilig ist. Wir können gerne einen Gentest machen.«

»Nein!«, rufe ich, so laut ich es kann, dazwischen. »Keine Tests mehr! Erzählt mir endlich, was passiert ist.«

»Das wüsste ich auch gerne«, knurrt Marlies dumpf und lässt sich wieder auf das Sofa fallen. »Hat dir mein Sohn nicht gereicht? Musstest du dich noch an den Vater ranmachen?«

»Nein, dein Sohn hat mir gereicht. Wahrscheinlich für immer«, entgegnet Dieta. Mir laufen die Tränen über das Gesicht, obwohl ich überhaupt nichts kapiere. Aber ihre Stimme hört sich jetzt so traurig an, dass ich nicht anders kann. Sie streicht mir übers Haar, was es nicht besser macht. Ich fische aus meiner Hosentasche ein altes Taschentuch und schnäuze kräftig hinein.

»Wir reden morgen weiter, in Ordnung? Ich nehme mir Zeit für dich«, sagt Dieta tröstend und lässt mich los.

»Nein, nicht morgen!«, protestiere ich heftig. »Jetzt und hier will ich wissen, was damals los war. Ich habe das Gefühl, dass alle sterben, bevor sie mir etwas sagen können.«

Dieta zögert einen Augenblick, dann sieht sie mich entschlossen an: »Gerrit ist nicht dein Vater. Das ist Hajo. Ich war mit keinem anderen Mann zusammen.«

Marlies fährt wieder hoch wie eine Furie. Ihre Lippen versuchen, Worte zu formen, bis endlich ein heiseres Flüstern herauskommt: »Ihr habt mich die ganze Zeit über betrogen?«

Dieta reckt ihre zierliche Gestalt. Jetzt sehe ich, dass sie auch geweint hat. Aber ihre Stimme ist ruhig und fest: »Ich erzähle meiner Tochter unsere Geschichte.

Wenn du dabei sein willst, okay. Aber sei ruhig. Sonst geh raus.«

Marlies Brunsen atmet tief durch, aber sie sagt kein Wort und setzt sich wieder.

»Johanna und ich waren Freundinnen. Die besten, die man sich vorstellen kann. Wir haben uns geliebt. Unschuldig geliebt. Vielleicht hat Johanna gehofft, dass es einmal mehr sein würde. Das habe ich erst später begriffen. Damals war ich viel zu unerfahren.

Johanna zog hier in das Dorf, da war sie 15 und ich 14. Ich fand sie wunderschön und stolz wie eine Königin. Die anderen hatten Angst vor ihr. Weil sie anders war und weil sie im Haus vom Vogel-Janssen wohnte. Damit war sie abgestempelt und niemand machte sich die Mühe, sie wirklich kennenzulernen. Ich hatte auch keinen festen Stand in der Dorfclique, aber ich wurde akzeptiert. Obwohl ich eine Zugereiste war. Mein Vater hat in Pewsum für ein paar Jahre die Sparkasse geleitet. Deshalb sind wir hier hochgezogen. Meine Mutter hatte immer Heimweh nach Papenburg.

Dann kam Johanna. Es war, als hätten wir aufeinander gewartet. Wir gehörten zusammen. Das hat natürlich niemand im Dorf verstanden. Die Mädchen nahmen mir übel, dass ich mich gegen sie entschieden hatte. Den Erwachsenen waren wir unheimlich. Die Gerüchteküche hat nur so gebrodelt. Sie haben sich über uns das Maul zerrissen. Die Einzige, die zu uns gehalten hat, war Marlies. Sie hat uns eingeladen und viel mit uns unternommen. Bei ihr haben wir uns wohlgefühlt, und ihr haben wir auch vertraut.«

Ein Ruck geht durch den Körper der alten Frau, aber sie bleibt still und lässt Dieta ungestört weiterreden.

»Ich habe bei ihr eine Ausbildung als Gärtnerin angefangen. Und Johanna ist noch zur Schule gegangen. Sie hat davon geträumt, groß Kariere zu machen und für uns zu sorgen. Für mich und ihre Mutter. Alles war gut, bis ich mich in Hajo verliebt habe. Und er sich in mich. Dass ich Johanna damit sehr wehgetan habe, war mir überhaupt nicht bewusst. Ich war im siebten Himmel.«

Dieta hält kurz inne. Sie scheint weit weg in einem glücklichen Teil ihrer Vergangenheit zu sein. Dann verdunkelt sich ihr Gesicht: »Alles war wunderschön, bis Marlies dahinterkam. Das war so …« Sie sucht nach passenden Worten, »das war wie ein Absturz im freien Fall. Nichts war mehr wie vorher. Marlies war von einem Augenblick zum anderen eine völlig Fremde. Marlies, mit der wir so viele Samstage verbracht hatten. Mit der wir gelacht und getanzt hatten. Die für uns wie eine große Schwester war. Sie hat getobt wie eine Wahnsinnige. Wir hätten sie alle hintergangen. Dabei wollte Hajo es ihr sagen. Bald. Aber Marlies hat überhaupt nicht zugehört, kein Argument gelten lassen. Als würden wir gegen eine Wand aus Beton reden.«

Dieta war während des Erzählens hin und her gelaufen. Jetzt hockt sie sich wie ein kleines Mädchen auf den Fußboden und umschlingt ihre Knie. Marlies Brunsen starrt schweigend aus dem Fenster in die Dunkelheit. Ich, der die Geschichte gilt, empfinde mich nur wie ein Statist.

»Ich wollte natürlich nicht so einfach gehen«, berichtet Dieta weiter. »Da hat Marlies eiskalt gehandelt. Sie hat behauptet, ich hätte sie bestohlen. Sie würde das großzügig unter den Tisch fallen lassen, wenn ich meine Klamotten packen und verschwinden würde. Das war eine Lüge und nichts weiter als ein ganz mieser Rausschmiss. Was hätte ich denn machen sollen? Meine Eltern wären vor Scham gestorben, wenn sie gehört hätten, ihre Tochter hat ihren Arbeitgeber beklaut. Sie waren zu dem Zeitpunkt gerade nach Papenburg zurückgezogen. Hajo konnte mir auch nicht helfen. Er war auf einem Lehrgang. Dafür hatte Marlies schon gesorgt. Anrufen ging nicht. Es gab noch keine Handys.

Johanna war so wütend. Sie hat mich heimlich bei Frieda Klemmer untergebracht. Fürs Erste. Und sie hat mir versprochen, dass Marlies nicht so einfach davonkommen würde. Sie könnte uns nicht wie billige Mägde behandeln. Das würde sie sich nicht gefallen lassen. Dabei wollte ich gar keine Rache. Ich wollte nur zu Hajo. Aber Johanna war nicht mehr zu bremsen. So war sie. Immer extrem. Im Lieben wie im Hassen.

Sie hat mir erst hinterher erzählt, dass sie Gerrit verführt hat. Das wollte sie Marlies unter die Nase reiben. Sie im ganzen Dorf lächerlich machen. Aber dann kam alles anders.«

Dieta atmet tief durch und schaut zum ersten Mal wieder zu mir hoch: »Ich habe gemerkt, dass ich schwanger war. Schon weit im vierten Monat.«

»Hättest du sonst abgetrieben? Ich meine, wenn du es früher gewusst hättest?«

Die Worte platzen nur so aus mir heraus, und ich halte mir nachträglich die Hand vor den Mund. Aber Dieta sieht mich weiterhin ruhig an und zuckt nur mit den Achseln.

»Ich weiß es nicht. Ich weiß es wirklich nicht. So einfach ging das damals nicht. Man brauchte zwei Gutachter, die bestätigten, dass man nicht in der Lage war, das Kind auszutragen. Nicht zu vergessen die Unterschrift meiner Eltern. Ich war gerade 16.

Aber ich habe über eine Abtreibung auch nicht nachgedacht. Ich habe überhaupt nicht nachgedacht. Ich hatte nur Sehnsucht nach Hajo und verstand nicht, warum ich keine Nachricht von ihm bekam. Warum er nicht zu mir kam. Hajo war schon volljährig. Er hätte mich einfach heiraten können. Aber er meldete sich nicht, und zu Brunsens traute ich mich nicht hin. Dann brachte mir Johanna bei, dass Hajo sich längst mit Angela getröstet hat. Das war wie ein Schlag ins Gesicht. Ich konnte nur denken: Hajo hat mich verraten. Auch er hat mich verraten. Von da an hat Johanna für mich gehandelt. Und ich habe sie handeln lassen. Sie hat behauptet, dass sie schwanger wäre, und sie hat sich von Marlies das Schweigen bezahlen lassen. Aber Johanna war nie schwanger. Gerrit konnte wirklich keine Kinder zeugen.«

Marlies springt wieder auf, und für einen Augenblick erwarte ich, dass sie Dieta angreift. Aber sie bleibt kurz vor ihr stehen: »Wie konntet ihr mir das antun? Ich habe über 30 Jahre lang geglaubt, dass Gerrit ein Kind hat. Ich habe alles getan, damit es nicht rauskommt.

Ich habe gezahlt und doch immer Angst gehabt. Immer diese Angst, die wie ein Tier in der Ecke gelauert hat. Das mich jeden Moment anspringen konnte. Johanna war so unberechenbar!«

Marlies schreit bei den letzten Worten so laut, dass sich ihre Stimme überschlägt. Leiser fügt sie hinzu: »Ich könnte nicht ertragen, wenn Gerrit mich hasst. Und das würde er, wenn er gemerkt hätte, dass ich ihm sein Kind vorenthalten habe. Ihm verschwiegen habe, dass er doch zeugungsfähig ist.«

Es bleibt eine Zeit lang ruhig in der Laube. Dieta ist schweigend aufgestanden und hat sich wieder hinter mich gestellt. Plötzlich habe ich einen Gedanken, der mir in seiner Klarheit den Mut gibt, ihn auszusprechen: »Haben Sie Greta umgebracht?«

Marlies sieht mich so überrascht an, als müsste sie überlegen, wer ich bin. Dann drückt sie ihren Rücken durch und antwortet: »Nein, das habe ich nicht. Ganz ehrlich nicht.«

Sie setzt sich müde auf das Sofa zurück. »Greta hat mich angerufen. Gleich nachdem Sie wieder weg waren. Sie hat mir erzählt, dass Johannas Tochter gekommen wäre. Endlich wäre sie da. Was für eine schöne, junge Frau sie geworden wäre. Und so eine feine. Da wurde mir erst klar, Greta hat es gewusst. Die ganze Zeit über gewusst. Johanna musste es ihr verraten haben. Das hat Greta später auch zugegeben. Sie wusste, dass Johanna von Gerrit schwanger war und das Kind heimlich bekommen hatte. Sie wusste, dass Johanna genug Geld hatte und das Kind in gute Hände kommen sollte.

Zu den von Odenwalds. Sie brauchte sich keine Sorgen zu machen. Deshalb hat Greta sie auch nicht suchen lassen. Johanna war ja erst knapp 17. Ich bin sicher, der alte Janssen war mit eingeweiht. Sonst hätte der nicht lockergelassen. Der war doch ganz vernarrt in Johanna. Und nun war ihre Enkelin gekommen und Greta war völlig aus dem Häuschen. Sie wollte ihr die Wahrheit erzählen. Die Wahrheit.« Marlies Brunsen lacht grimmig.

»Ich war wie vor den Kopf geschlagen und bin zu ihr rübergegangen. Ich wollte sie nur zur Vernunft bringen. Als ich kam, hatte sie schon die ersten Schnäpse intus. Das hatte sie lange nicht mehr gemacht. Aber sie war so aufgewühlt an dem Tag. Völlig von Sinnen vor Freude. Sie hat mir auch einen angeboten, und ich habe um des lieben Friedens willen einen mitgetrunken. Ich habe sie beschworen, den Mund zu halten. Sie sollte sich vorstellen, wie es für Gerrit wäre, wenn plötzlich eine Tochter vor ihm stünde. Er ist fast 80. Es würde ihn völlig aus der Bahn schmeißen. Und er würde mir das nicht verzeihen. So kurz vorm – Ende. Und Johannas Tochter würde es doch gutgehen. Warum wollte sie schlafende Hunde wecken? Doch Greta war wie im Rausch. Meine Worte haben sie überhaupt nicht erreicht. Sie hatte nur einen Gedanken: Endlich reinen Tisch zu machen. Ich habe nicht aufgegeben und geredet und geredet und ihr Geld angeboten. Da wollte sie mich rausschmeißen. Ich bin aber nicht gegangen und habe nicht aufgehört, auf sie einzureden. Da hat Janssen gerufen. Er war krank und hat im Bett gelegen. Sie sollte zu ihm in die Kammer kommen. Ich bin Greta hinterhergelaufen. Ich war ja auch in Rage und völlig verzweifelt. Ich glaube, Greta hatte in dem Augenblick Angst vor mir. Und sie war nicht mehr nüchtern. In der Stube hat sie nur auf mich geachtet und ist gestolpert. Sie ist rückwärts gegen die Schrankkante gefallen. Sie war auf der Stelle tot, das schwöre ich. Sie hat geblutet wie abgestochen, aber ihre Augen ...«

Marlies Brunsen stockt. »Ihre Augen waren ganz starr und haben durch mich durchgesehen. Den Ausdruck kenne ich. Meine Eltern sind beide zu Hause gestorben. Greta war wirklich tot. Ich habe neben ihr auf dem Fußboden gehockt und konnte das nicht fassen. Wie kann man so schnell tot sein, habe ich noch gedacht. Klick, als würde man ein Licht ausschalten. Einfach so. Da hat der alte Janssen wieder gerufen, und ich bin in Panik geraten und davongelaufen. Er wird aufgestanden sein. Irgendwann. Und er wird sie gefunden haben. Das muss bitter für ihn gewesen sein. Er war ein schwieriger Mensch und sicher auf eine Art und Weise verrückt. Aber er war nicht blöd. Ihm muss klar gewesen sein, was das für ihn bedeutete. Davon abgesehen glaube ich, dass er um Greta getrauert hat. Die waren so lange zusammen. Deshalb hat er sich aufgehängt. Das habe ich erst am nächsten Tag erfahren, denn ich bin nicht mehr zurückgegangen. Keine zehn Pferde hätten mich dazu gebracht. Ich habe mir den Kopf zermartert, was ich tun könnte, um auf die tote Greta aufmerksam zu machen. Dann haben Sie ja die beiden gefunden. Dafür war ich sogar dankbar. Die hatten sonst nie Besuch. Das hätte niemand mitgekriegt. Wahrscheinlich erst der Briefträger, wenn er die Verwesung gerochen hätte.«

Auf so eine Erklärung habe ich die ganze Zeit gehofft. Kein Mord. Es war ein Unfall. Aber ich fühle keine Erleichterung, sondern Beklommenheit. Die düstere Atmosphäre des Janssenhauses scheint in der Laube greifbar. Dieta holt sich einen zweiten Stuhl aus der Ecke und setzt sich zu mir. Wir sehen uns nicht an.

»Wusste Greta, dass Johanna tot war?«, unterbricht Marlies die unangenehme Stille.

»Ja, ich war noch einmal bei ihr. Gleich, nachdem Johanna gestorben ist«, antwortet Dieta. »Wir haben zusammen einen Kaffee getrunken. Greta wollte alles wissen. Ich habe es nicht übers Herz gebracht, ihr die Wahrheit zu sagen. Ich habe ihr erzählt, Johanna hätte ein Mädchen geboren. Ein hübsches, kleines, gesundes Mädchen. Daran hat sie sich geklammert. Das war ihre Hoffnung. Die konnte ich ihr nicht nehmen.«

Ich sehe Greta wieder vor mir. Wie sie in der Tür steht. Die Zigarette in der Hand. Das Leuchten in dem verwelkten Gesicht, als ich zum Kaffee blieb. Als ich versprochen habe, dass ich wiederkomme. An dem Tag habe ich geglaubt, meine leibliche Mutter vor mir zu haben.

»Wieso war sie eigentlich so sicher, dass ich ihre Enkeltochter bin?«, frage ich aus meinen Gedanken heraus.

»Sie hat behauptet, Sie würden Ihrem Vater wie aus dem Gesicht geschnitten sein«, antwortet Marlies müde. »Hajo sieht Gerrit wirklich ähnlich. Außerdem klingelt dort sonst niemand. Schon gar nicht, um zu telefonieren. Greta hat behauptet, sie hätte es sofort gefühlt.«

Gefühlt. Ich mag nicht zur Seite sehen. Neben mir sitzt die Frau, in deren Bauch ich gewachsen bin, die mich geboren hat. Deren Gene ich habe. Aber das fühlt sich so irrational an. So fremd. Vielleicht muss ich einfach mehr von ihr erfahren. Die Dieta von damals kennenlernen. Die verzweifelt war. Mit 16 schwanger zu sein und sich verraten zu fühlen. Was habe ich in dem Alter gemacht? Schule, Flirten, keinen Plan. Eben jung sein.

»Wie habt Ihr das damals eigentlich geschafft?«, frage ich Dieta.

Sie sieht mich scheu von der Seite an. »Wie haben wir das geschafft?«, wiederholt sie nachdenklich. »Geschafft hat es eigentlich Johanna. Ich selbst hatte nicht mehr Energie, als von einem Tag zum anderen zu schlittern. Marlies hatte gezahlt. Wohl recht großzügig. Ich weiß es nicht. Aber wir konnten uns kleine Wohnungen leisten. Ferienwohnungen in der Nähe von Leer an der holländischen Grenze. Wir haben sie mehrmals gewechselt. Damit wir keinen Mietvertrag brauchten. Johanna ist sehr selbstbewusst aufgetreten und hat auch älter ausgesehen. Meinen Eltern habe ich vorgegaukelt, dass ich eine andere Lehrstelle hätte. Zu meinem Vorteil und im Einvernehmen mit Brunsens. Ich habe sie noch zweimal in Papenburg besucht. Solange ich meinen Bauch kaschieren konnte. Danach habe ich sie mit Telefongesprächen ruhig gehalten. Für die paar Monate. Sie haben mir sehr vertraut. Und zum Glück hatten sie auch gerade heftigen Stress mit dem Umbau.«

Dieta lauscht ihren eigenen Worten hinterher, als könnte sie es im Nachhinein selbst kaum glauben, dass es so glattgelaufen ist. »Johanna hat dann Kontakt zu – zu deinen zukünftigen Eltern aufgenommen und alles mit ihnen geregelt. Sie hat mir nicht deren Namen verraten. Das wäre besser für mich. Damit ich einen Schlussstrich ziehen könnte. Sie hat es gut gemeint, aber sie hatte Ahnung: Eine Mutter vergisst ihr Kind nicht. Nicht einen Geburtstag.

Aber zu dem Zeitpunkt habe ich mich nicht gewehrt und auf Johanna gehört. Ich brauchte Halt und jemanden, der für mich die Entscheidungen traf. Später konnte sie es mir nicht mehr sagen.«

»Wie habt Ihr das mit der Geburtsurkunde geregelt?«, höre ich mich fragen. Das klingt so geschäftsmäßig. Will ich den Sachverhalt wirklich wissen? Oder weiche ich nur dieser geballten Ladung an Gefühlen aus, die hier im Raum stehen?

»Eigentlich ganz leicht. Geld. Wieder einmal viel Geld. Dieses Mal mit dem deiner Eltern. Johanna kannte eine Hebamme. Das heißt: ich auch, aber ich wäre nie auf die Idee gekommen. Waltraud hieß die. Die hat schon mal im Knast gesessen, weil sie bei Frauen illegal abgetrieben hat. Johanna hat ihr eine stattliche Summe angeboten, damit sie mir bei der Geburt hilft. Aber vor allem, dass sie schweigt. Sie hat dich gleich als Kind deiner zukünftigen Eltern eingetragen. Damit konnten sie dich dann ganz normal beim Standesamt anmelden. Das ist alles.«

Dieta räuspert sich und sagt leise, aber nicht ohne Stolz: »Ich wusste, dass du ein Mädchen bist, und ich habe dir den Namen Emma gegeben. Johanna musste mir versprechen, dass du weiterhin so heißt.«

Ich starre gerührt nach unten.

»Und Johanna?«, frage ich heiser. »Wann ist die gestorben?«

»Früh. Da war sie erst 18. Sie ist in Bremen vor ein Auto gelaufen. Das passte überhaupt nicht zu ihr, sie war doch immer so hellwach. Aber sie war sofort tot. Danach bin ich das letzte Mal hier gewesen. Ich bin zu Greta gegangen. Das war meine Pflicht. Sie hat mit niemandem darüber geredet, denke ich. Sie hat so getan, als würde Johanna noch leben. Nur Janssen wird es gewusst haben. Sie hat ihm sicher alles erzählt, nur nicht, dass Gerrit der angebliche Vater ist, und auch nicht, wo Emma lebt. So schlau war Greta. Das hätte Janssen sonst ausgenutzt, und das wollte sie nicht. Sie wollte, dass ihre Enkeltochter in guten Verhältnissen ruhig aufwachsen konnte. Und ich wollte nur endlich Abstand gewinnen.«

Das kann ich verstehen, denke ich. Das sollte ich ihr sagen. Aber ich bekomme kein Wort heraus.

»Ist es dir bei deinen Eltern gutgegangen?«, fragt Dieta mich unvermittelt.

»Ja, sie sind – sehr liebevoll«, antworte ich ehrlich und werde rot.

Dieta lächelt nachsichtig. »Das ist schön. Und warum bist du dann hierhergekommen?«

»Weil ich mich betrogen gefühlt habe. Sie haben mir nie gesagt, dass sie mich adoptiert haben.«

Das Lächeln auf Dietas Gesicht verstärkt sich und hat nun etwas sehr Mütterliches. »Überleg mal. Wie sollten sie dir das sagen? Du bist adoptiert, und doch bist du es nicht. Du bist als ihr eigenes Kind eingetragen. Vielleicht haben sie über die Zeit selbst geglaubt, dass es so ist. Gefühlt haben sie sicher so.«

Ich muss hart schlucken. Meine leibliche Mutter nimmt meine Eltern in Schutz. Das beschämt mich und macht mich gleichzeitig ruhiger. Marlies räuspert sich. Die hatte ich ganz vergessen.

»Wenn wir schon bei der Wahrheit sind, dann sollst du auch die ganze wissen. Hajo hat dich damals nicht verraten. Ich habe ihn weggeschickt. Auf mehrere Lehrgänge nacheinander. Er hat oft versucht, dich bei uns telefonisch zu erreichen. Ich habe dich immer verleugnet. Dann hat er Briefe geschrieben. Ich habe ihm erzählt, dass du eine andere Lehrstelle gesucht hättest. Eine lukrativere. Dass du hier wegwolltest. Raus aus dem Dorf. Er hat gelitten wie ein Hund. Das hat mir so wehgetan. Aber ich konnte nicht mehr zurück. Zu dem Zeitpunkt dachte ich schon, dass Johanna von Gerrit schwanger war.

Hajo war nie mit Angela zusammen. Das ist auf Johannas Mist gewachsen. Hajo hat lange auf dich gewartet. Irgendwann hat er aufgegeben. Geheiratet hat er erst zehn Jahre später.«

Ich mag Dieta nicht anschauen. Ich kann mir ihre Fassungslosigkeit vorstellen. Gleich wird sie zusammenbrechen. Aber sie fragt nur mit belegter Stimme: »Ist Hajo – ist er glücklich geworden?«

»Ja, das ist er«, sagt Marlies ohne Triumph. »Wir haben eine wundervolle Enkeltochter. Jenny.«

Mein Blick kreuzt sich mit ihrem. Ich bin sicher, wir denken in dem Augenblick das Gleiche. Ich bin auch ihre Enkeltochter. Keine spricht den Gedanken aus.

Ich drehe mich zu Dieta um, und meine Hand tastet sich sachte vor und legt sich auf ihre. Die ist eiskalt und zittert wie ein kleiner Vogel. Hajo hat geheiratet und ist anscheinend glücklich geworden. Ich hoffe inständig, dass sie auch ein gutes Leben hat.

»Und du, was hast du gemacht?«, frage ich, und habe das Gefühl, zu einer Freundin zu sprechen. Sie ist noch so jung, dass sie es ohne Weiteres sein könnte.

»Ich habe eine eigene Gärtnerei in Papenburg. Und ich bin verheiratet – glücklich verheiratet. Wir haben drei Kinder.«

Drei Kinder. Ich atme erleichtert aus. Der Gedanke, dass sie irgendwo mit gebrochenem Herzen lebt, wäre für mich unerträglich gewesen.

»Emma!«

Wir schrecken alle drei hoch. Das war Tomke.

Im nächsten Augenblick wird die Tür aufgetreten, und Strothe steht breitbeinig mit gezogener Pistole im Rahmen. Das ist so grotesk, dass mir ein albernes Lachen entschlüpft. Er sieht von einer zur anderen und lockert zögernd seine Haltung.

»Ein interessantes Treffen«, bemerkt er und wirft mir einen unfreundlichen Blick zu. Er nimmt mir meinen Lacher eindeutig übel. Hinter ihm taucht Tomke auf und schiebt sich respektlos vorbei. Mit ein paar schnellen Schritten ist sie neben mir.

»Tut mir leid, aber ich habe deine Nachricht eben erst gelesen«, sagt sie und streicht mir über die Schulter. »Alles okay?«

Ich nicke mechanisch. Strothe steckt die Pistole weg und tritt zur Seite. Jetzt sehe ich, dass Jenny und Hajo Brunsen auch noch hinter ihm stehen.

»Oma«, sprudelt das junge Mädchen vorwurfsvoll los. »Wir suchen dich überall! Opa macht sich total die Sorgen. Er sagt, du wärst zum Janssenhaus rüber.«

Marlies antwortet nicht. Hajo schüttelt nur verständnislos den Kopf und setzt sich mit Jenny zu ihr auf das schmale Sofa.

Die kleine Laube ist nun zum Platzen gefüllt. Mit Menschen und mit Gefühlen. Gegen meinen Willen überfliege ich in Gedanken die Verwandtschaftsverhältnisse. Die erscheinen mir so faszinierend, dass ich aufpassen muss, um sie nicht herauszuposaunen.

Strothe hat sich wieder gefangen und fragt Dieta misstrauisch: »Wer sind Sie bitte?«

»Dieta Heinemann«, antwortet sie mit dünner Stimme. Ich kann mir gut vorstellen, wer ihr die Sprache verschlagen hat. Hajo Brunsen. Der schaut jetzt fassungslos in ihre Richtung, als sähe er einen Geist.

»Dieta?«, wiederholt er ungläubig. »Was machst du denn hier?«

»Das wüsste ich auch gerne«, fügt Strothe hinzu, und nun richten sich alle Augen auf Dieta.

Jetzt wird gleich alles herauskommen. Dass Dieta als junges Mädchen ein Baby weggegeben hat. Mich. Dass meine Eltern eine Hebamme geschmiert haben. Jenny wird erfahren, dass wir Halbschwestern sind und Hajo, dass ich seine Tochter bin. Dass die Frau, die er einmal geliebt hat, ein Kind von ihm hat. Dass er belogen worden ist. Von seiner Mutter. Wie viel Wut wird sich durch die Wahrheit lösen? Wie oft wird die Frage gestellt werden: Was wäre geschehen, wenn?

Da antwortet Dieta leise, aber erstaunlich ruhig: »Die Mutter meiner Jugendfreundin ist gestorben. In dieser Laube haben wir uns oft getroffen. Johanna und ich. Ich war in der Nähe und einfach sentimental.«

Bei den letzten Worten sieht sie Hajo an. Der erwidert ihren Blick mit einem winzigen Lächeln.

Strothe hat sein Büchlein gezückt und macht sich Notizen.

»Und Sie?«, wendet er sich an Tomke. »Warum haben Sie geglaubt, dass Frau von Odenwald in Gefahr wäre? So haben Sie sich doch ausgedrückt.« Bei den letzten Worten sieht er mich an, als wäre es ihm wichtig, dass ich seine Pistolennummer von eben richtig einordne.

Tomke tritt unruhig von einem Fuß auf den anderen. Sie weiß nicht, was sie antworten soll. Wie auch? Mir bricht der Schweiß aus, aber wir müssen Farbe bekennen. Ich muss meine Eltern da mit reinziehen. Ob ich will oder nicht. Und ein paar Menschen hier völlig unnötig aus ihrer Bahn werfen. Das tut mir so leid, und ich würde zum wiederholten Mal was darum geben, diesen dämlichen Test nie gemacht zu haben. Bevor ich loslegen kann, steht Marlies Brunsen auf und ergreift überraschend das Wort: »Ich bin eine Erklärung schuldig. Ich habe Frau von Odenwald anonym eine Nachricht zukommen lassen, um sie hier in der Laube zu treffen.«

»Was redest du denn da für einen Unsinn?«, mischt sich Hajo energisch ein. Er ist ebenfalls aufgestanden und legt schützend seinen Arm um ihre Schulter. Das tut ihr sichtlich gut. Würde er das noch tun, wenn er wüsste, dass seine Mutter Dieta aus dem Haus gejagt hat? Dass sie ihn belogen hat? Dass sie für ihn Schicksal gespielt hat?

»Ich rede keinen Unsinn«, widerspricht Marlies. »Ich habe Frau von Odenwald eine Nachricht geschrieben. Sie hat Greta und Janssen gefunden. Immerhin hatte sie dadurch Schwierigkeiten. Ich dachte, sie hat ein Recht zu erfahren, was wirklich passiert ist.«

»Mama, was redest du denn da?«, versucht Hajo, sie weiter zu beruhigen.

»Du weißt doch selbst nicht, wie die beiden gestorben sind.« Jenny ist nun auch bei ihrer Oma und streichelt ihr über den Arm. Aber die schiebt Hajo und Jenny sanft zur Seite und geht einen Schritt auf Strothe zu.

»Keine Sorge, ich weiß ganz genau, was ich sage. Ich war Sonntagabend im Janssenhaus. Ich war bei Greta. Da hat sie noch gelebt. Wir haben mächtigen Streit gehabt. Dabei ist sie gegen den Schrank gestürzt. Aber ich habe sie nicht angefasst, das müssen Sie mir glauben. Sie ist ganz von allein gefallen und war auf der Stelle tot.«

»Und worüber haben Sie sich so heftig gestritten?«, fragt Strothe stirnrunzelnd.

»Das Janssenhaus soll endlich abgerissen werden. Darüber haben wir schon oft gesprochen und auch gestritten. Ohne Erfolg. Dieses Mal wollte ich mich durchsetzen. Ich habe versprochen, ihnen einen kleinen Bungalow zu vermieten. Nur einen Weg weiter. Das Janssenhaus ist längst baufällig und gefährlich. Die beiden hätten darunter begraben werden können. Dass es so gekommen ist, das habe ich nicht gewollt. Der alte Janssen muss sich später aufgehängt haben, nachdem er Greta gefunden hat.«

»Warum haben Sie das nicht gleich ausgesagt?«, fragt Strothe gereizt. Der unspektakuläre Verlauf des Falles scheint ihm nicht zu gefallen.

»Warum? Warum? Weil ich Angst hatte und völlig verwirrt war. Und dass Janssen auch tot ist, habe ich erst am nächsten Tag erfahren. Werde ich jetzt verhaftet?«

Strothe sieht sie düster an. »Ich denke, das wird nicht nötig sein. Kommen Sie morgen auf die Dienststelle in Pewsum.« Und mit einem strengen Blick zu Hajo: »Ist das gewährleistet?«

»Ja, natürlich«, stottert der.

Strothe nickt und knurrt: »Und engagieren Sie für Ihre Mutter einen Anwalt.«

Das lässt ihn wieder unwiderstehlich sympathisch erscheinen.

»Ich brauche noch Ihre Personalien«, sagt er zu Dieta und Tomke. »Ich muss Sie alle bitten, morgen auf die Wache zu kommen. Wir müssen Ihre Aussagen protokollieren.«

Wir nicken artig wie in der Schule.

»Sie können dann erst einmal gehen.« Strothe sieht irritiert in die Runde, weil keiner Anstalten macht, sich zu bewegen.

»Wir haben hier ein großes Ferienhaus«, flüstere ich Dieta zu. »Wenn du willst, kannst du bei uns schlafen.«

Tomke nickt, ohne zu ahnen, wem ich das vorgeschlagen habe. Aber Dieta lächelt mich nur liebevoll an: »Nee du. Ich fahre nach Hause. Und das mach du mal morgen auch. Du weißt jetzt ja, wo ich wohne.«

Sie streicht mir noch einmal über den Arm und steht auf. Hajo setzt sich gleichzeitig in Bewegung und sie treffen sich in der Tür. Sie zögern, warten und sehen sich schweigend an. Für einen atemlosen Augenblick scheint die Zeit stillzustehen. Dann dreht Dieta sich um und geht.

Am nächsten Morgen

»Abfahrt!«, sage ich und muss herzhaft gähnen. Sandra ist erst gegen Mitternacht gekommen und wir haben noch lange zusammengesessen.

»Nicht ohne ein anständiges Frühstück«, widerspricht die, und Tomke nickt beifällig.

»Wo denn? Unser Kühlschrank ist leer.« Ich habe keinerlei Verlangen, in Lüders Frühstücksraum mit neugierigen Fragen gelöchert zu werden. Ich will nur nach Hause – zu meinen Eltern, gestehe ich mir stillschweigend ein.

»Ich habe in Upleward einen Tisch für uns reservieren lassen«, verkündet Sandra munter.

»In Upleward?«

»Ja, für fünf Personen.«

Sie zwinkert Tomke leutselig zu. Ich ziehe meine Augenbrauen zusammen. Sie sollte meine Morgenlaune nicht zu sehr strapazieren.

»Nun guck nicht so grimmig.« Sandra zieht mich zu sich und hält mich fest. »Hey, glaubst du wirklich, deine Eltern haben in Hannover gesessen und Däumchen gedreht, während ihre Tochter hier zwei Leichen findet und in der Vergangenheit herumstochert? Sie haben mich angerufen, und ob du nun sauer bist oder nicht, ich habe sie gestern abgeholt und mitgenommen. Sie sind in einer netten Pension in Upleward untergebracht. Ich konnte deinen Vater übrigens nur mit Mühe davon abhalten, mit einem Anwalt bei der Polizei aufzulaufen.«

Ich lache unsicher. »Das wäre was geworden.«

Meine Eltern sind hier. Sie haben mich nicht allein gelassen. Werden sie nie. Ich lehne mich an Sandra: »Das hast du richtig gemacht.«

»Na siehst du.«

Wir fahren in einer kleinen Autokolonne die Ringstraße entlang. Die Gärtnerei Brunsen hat schon geöffnet. Ein melancholisches Gefühl streift mich. Ich fahre weiter.

Nach dem Frühstück werden wir noch einmal zur Polizei müssen. Aber Strothe werde ich dort nicht mehr treffen. Er hat sich gestern schon verabschiedet. Den Abschluss könnte er Dierksen überlassen, hat er knapp erklärt. Das wird dem recht sein. Kurz vor Frieda Klemmers Haus kommt ein Jogger aus dem Seitenweg: Strothe. Er hat heute Nacht also doch noch hier geschlafen. Ich sehe ihm hinterher. Er hat einen leichten und doch sehr dynamischen Laufstil. Und vor allem hat er umwerfende Waden.

Emma! Von wem hast du das? Wieso bekommst du beim Anblick solcher Männerbeine gleich unzüchtige Gedanken? Dieta und Hajo scheinen beide grundsolide.

Ich begegne meinem Blick im Rückspiegel und muss grinsen.

»Schätze mal, das bist eben du, Emma von Odenwald!«, sage ich laut.

Bevor ich auf die Bundesstraße abbiege, kann ich mir nicht verkneifen, Strothe einmal kurz hinterherzuhupen.

DANKSAGUNG

Danke an Annette Petersen aus dem wilden Westen. Danke an einige Manslagter (Krummhörn) für Tee und Klönschnack. Danke an Maike Harms aus Hannover/ Borkum für ihr Know-how der plattdeutschen Sprache. Danke an meine beiden Erstleserinnen für ihre ehrliche Meinung. Und last but not least an meine Lektorin Claudia Senghaas, die mein Manuskript sorgsam liebevoll behandelt hat.

Weitere Krimis finden Sie auf den
folgenden Seiten und im Internet:

WWW.GMEINER-VERLAG.DE

SIGRID HUNOLD-REIME
Zweite Chance am Deich
. . . .
978-3-8392-1723-8 (Paperback)
978-3-8392-4709-9 (pdf)
978-3-8392-4708-2 (epub)

»Kann man seiner Jugendliebe
verzeihen, wenn sie etwas
Unaussprechliches getan hat?«

Anne, Tomke Heinrichs Freundin, reist zu ihr in die Pension, um besser schreiben zu können. Für die einsame Tomke ein Geschenk des Himmels. Sie ist gerade auf dem besten Weg, ihrem Exgeliebten Paul erneut zu verfallen. Aber Anne und Tomke haben bald ganz andere Probleme. Sophie, eine Kellnerin im Restaurant »Leuchtfeuer«, sucht bei ihnen Zuflucht. Ihre Jugendliebe ist an ihrem Arbeitsplatz aufgetaucht und will sich mit ihr treffen. Aber kann man dem Mann, der einen Menschen auf dem Gewissen hat, verzeihen? Tomke leistet Schützenhilfe und bringt damit sich und Anne in Gefahr.

GMEINER SPANNUNG

WWW.GMEINER-VERLAG.DE
Wir machen's spannend

SIGRID HUNOLD-REIME
Liebesinsel am Deich
. . . .
978-3-8392-1568-5 (Paperback)
978-3-8392-4425-8 (pdf)
978-3-8392-4424-1 (epub)

»Mit viel Flair und Einfühlungsvermögen kommt sie der wahren Liebe auf die Spur und fesselt ihre Leser.«
Deutsche-Krimiautoren.de

September und Schietwetter an der Nordseeküste. Tomke Heinrich landet mit Karl, ihrer Sommerbekanntschaft, im Bett. Ein Fiasko. Tomke flüchtet in ihre Pension, doch der Tag hält eine weitere Überraschung für sie bereit: Tomkes Jugendfreundin Dörte steht vor der Tür und braucht Hilfe. Und da gibt es noch Dagmar, Dörtes jugendliche, lebenshungrige Mutter, die durch einen harmlosen Freundschaftsdienst ein Karussell aus Missverständnissen, Betrug, viel Geld und Liebe in Bewegung bringt …

SIGRID HUNOLD-REIME
Hab keine Angst, mein
Mädchen
. . . .
978-3-8392-1347-6 (Paperback)
978-3-8392-4019-9 (pdf)
978-3-8392-4018-2 (epub)

»Mit humorvollen Untertönen und authentischen Interviews!«

Michelle kommt nicht über den Tod ihrer Schwester hinweg und überlässt nichts mehr dem Zufall. Sie plant ihr Leben bis hin zur Partnerwahl und der Geburt der zwei Kinder. Um sie zur Besinnung zu bringen, verzaubert sie die Freundin ihrer Mutter: Im Körper einer alten Frau wird sie zur Ruhe gezwungen. Aber der Zauber hat seine Tücken. Michelle landet in einem Pflegeheim für Demenzkranke. Dort lernt sie die 82-jährige Magdalene kennen. Die will den Mörder ihres Mannes stellen. Michelle flüchtet mit ihr …

GMEINER SPANNUNG

WWW.GMEINER-VERLAG.DE
Wir machen's spannend

SIGRID HUNOLD-REIME
Die Pension am Deich
· ·
978-3-8392-1274-5 (Paperback)
978-3-8392-3877-6 (pdf)
978-3-8392-3876-9 (epub)

»Begleiten Sie drei grundverschiedene Frauen auf der Suche nach ihrem ganz persönlichen Glück.«

Tomke ist wieder allein. Paul hat sich nun doch für seine Frau entschieden. Frustriert stürzt sich Tomke in die Arbeit in ihrer Frühstückspension, doch am liebsten würde sie auf ihre Homepage schreiben »Paare unerwünscht, Singles bevorzugt.« Zu ihren Gästen gehört die verträumte Liebesromanautorin Anne, die gedrängt wird, endlich realitätsnahe Geschichten zu schreiben. Außerdem ist da Monika, perfekt organisierte Ehefrau und Mutter von Zwillingen. Als ihre Kinder sich entschließen fernab der Heimat zu studieren, fehlt Monika eine Aufgabe und auch in ihrer Ehe beginnt es zu kriseln …

SIGRID HUNOLD-REIME
Schattenmorellen
....
978-3-8392-1021-5 (Paperback)
978-3-8392-3409-9 (pdf)
978-3-8392-3408-2 (epub)

»Spannend!« *HNA*

Die 71-jährige Martha will frühmorgens die reifen Schattenmorellen in ihrem Garten im Cuxhavener Stadtteil Stickenbüttel ernten. Sie wird von einem Gewitter überrascht und fällt vom Baum. Mit gebrochenem Arm und einer Gehirnerschütterung wird Martha ins Krankenhaus eingeliefert. An den Unfall kann sie sich nicht mehr erinnern. Dafür umso besser an eine schicksalhafte Sommernacht vor 54 Jahren. Damals wütete auch ein Gewitter und es gab unter der Schattenmorelle einen Toten. Im Krankenhaus trifft sie die 48-jährige Eva, die als junges Mädchen ihre Nachbarin war. Für beide Frauen wird der Krankenhausaufenthalt eine harte Auseinandersetzung mit der Vergangenheit. Dabei übersehen sie fast die tödlichen Gefahren der Gegenwart …

GMEINER SPANNUNG

WWW.GMEINER-VERLAG.DE
Wir machen's spannend

Das Neueste aus der Gmeiner-Bibliothek

Unser Lesermagazin

Bestellen Sie das kostenlose Krimi-Journal in Ihrer Buchhandlung oder unter www.gmeiner-verlag.de

Informieren Sie sich ...

www ... auf unserer Homepage:
www.gmeiner-verlag.de

@ ... über unseren Newsletter:
Melden Sie sich für unseren Newsletter an unter www.gmeiner-verlag.de/newsletter

... werden Sie Fan auf Facebook:
www.facebook.com/gmeiner.verlag

Mitmachen und gewinnen!

Schicken Sie uns Ihre Meinung zu unseren Büchern per Mail an gewinnspiel@gmeiner-verlag.de und nehmen Sie automatisch an unserem Jahresgewinnspiel mit »mörderisch guten« Preisen teil!